HERMES

在希腊神话中，赫耳墨斯是宙斯和迈亚的儿子，奥林波斯诸神的信使，道路与边界之神，睡眠与梦想之神，亡灵的引导者，演说者、商人、小偷、旅者和牧人的保护神……

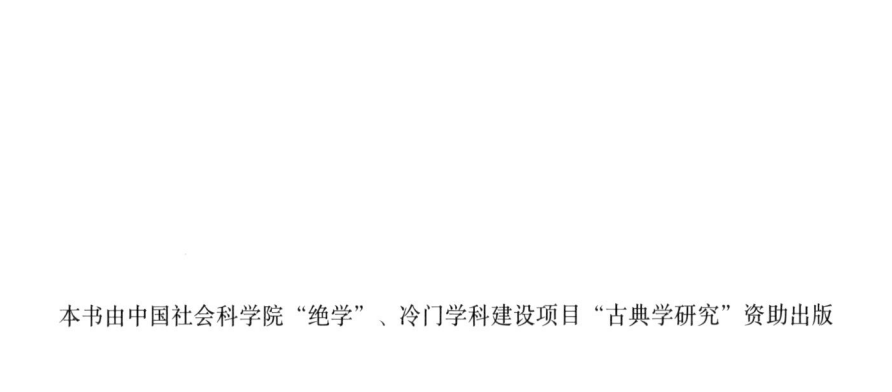

本书由中国社会科学院"绝学"、冷门学科建设项目"古典学研究"资助出版

经典与解释 古今丛编
HERMES
中国社会科学院外国文学研究所
古典学研究室 编
主编 刘小枫 贺方婴

古罗马的寰宇
恩尼乌斯《编年纪》[残篇] 译注

The World of Ancient Rome
An Introduction, Translation, and Commentary
on the Fragments of Ennius' *Annales*

刘靖凡 编译

中国社会科学出版社

图书在版编目(CIP)数据

古罗马的寰宇：恩尼乌斯《编年纪》[残篇]译注 / 刘靖凡编译. -- 北京：中国社会科学出版社，2025.7. (经典与解释). -- ISBN 978-7-5227-5080-4

Ⅰ. I546.072

中国国家版本馆 CIP 数据核字第 2025RY2237 号

出 版 人	季为民	
项目统筹	朱华彬	
责任编辑	刘亚楠	
责任校对	张爱华	
责任印制	李寡寡	

出　　版	中国社会科学出版社
社　　址	北京鼓楼西大街甲 158 号
邮　　编	100720
网　　址	http://www.csspw.cn
发 行 部	010-84083685
门 市 部	010-84029450
经　　销	新华书店及其他书店
印刷装订	北京君升印刷有限公司
版　　次	2025 年 7 月第 1 版
印　　次	2025 年 7 月第 1 次印刷
开　　本	880×1230 1/32
印　　张	10.375
字　　数	280 千字
定　　价	78.00 元

凡购买中国社会科学出版社图书，如有质量问题请与本社营销中心联系调换
电话：010-84083683
版权所有　侵权必究

出版说明

1953年2月，新中国成立第一个国家级文学研究所，涵盖中国文学学科和外国文学学科。1955年6月，中国科学院设立哲学社会科学学部等四个学部，文学研究所遂隶属于中国科学院哲学社会科学学部，其外国文学学科下设四个组，即苏联文学组、东欧文学组、东方文学组和西方文学组。

1957年7月，在"古为今用、洋为中用"的文化方针引领下，文学研究所创办《文艺理论译丛》辑刊，"旨在有计划、有重点地介绍外国的美学及文艺理论的古典著作"，1959年年初停刊，共出版6辑。同年，文学研究所制订"外国古典文学名著丛书"和"外国古典文艺理论丛书"编译计划。1961年，《文艺理论译丛》复刊，更名为《古典文艺理论译丛》，同时创办《现代文艺理论译丛》，历史地刻写了文学研究所外文组古今并重的学术格局，"为新中国文艺理论界提供了丰富而难得的参考资源，成为公认的不可缺少的资料库"。

1964年9月，为加强对外研究，经毛泽东同志批示，中国科学院哲学社会科学学部以文学研究所下辖的四个外国文学组，加上中国作协《世界文学》编辑部，另行成立外国文学研究所。自晚清以来，我国学界译介西方文明古今典籍的学术生力终于有了建制归属。

时世艰难，国际形势的变化很快中断了外国文学研究所的新生热情。《古典文艺理论译丛》在1965年停办（共出版11辑），"外国古典文艺理论丛书"选题39种，仅出12种。

1977年，中国科学院哲学社会科学学部独立组成中国社会科学院。值此改革开放之机，外国文学研究所迅速恢复"外国古典文学名著丛书"和"外国古典文艺理论丛书"编译计划，"分别删去两种丛书中的'古典'二字"。显然，译介西方现当代学术文籍乃我国新时期发展所亟需。1979年，外国文学研究所推出大型"外国文学研究资料丛书"，开创了经典与解释并举的编译格局（至1993年的15年间，出版近70种），尽管因人力所限无法继续秉持古今并重的编译方针。

1958年出版的《文艺理论译丛》（第四期）曾译介过十九世纪法国著名批评家圣·佩韦（1804—1869，又译"圣勃夫"）的文章《什么是古典作家》，其中对古今作家之别有清晰界定。classique这个语词引申为"经典作家"的含义时，起初仅仅指古希腊的荷马、肃剧诗人和柏拉图等。大约公元二世纪时，罗马人也确认了自己的古典作家——西塞罗和维吉尔。但自但丁（1265—1321）、乔叟（1340—1400）、马基雅维利（1469—1527）、拉伯雷（1494—1553）、蒙田（1533—1592）、塞万提斯（1547—1616）、莎士比亚（1564—1616）以来，拉丁欧洲也有了自己的古典作家，他们与新兴王国或者说领土性民族国家的形成有关。1694年，法兰西学院的第一部词典把classique界说为"具有权威的古代作家"，而十九世纪的圣·佩韦则认为，这种界定过于"拘束"，现在是时候"扩大它的精神含义"了。因为自"拿破仑帝国时代"——如今称为"大西洋革命时代"——以来，只要作品"新鲜"或"多少有些冒险性"就能够成为classique。由此看来，在今天的中国学人面前，实际上有两个品质不同的西方古典文明传统，以及自启蒙运动以来形成的现代欧洲文明传统。

从1959年的"外国古典文学名著丛书"和"外国古典文艺理论丛书"编译计划，到1979年的"外国文学研究资料丛书"编译计划，记录了前辈学人致力于整全地认识和译介西方文学传统所付出的历史艰辛，尽管因时代所限，对两个西方古典文明的基础文本及研究文献的编译刚刚开始就中断了。2002年，古典文明研究工作坊创设"经典与解释"系列丛书和专题辑刊，意在承接数代前辈学人建设新中国学术的坚韧心志，继续积累可资参考的学术文献。

2023年12月，在"两个结合"的学术方针激励下，外国文学研究所正式设立古典学研究室。值此之际，我们开设"经典与解释·古今丛编"，志在赓续三大编译计划的宏愿，进一步型塑古今并重和经典与解释并举的编译格局，同时向普及性整理中国文史典籍方面拓展，为我国的古典学建设尽绵薄之力。

中国社会科学院外国文学研究所
古典学研究室谨识
2024年5月

目　录

编译者导言　恩尼乌斯和他眼中的"天下" ……… 1

编年纪（残篇）

第一卷　罗马建国 ……………………………… 3
第二卷　王政时代早期 …………………………… 34
第三卷　王政时代后期和共和国的建立 ………… 46
第四卷　共和国早期 ……………………………… 51
第五卷　共和国早期 ……………………………… 54
第六卷　皮洛士战争 ……………………………… 59
第七卷　布匿战争 ………………………………… 71
第八卷　汉尼拔战争 ……………………………… 88
第九卷　汉尼拔战争后期 ………………………… 101
第十卷　第二次马其顿战争 ……………………… 111
第十一卷　第二次马其顿战争 …………………… 122
第十二卷　初次总结 ……………………………… 126

第十三卷　安提俄克战争的爆发 …………… 128

第十四卷　安提俄克战争 ………………………… 132

第十五卷　最初的结尾 …………………………… 137

第十六卷　新序言 …………………………………… 141

第十七卷　歌颂当代战争 ………………………… 152

第十八卷　歌颂当代战争 ………………………… 156

不定残篇

文本、翻译与评注参考文献 …………………… 217

附　录

哈代　恩尼乌斯的梦 ……………………………… 223

查里斯·克纳普　瓦伦的恩尼乌斯 …………… 239

编译者导言
恩尼乌斯和他眼中的"天下"

古罗马诗人西里乌斯（Tiberius C. A. Silius）在史诗《布匿战争》（*Punica*）中曾这样写道：

> 他最先用明亮的言辞歌唱意大利的战争，使领袖们升入天空；他将以拉丁语的方式教导赫利孔山上的回响，无论是荣耀还是声名，都不输那位阿斯克拉的老者（［译按］指赫西俄德）。（Silius, *Punica* 2.410-413）①

此处的"他"即被后世视为罗马诗歌之父的古罗马诗人昆图斯·恩尼乌斯，"歌唱意大利的战争，使领袖们升入天空"则指恩尼乌斯的史诗《编年纪》（*Annals*）。

与诸多著名古罗马诗人一样，恩尼乌斯并非地道的罗马人，他出生在意大利半岛那不勒斯以南的卡拉布里业（Calabria，从前称为 Brutium），据说是希腊人与奥斯坎人的后代，能说希腊语、拉丁语和奥斯坎语。② 公元前 204 年，时任罗马共和国财务

---

① 本文所引用拉丁语诗歌的中译皆出自笔者。
② 详见 Glauthier, P. (2020). *Hybrid Ennius: Cultural and Poetic Multiplicity in the Annals*, Cambridge University Press, p. 25。

官的卡托将恩尼乌斯带到罗马城（Nep. Cato 1.4），让他教授希腊语（Suet. Gram. et rhet. 1.2-3），并从事翻译和试着用拉丁文写作。恩尼乌斯先尝试写了大量谐剧、肃剧，笔头练熟后着手为罗马人写史诗。《编年纪》即恩尼乌斯最负盛名的用拉丁语写成的史诗作品，先后影响了西塞罗、维吉尔等拉丁语文学大家。虽然是用拉丁语写作，在《编年纪》中，恩尼乌斯首次尝试用古希腊的六步格取代古罗马诗歌传统的萨图尔努斯格（Saturnius）。

《编年纪》共18卷，各卷按顺序先后发表，但第16—18卷的发表远远晚于前15卷。前15卷的主题如下：第1卷，罗慕路斯的建国历程；第2—3卷，罗慕路斯之后的王政时代及罗马共和国的建立；第4—6卷，共和国早期征服史，皮洛士战争、铺垫迦太基战争；第7—9卷，两次布匿战争，尤其是汉尼拔战争的历史；第10—11卷，第二次马其顿战争；第12卷，为前文所述的历史作出总结；第13—14卷，安提俄克战争；第15卷，福维乌斯（Furius）在与阿埃托利亚人（Aetolienses）的战斗中取得的胜利。

从第16卷开始，诗人记述了罗马共和国在当代所取得的重要胜利，但后三卷大多亡佚，也并未留下太多记载。整体看来，与其说《编年纪》记载了罗马建国以来的全部历史，不如说它记述了罗马自建国以来的全部战争历史。维吉尔《埃涅阿斯纪》的开篇诗句"我歌唱战争和这个人"，正是《编年纪》的主题。在这部史诗的开篇，诗人效仿了赫西俄德《神谱》开篇的场景：

<blockquote>那些用她们的双脚重重击打奥林匹斯的缪斯女神们（F.1）[①]</blockquote>

[①] 本文以F. 标注行号的引文出自恩尼乌斯《编年纪》，所依据的版本为Ennius, *Fragmentary Republican Latin, Volume I: Ennius, Testimonia. Epic Fragments*, eds. and trans. Sander M. Goldberg, Gesine Manuwald, Cambridge：Harvard University Press. 中译文均出自笔者，随文标注行码。

恩尼乌斯没有使用罗马传统的文艺女神卡梅纳（Camena），而是将古希腊的缪斯女神直接转写为拉丁文。这意味着，相比起其他罗马诗人，恩尼乌斯有意识地继承以赫西俄德和荷马为代表的古希腊叙事诗传统。在序言中，恩尼乌斯自称是荷马的转世，直言"诗人荷马出现在我身旁"（F. 3）。从随后的自述中不难看到，诗人刻意继承古希腊诗歌传统有其深意：

> 我的诗和诗中所记之事，
> 将在民众之中享有盛誉。（F. 12—13）

可见，诗人的抱负是，让《编年纪》所述之事享誉于罗马民众，或者说向民众传达自己想要传达的事迹。显而易见，诗人是在模仿古希腊的诗教传统——柏拉图在《法义》中曾这样描述：

> 深入灵魂的有声部分，我们视之为德性教育，我们称之为——我不知道以何方式——"音乐"。①

柏拉图笔下的雅典异乡人将诗歌等同于德性教育，这有助于我们理解恩尼乌斯这位希腊人的诗歌意图，哪怕他是在用拉丁文写作——《编年纪》的写作实为恩尼乌斯对罗马"民众"施行的德性教育。从《编年纪》的广泛影响来看，恩尼乌斯的德性教育取得了成功：通过赞颂罗马人过去的功业和美德，诗人塑造了最好的罗马人形象，并通过这些形象影响了罗马人的命运。因此，我们有必要探索恩尼乌斯教诲的具体内涵，并进一步思考这

---

① 柏拉图，《法义》，林志猛译，北京：华夏出版社，2023，页129。

一教诲为罗马带来了怎样的命运。

在深入这部史诗的字里行间之前，我们首先需要了解一下《编年纪》自身的历史命运。

《编年纪》的流传

《编年纪》最初的流传情况如今已不可考，而传世至今的也仅有只言片语，很难一窥其形貌，古典学家的种种猜测并不十分有依据。可以确定的是，《编年纪》完成后的最初几十年，仅在罗马精英贵族圈中的小范围传播，并未大范围地流传（Suet. *Gram.* 2.2）。根据弗洛托的记载，有一位名叫拉姆帕迪奥（C. Octauius Lampadio）的作家曾编辑过《编年纪》（Fronto, *ad M. Caes.* 1.7.4）。另据记载，公元前一世纪时，格尼弗（M. Antonius Gnipho）与斯蒂罗（Aelius Stilo）曾为《编年纪》撰写笺注（*Scholia Bernensia*, testim. Xiii）。正是在这一批学者的推崇下，恩尼乌斯在罗马获得了与荷马齐名的地位（Citroni, 2006）。自此以后，恩尼乌斯的《编年纪》有了众多抄本，甚至成为罗马学校的教材——格尼弗和斯蒂罗都是学校教师（Cic. *Brut.* 207）。从瓦罗、西塞罗、恺撒、卢克莱修到卡图卢斯，古罗马共和国晚期的重要作家和诗人都曾引用、提及或模仿《编年纪》。尤其是瓦罗和西塞罗，两人引用《编年纪》都多达数十次。

到了罗马帝制时期，《编年纪》的地位开始下降，抄本数量明显减少。原因不难理解，在奥古斯都时期，官方推崇的是维吉尔的史诗《埃涅阿斯纪》。从尼禄皇帝到安东尼皇帝时期，知识界还出现了蔑视古代作家的风潮，虽然此后读书人又重新看重恩尼乌斯，但断裂已然存在。在随后的几个世纪里，《编年纪》仅仅是偶尔被一些诗人、文法学家、历史学家提及或引用，甚至这些人也未必真的读过《编年纪》。贺拉斯、奥维德、西里乌斯等著名诗人都引用过《编年纪》，但并不多见。史家奥洛西乌斯（Oroslus）、作家昆体良、塞涅卡、格里乌斯（Aulus Gellius）以及文法家玛克若比乌斯（Macrobius）、诺尼乌斯（Nonius）等人的引用大致相同。在罗马帝国中后期，《编年纪》已经日渐散佚，对《编年纪》的引用更为零碎而且不可信。随着西罗马帝国的瓦解，《编年纪》在历史之中消失。

《编年纪》主要引用情况①

作者	引用行数	占全部引文比例（%）
Rhetorica ad Herennium	1	< 0.5
Varro	37	6
Cicero	96	15.4
Bellum Hispaniense	2	< 0.5
Seneca	1	< 0.5
Pliny the Elder	1	< 0.5
Quintilian	3	0.5
Fronto	3	0.5
Apuleius	2	< 0.5
Gellius	39	6.2
Festus	79	12.7
Tertullian	1	< 0.5
Fragmentum de Metris	2	< 0.5
Sacerdos	1	< 0.5

① 此表依据 Elliott, J. Ennins and the Architecture of Annales, Cambridge University Press, 2013, pp. 347-349。

续表

作者	引用行数	占全部引文比例（%）
Atilius Fortunatianus	1	< 0.5
Nonius	56	9
Donatus	2	< 0.5
Ps. Probus	7	1
Ausonius	4	< 1
Charisius	13	2.2
Diomedes	7	1
Augustine	2	< 0.5
Servius	26	4
Macrobius	68	11
Ps. Macr. Exc. Bob.	3	0.5
"Porphyrio"	3	0.5
Consentius	1	< 0.5
Lactantius Placidus	3	0.5
Scholia Veronensia	4	0.5
Priscian	44	7
Scholia Bembina	1	< 0.5
Cassiodorus	1	< 0.5
De Ult. Syll.	1	< 0.5
Isidore	8	1
Servius Danielis	40	6.4
Paulus	14	2.2
Brevis Expositio	3	0.5
"Donatian" commentaries on Terence	5	1

续表

作者	引用行数	占全部引文比例（%）
Scholia Bernensia	4	0.5
Ps. Acro	2	< 0.5
Readers of Orosius	7	1
Glossarium Philoxenum	1	< 0.5
Commenta Bernensia in Lucanum	1	< 0.5

在漫长的中世纪，《编年纪》几乎销声匿迹，直到16世纪，日内瓦出版商斯蒂芬努斯（Robertus Stephanus）才让它重见天日。他从古代作家的作品中收集《编年纪》的残篇断句，试图复原全本。1564年，他的儿子亨利·斯蒂芬努斯（Henri Stephanus）将收集到的残篇并入一部罗马诗歌残篇全集，在瑞士出版。这之后不久，意大利的克鲁姆纳（Hieronymus Columna）在那不勒斯出版了第一本恩尼乌斯的残篇集（1590）。与斯蒂芬努斯的编本相比，克鲁姆纳编本更全面，还附有评注。仅仅五年之后，荷兰的梅鲁拉（P. Merula）出版了第一部收集、整理并研究《编年纪》的专著（1595）。

差不多300年后的19世纪，《编年纪》才再次受到关注，而且是在正寻求实现统一的德意志。1852年，一位名叫瓦伦（Johannes Vahlen）的年轻学者因编辑整理了恩尼乌斯的全部残篇在波恩大学脱颖而出。随后，瓦伦以更大的热情投入恩尼乌斯残篇研究之中。20世纪初，瓦伦出版了《恩尼乌斯现存诗歌》（*Ennianae poesis reliquiae*）的最终版本，在其中，恩尼乌斯的生平和成就第一次得到整理。与瓦伦同时代的穆勒（Lucianus Müller）编辑的版本也于1884年出版。

20世纪初，英国学者斯图尔特（E. M. Steuart）出版了一部

《编年纪》注本（1925）。紧随其后，另一位英国学者瓦明顿（E. H. Warmington）在1935年出版了一部拉英对照本，即最初的洛布本。这是恩尼乌斯作品首次被翻译成现代语言。之后，恩尼乌斯的残篇被译为各种现代语言，其中包括埃努特（Ernout, 1916）和赫尔贡（Heurgon, 1960）的法语译本，马格诺（Magno, 1979）与特拉利亚（Traglia, 1986）的意大利语译本，恩格辛（Engelsing, 1983）、彼得斯曼（Petersmann, 1991）与勋伯格（Schonberger, 2009）的德语译本，以及莫雷纳（Segura Morena, 1984）与马托斯（Martos, 2006）的西班牙语译本。20世纪后期，新的校勘本与注释本也纷纷涌现。其中，1985年出版的奥托·斯昆奇（Otto Skutsch）注释本直到今天依然是《编年纪》最为权威的注本。21世纪初，那不勒斯大学弗洛里斯（Enrico Flores）的团队出版了一套《编年纪》译注本。2018年，由戈德伯格（S. M. Goldberg）与马努瓦尔德（G. Manuwald）编注的英文译注本，即新洛布本出版，它成为当前最广泛使用的译本，也是本书所依据的底本。现有的《编年纪》注释本与英文译注本整理如下：

（1）斯蒂芬努斯辑本（Ste. 本）：

Fragmenta Poetarum Veterum Larinorum. R. and H. Stephanus, Geneva, 1564.

（2）克鲁姆纳注本（Col. 本）：

Q. Enni…Fragmenta ab HieronymoColumna…conquisita, disposita et explicata, Naples, Salviani, 1585. Part I. Annals andminor works, edited by H. Columna himself.

（3）梅鲁拉注本（Me. 本）：

Q. Enni Annalium LIBB XIIX Fragmenta conlecta, composita, inlustrata ab Paullo Merula, Leiden, Paetsius and Elzevir, 1595.

(4) 瓦伦注本第一版（V1. 本）：

Ennianae Poesis Reliquiae recensuit, Johannes Vahlen. Leipzig. Teubner, 1854.

(5) 米勒注本（Mu. 本）：

Q. Enni Carminum Reliquiae...emendauit et adnotauit Lucianus Mueller, St. Petersburg. Ricker, 1884.

(6) 贝伦斯注本（B. 本）：

Fragmenta Poetarum Romanorum ed. Ae. Baehrens. Leipzig, Teubner, 1886.

(7) 瓦尔马基注本（Val. 本）：

Q. Ennio. *I frammenti degli Annuli*. Commento e note di L. Valmaggi. Turin, Chiantore, 1900.

(8) 瓦伦注本第二版（V2. 本）：

Ennianae Poesis Reliquiae, iteratis curis rec. Iohannes Vahlen, Leipzig, Teubner, 1903.

(9) 斯图尔特注本（St. 本）：

The Annals of Q. Ennius, edited by E. M. Steuart, Cambridge. 1925.

(10) 瓦明顿译注本，即旧洛布本（W. 本）：

Remains of Old Latin, edited and translated by E. H. Wannington (Loeb Class. Library). vol. I, 1935; reprinted with corrections 1967.

(11) 斯库奇注本（S. 本）：

Ennius, Quintus. *The Annals*. Otto Skutsch, ed. Edited with introduction and commentary. Oxford, 1985.

(12) 新洛布本（FRL. 本）：

Ennius. *Fragmentary Republican Latin*, *Volume I:* Ennius, Testimonia. Epic Fragments. Edited and translated by Sander M. Goldberg,

Gesine Manuwald. Loeb Classical Library 294. Cambridge，MA：Harvard University Press，2018.

我国学界尚未有关于恩尼乌斯及其《编年纪》的研究，唯有王焕生先生在《古罗马文学史》中较为详细地介绍了恩尼乌斯；① 其他与古罗马历史、文学相关的文献中即便出现恩尼乌斯，也仅仅提及姓名。

与国内的情况不同，20 世纪以来，欧美学术界对恩尼乌斯的研究兴趣逐渐上升，取得了大量成果。有关《编年纪》的学术讨论主要集中在以下四个方面：（1）《编年纪》的文学史研究；（2）《编年纪》的材料来源研究；（3）《编年纪》的历史叙述及其影响；（4）《编年纪》中的语法现象。

恩尼乌斯是古罗马最早的一批诗人。在他的时代，罗马面临着希腊灿烂文化遗产带来的巨大压力。在这一压力下，罗马知识界开始为罗马文明辩护，恩尼乌斯的《编年纪》正是其中最具代表性的成果之一。在《编年纪》的开篇，恩尼乌斯便直接挑战希腊最优秀诗人荷马与赫西俄德，不仅借用赫西俄德的缪斯，还宣称自己是荷马的转世。纵观《编年纪》现存全篇，诗文处处有荷马的痕迹，但又处处与荷马不同。因此，《编年纪》中"荷马转世"的梦境和恩尼乌斯与荷马的关系，始终是学术界关注的焦点。彼得·艾彻（Peter Aicher，1989）、哈代（W. R. Hardie，1913）、②布林克（C. O. Brink，1972）、恩瑞克·李夫雷亚（Enrico Livrea，1998）、格劳迪尔（P. Glauthier）等人都曾撰文讨论过荷马与恩尼乌斯之间的关系。

艾彻分析了《编年纪》第一卷中的荷马之梦，认为恩尼乌

---

① 王焕生,《古罗马文学史》, 北京：中央编译出版社，2008，页 64。
② 哈代的论文《恩尼乌斯的梦》中文译稿收录于本书附录。

斯宣称自己是荷马的转世，是为了区分自己与同时代的其他罗马诗人，并为后文模仿荷马做铺垫。艾彻还认为，恩尼乌斯的这一宣言表明，他想要成为罗马诗歌的领军人物，相较于"模仿"荷马，他更希望"成为"荷马。①

哈代认为，恩尼乌斯的荷马梦境是一种源自赫西俄德的诗歌笔法，进而探究了"荷马转世"中"灵魂不朽"的真实含义。②李雷亚夫将新毕达哥拉斯主义的残篇与卢克莱修的"荷马的眼泪"联系在一起，来解释恩尼乌斯与荷马之间的继承关系。③布林克认为，恩尼乌斯在《编年纪》序言中强调荷马，是受到希腊世界荷马崇拜的影响，并将荷马转世的情节与毕达哥拉斯主义相关联。④

关于荷马转世情节与毕达哥拉斯主义的关系，学界有诸多争论。维斯佩里尼（Vesperini, 2012）⑤与法布瑞兹（Fabrizi, 2020）⑥都反对将这一情节看作毕达哥拉斯主义的体现。格劳迪尔（Glauthier）接受了他们的观点，并重新分析了《编年纪》的"荷马之梦"，认为这一情节远非生硬的哲学教条，它生动展现了

---

① Aicher P. (1989). "Ennius' Dream of Homer", *The American Journal of Philology*, vol. 110, no. 2, pp. 227-232.

② Hardie, W. R. (1913). "The Dream of Ennivs", *The Classical Quarterly*, vol. 7, no. 3, pp. 188-195.

③ Enrico, L. (1988). "A New Pythagorean Fragment and Homer's Tears in Ennius", *The Classical Quarterly*, vol. 48, no. 2, pp. 559-561.

④ Brink, C. (1972). "Ennius and the Hellenistic Worship of Homer", *The American Journal of Philology*; 93 (4): 547-567. 6.

⑤ Vesperini, P. (2012). La philosophia et ses practiques d'Ennius à Cicéron, *Bibliothèque des Écoles Françaises d'Athènes et de Rome*, Fascicule 348, Rome.

⑥ Fabrizi, V. (2020). "History, Philosophy, and the Annals", *Damon and Farrell*, a. 45-62.

罗马与希腊世界、意大利半岛和广阔的地中海世界的联系。① 可以肯定，恩尼乌斯与荷马、与希腊文化之间的关系，比前辈罗马诗人更为紧密。《编年纪》无论在题材、格律还是思想上，都是希腊文化和荷马诗歌最具代表性的继承者之一。

作为古罗马诗歌之父，恩尼乌斯对后代学者影响深远，其中维吉尔、西塞罗和卢克莱修最具代表性。关于恩尼乌斯与维吉尔的关系，欧美学术界已有大量研究。1915 年，诺登（Norden）在德国出版了第一部专事研究恩尼乌斯《编年纪》与维吉尔《埃涅阿斯纪》之间关系的现代学术著作。② 他试图通过分析维吉尔《埃涅阿斯纪》中的相关片段，复原《编年纪》残篇的顺序。今天看来，诺登的成果固然有偏颇，但他树立了将《编年纪》与《埃涅阿斯纪》对比研究的范式。20 世纪后半叶，维戈斯基（Wigodsky, 1972）重新对比了两部作品中相对应的片段，并全面审查了诺登的成果。显然，他们的研究都注重探查《编年纪》与《埃涅阿斯纪》的关联，试图揭示两部作品间的传承脉络。不过，学术界不乏反对这一研究方式的声音。戈德施密特（Nora Goldschmidt）提出，《埃涅阿斯纪》与《编年纪》都声称自己是古罗马记忆的权威，这两部作品之间存在着关于文化记忆的竞争，因此，维吉尔在效仿《编年纪》时必定有所保留。③

此外，欧美学术界还出现了一些分析《编年纪》特定残篇与《埃涅阿斯纪》对应片段关系的学术论文。理查森（Richard-

---

① Glauthier, P. (2021). "Homer Redivivus? Rethinking the Transmigration of the Soul in Ennius's Annals", *Arethusa*; 54 (2): 185-220.

② Norden, E. (1915). *Ennius und Vergilius*. Leipzig: B. G. Teubner.

③ Goldschmidt, N. (2013). *Shaggy Crowns: Ennius' Annales and Virgil's Aeneid*. Oxford: Oxford University Press.

son, 1942)认为,《埃涅阿斯纪》第六卷中的一段诗文化用了恩尼乌斯的原文。① 克雷文斯(Krevans, 1993)对比了《编年纪》中的"伊利亚之梦"和《埃涅阿斯纪》第四卷中的对应片段,认为恩尼乌斯开启了拉丁文学中劫掠情节的神话叙述传统。② 同时,探究恩尼乌斯特定残篇与西塞罗等后代学者关系的学术论文纷纷出现,其中,尼斯(A. T. Nice)探讨了西塞罗在《论预言》中的恩尼乌斯残篇,分析了西塞罗、恩尼乌斯和公众对预言的态度。③ 尼泽卡特(Jason S. Nethercut)讨论了《编年纪》的六步韵对《物性论》的影响,认为卢克莱修想要修正恩尼乌斯在《编年纪》中展现的文学、历史和哲学观念。④

关于《编年纪》的材料来源,欧美学术界也有所讨论。斯库奇认为,恩尼乌斯不仅从古希腊诗歌中获得过灵感,还效仿了先辈罗马诗人的作品。此外,他可能从古罗马官方修订的《大祭司编年纪》(*Annales Maximi*)中获得了史料(Skutsch, 1985)。此后的众多研究专著都采纳斯库奇的这一观点,并以此为基础,进一步探究《编年纪》的材料来源。艾略特(Elliott)尝试从《编年纪》与《大祭司编年纪》的关系入手,重新认识《编年纪》组织材料和划分时期的方式。⑤

---

① Richardson, L. J. D. (1942). "Direct Citation of Ennius in Virgil", *The Classical Quarterly*, 36 (1/2), pp. 40-42.

② Krevans, N. (1933). "Ilia's Dream: Ennius, Virgil, and the Mythology of Seduction", *Harvard Studies in Classical Philology*, 95: 257-271.

③ Nice, A. T. (2001). "Ennius or Cicero? The Disreputable Diviners at Cic", "De Div." 1. 132, *Acta Classica*, 44: 153-166.

④ Nethercut, JS. (2021). *Ennius Noster: Lucretius and the Annales*, Oxford University Press.

⑤ Elliott, J. (2013). "The pre-Vergilian sources", in *Ennius and the architecture of the Annales*, Cambridge University Press.

欧美学术界还关注《编年纪》中的历史叙述。艾略特（Jackie Elliott）探究了恩尼乌斯与普遍历史写作的关系。① 他认为，《编年纪》影响了当时的罗马公众的世界历史观念，正是在其发表后，罗马人才开始尝试书写"普遍历史"（universal history）。达蒙（Cynthia Damon）探讨了视恩尼乌斯为历史学家的可能性。② 他将《编年纪》中关于罗马国王努马的片段与后世的写作进行对比，认为恩尼乌斯并不具有史学家的精确性。斯皮尔伯格（Spielberg）关注《编年纪》中的演说辞。③ 他认为，在写作这些演说辞时，恩尼乌斯并不在意历史的真实性。欧美学术界还关注《编年纪》中重要历史事件的书写。斯图尔特（Steuart）非常详细地探讨了《编年纪》中有关布匿战争的残篇。④ 与斯图尔特类似，卢卡斯·多夫鲍尔（Lukas J. Dorfbauer）分析了《编年纪》中有关汉尼拔的片段。⑤

欧美学术界还重点关注《编年纪》中的古拉丁语法，并发表了一些专门研究《编年纪》中特定语法现象的学术论文。科

---

① Elliott, J. (2013). "Imperium sine fine: the Annales and universal history", in *Ennius and the architecture of the Annales*, Cambridge University Press.

② Damon, C. (2020). "Looking for auctoritas in Ennius' Annals", In *Ennius' Annals: Poetry and History*, Cambridge: Cambridge University Press, pp. 125-146.

③ Spielberg, L. (2020). "Ennius' Annals as Source and Model for Historical Speech", In *Ennius' Annals: Poetry and History*, Cambridge: Cambridge University Press, pp. 147-166.

④ Steuart, E. M. (1919). "Ennivs and the Punic Wars", *The Classical Quarterly*, 13 (3/4), pp. 113-117.

⑤ Dorfbauer, L. J. (2008). "Hannibal, Ennius und Silius Italicus: Beobachtungen zum 12. Buch der Punica", *Rheinisches Museum Für Philologie*, 151 (1): 83-108.

拉里德斯（Colaclides，1967）研究了恩尼乌斯残篇中拉丁语动词"vero"的用法；① 米卡森（Mikalson，1976）研究了代词"Is Ea Id"的使用。②

目前，欧美学术界对恩尼乌斯《编年纪》的研究热度依旧不减，研究领域主要集中在文学、史学和语法学等方面，呈现出丰富多样的特点。这些精细的研究无疑有助于我们更好地理解恩尼乌斯，但也常常使本就残缺的《编年纪》变得更加碎片化。笔者认为，恩尼乌斯研究亟须解决以下问题：首先，如何在研究日益细化的今天，尝试从整体上把握《编年纪》所蕴含的思想？其次，恩尼乌斯在《编年纪》中展示的文化传统与中国有着根本的差异，我们如何立足于本土文化的视角，去理解和把握《编年纪》，从而更深入地理解罗马文化的传统？让我们先进入《编年纪》的寰宇当中，一探究竟。

《编年纪》中的寰宇

恩尼乌斯写作《编年纪》时，地中海周边正处于又一场巨大的变动之中。这场变动促成了西方思想史上第一个"寰宇"（orbis terrarum）观的形成，与此同时，

> 古老的世界如今裂开了……亚历山大的转瞬即逝的征服领土在他的继承者中间被瓜分；继业者的几个帝国处于继续

---

① Colaclides, P. (1967). "On the Verb Vero in Ennius", Harvard Studies in Classical Philology, 71: 121-123.

② Mikalson, J. D. (1976). "Ennius' Usage of Is Ea Id", Harvard Studies in Classical Philology, 80: 171-177.

不断的争斗中……①

伴随着外界不断的战争与动荡，人们在精神上陷入深切的不安，这种不安以亚历山大的征服为直接动力，在各城邦信仰的"混战"与柏拉图-亚里士多德哲学的压力下形成，并最终转化为一种全新的视野：人们逐渐接纳了无法返回城邦世界的事实，在这个被称为"寰宇"的新世界中，寻求着新的"世界之神"。

我们要讨论的诗人正诞生于这个时代。恩尼乌斯出生在意大利半岛那不勒斯以南的卡拉布里亚，也就是所谓的"大希腊"（Magna Graecia）地区。此地以希腊语为通行语，可恩尼乌斯却弃希腊文不用，反用拉丁文写作罗马史诗。我们不禁要问，难道灿烂的希腊文明，此时已没有比罗马人的历史更值得书写的对象？为了回答这个问题，我们必须考虑罗马在"寰宇"中的位置：

在西方，扎马战役后，新兴权力罗马获得了帝国的威望……政治……是权力结构在世界范围内的运动——由历史变迁和命运这些新的范畴所表达的运动。（同上）

公元前2世纪，新兴的罗马"帝国"（imperium）成为西方世界的中心政治力量，而罗马人的史诗《编年纪》所歌颂的，正是作为权力中心的罗马在这片新成形的寰宇中不断向外拓展的历史。故而，恩尼乌斯眼中的"寰宇"是何模样，是我们在研读《编年纪》时必须考虑的问题。在下面这个不定残篇中，恩尼乌斯总括性地描绘了他眼中的世界：

---

① 埃里克·沃格林，《政治观念史稿·卷一：希腊化时期、罗马》，段保良译，上海：华东师范大学出版社，2019，页145。

> 伴着一道明亮的闪电,
> 他用轰鸣声包围了一切——大地、海洋、天空(F. 555-556)

依据"明亮的闪电""轰鸣声"和"包围一切"等表述,我们可以认为,众神之王朱庇特是这里的主语。有趣的是,动词"包围"的宾语是"一切",而在"一切"之后,紧跟着三个名词同位语,即"大地、海洋、天空"。换言之,"一切"即"大地、海洋、天空",这三者构成了《编年纪》世界的全部。在古希腊神话传统中,宙斯、波塞冬和哈德斯在提坦战争后三分"世界",分别占据天空、海洋与冥府,大地则由三者共享。而在《编年纪》的世界中,恩尼乌斯省略了古希腊传统的"冥府",安排不在世间的"生灵"和众神一同居住在天空当中,正如"荷马之梦"的这一残篇所说:

> 有羽的种族习惯于从卵中,而不是从生灵中诞生,
> 这之后,自天上降临到幼崽身上的,
> 是生灵自身。(F. 8-10)

斯库奇认为,这个残篇表现了《编年纪》中灵魂转世的原则。根据古希腊传统,哈得斯是灵魂转世的渡口,而在恩尼乌斯笔下,灵魂转世的渡口在天空中。"生灵"是"自天上"(divinitus)降临到肉体。从拉丁文看,此处"自天上"还有"来自神圣"之意。这两个意思并不相矛盾,"天空"是众神的居所,因此无疑是神圣的,现有很多残篇都能够证实这一点:在第一卷中,伊利亚祈求维纳斯神"自天空向我降下一瞥"(F. 58-59);在第三卷中,有"自天空中,飞腾者给出显明的兆示"(F. 146);

恩尼乌斯还将朱诺神称为"天空中最尊贵的"（F.445）。在现有残篇中，"天空"共出现了17次，其中有10处明确与众神有关，只有7处从表面看仅描写自然景象。不仅如此，在恩尼乌斯的笔下，罗马的英雄人物死后也升入天空，他们不再转世，而是成为神明，与众神同在。罗马建城者罗慕路斯正是此类的典型：

> 唯有一位，在你所生之子中，将升入湛蓝的
> 天域（F.54-55）

> 罗慕路斯和使他诞生的诸神一起，
> 永远地生活在天空之中。（F.110-111）

罗马的英雄"升入湛蓝的天域"，并"和众神永远生活在天空"。我们已经看到，在恩尼乌斯笔下，天空既是众神的居所，也是罗马英雄的归宿和生灵转世的渡口。通过这样的设计，凡俗的罗马人天然与神明相通：他们的生灵本就来自神的居所，既可经由人间的功业获得不朽的神名，也可通过天空的渡口再次降临人间。

神圣天空的情况似乎已经弄清楚了，那么，罗马人生活其中的人间又是怎样的景象呢？如前文所说，恩尼乌斯将"一切"三分为大地、天空和海洋，"大地"正是罗马人的现世居所。在《编年纪》开篇序言中，就有关于大地的表述：

> 那以她自己给予身体的大地
> 又将所给收回，一点儿也不浪费。（F.6-7）

肉体因大地而生成和消亡。相较于神圣的天空，大地似乎完

全是身体性的。我们可以进一步推论说,《编年纪》中的大地全然是人间政治的场域。正如前文所说,在恩尼乌斯的时代,罗马已经成为地中海世界战争运动的中心政治力量。与此相呼应,在现存残篇中,"大地"频繁地出现在战争的描写中:"他们的脚步震动着整个大地"(F. 242);"他们追击着,脚步震震令大地颤抖"(F. 263);"骑兵行进,中空的马蹄哐哐敲击大地"(F. 431);"阿非利加震颤着,那贫瘠的土地上,一阵伴着恐惧的惊慌"(F. 309);"他们的双膝拍打大地"(F. 350);等等。有趣的是,在恩尼乌斯的笔下,这些作为罗马人战争承载者的"大地"并非罗马的本土,而是属于屈服于罗马军团威压的地中海世界其他民族。那么,罗马自己的土地又如何呢?它是否也在震颤?答案清楚地记录在现有残篇中:

有这么一片土地,凡人惯称其为西土(F. 20)

萨图恩神的土地(F. 21)

它们充盈河道,灌满原野(F. 5)

果实丰盈的大地(F. 510)

罗马人拥有"萨图恩神的土地",它饱饮台伯河的水流,"果实丰盈",恰是一片安居乐业之土。原来,在《编年纪》的寰宇中,"土地"如雅努斯门般有战争与和平两副面孔。我们有必要追问,在《编年纪》中,恩尼乌斯是如何在思想上使看似自相矛盾的"战争与和平"同时成立的?换言之,《编年纪》中的罗马人究竟是通过怎样的政治思想秩序消解了这一表面的对立?对这个问题的回答，仍有赖于后文进一步的探究。

"一切"的第三个部分——"海洋"并像天空和大地那样常见。在现存残篇中，它仅仅出现过 5 次。故而，我们不得不拓宽研究的范围，在现有残篇中寻找与海洋相关的场景。符合要求的残篇共有 14 篇，其中绝大部分与海战有关："大海的波涛拍打着一艘被驱赶的船只"（F. 217）；"他们绕莱夫卡塔海航行"（F. 346）；"他曾在纵深的达达尼尔海峡搭建桥梁"（F. 369）；等等。其中，以安提俄克战争为主题的第十四卷最为生动完整地描绘了海战的景象：

宽广的海岸在悲鸣

油亮的龙骨运作着，一个猛冲，穿掠海浪。

他们即刻缓缓驶向如大理石般闪烁的大海
蓝绿色的海水喷吐出泡沫，在那出海战舰的拍击下。

当他们远远望见敌人靠近，
战船的风帆在微风中飘摇。（F. 375–380）

和土地一样，《编年纪》中的海洋天然是战争的场域。罗马文明起源于农业，但在恩尼乌斯的笔下，罗马人已然将自己的运动扩展到土地边界之外的海洋。我们有必要追问的是，在《编年纪》的世界中，罗马将战场从陆地拓展到海洋意味着什么？作为"一切"的大地、海洋和天空，既是人类对寰宇最直观的体验，也构成了人类行动的全部空间：

[人］自身拥有着某种权力和历史权能的游戏空间。他可以……由此重新调整和组织自己。①

通过将战场拓展到海洋，罗马不仅重新调整和组织了自己，也重新调整和组织了整个寰宇。而《编年纪》不仅歌颂了罗马这场浩大的征服，也在思想上推动了它的实现：

缪斯啊，请你继续讲述，每一位罗马将领
在战争中英勇地做了什么（F. 322-323）

《编年纪》歌唱在这"天空、大地、海洋"构成的寰宇之中，每一位罗马将领的英雄壮举。而《编年纪》的教诲，在恩尼乌斯之后的数代罗马人中传递，进一步推动这场以罗马为权力中心的世界运动的进程，直至它的顶峰——罗马"帝国"。问题在于，《编年纪》究竟向罗马人传达了怎样的教诲，最终推动了这一伟大功业的实现？现在，让我们深入恩尼乌斯的文字，一窥《编年纪》中模范公民的样貌。

公民与德性：何为罗马人

罗马因古代的风俗与古人而屹立不倒。（F. 156）

在《编年纪》的这一未定残篇中，诗人提出了罗马的两大立国基石：古代的风俗和古人。从拉丁文看，此处古人之"人"

---

① 施米特，《陆地与海洋：古今之"法"变》，林国基、周敏译，上海：华东师范大学出版社，2006，页6。

的基本含义是成年男子,也就是所谓的公民。从现有残篇看,《编年纪》中使用"人"这个词的地方大多与战争有关:"没有被征服的那些人"(F. 181);"人们的长矛在平原上紧凑地列在一起"(F. 267);"人们的古代战争被处理得并非不充分"(F. 403);"这人将死时,黄铜嘶哑的声音划过[天空]"(F. 486);等等。显然,在《编年纪》中,战争是罗马公民最重要的活动之一。那么,在《编年纪》的世界中,"战争"是一种怎样的面貌?在第六卷的开篇有这样一个残篇:

> 谁能展开这场伟大战争的边界?(F. 164)

"伟大战争"即著名的皮洛士战争,《编年纪》第六卷正以此为主题。作为罗马人在意大利半岛外征服的开端,皮洛士战争极大地鼓舞了罗马人征服世界、建立帝国的野心。"战争"是《编年纪》中最为高频的词汇之一,在现存残篇中,使用"战争"一词的诗句高达近 20 条。在这些有关战争的描写中,关于阿波罗神谕的这个残篇最具表现力:

> 我告知你,埃阿科斯的后代,罗马人能够战胜(F. 167)

这句话的语义非常模糊,"能够战胜"的主宾完全可以置换。从战争的结果来看,罗马人最终战胜了埃阿科斯的子民,这一神谕也转而成为预示罗马胜利的吉兆。"罗马人能够战胜"这一信念贯穿了《编年纪》全篇,这一信念呈现在恩尼乌斯塑造的罗马人身上。在皮洛士关于释放罗马战俘一事的发言中,诗人阐明了战争和罗马公民德性的关系:

> 我不为己谋财，你们不要给我赎金；
> 我不终止战争，而要继续战争，
> 不以黄金，而以铁，让我们双方试炼生命；
> 机运女神希望你们还是我来统治这个时代，
> 她会带来什么，
> 让我们凭德性检验。而现在，请你听好：
> 命运会善待有战争德性之人，
> 我的决定是给他们自由。
> 交由你带领，以伟大的诸神之意。（F. 183-190）

皮洛士拒绝接受赎金，要求罗马人"凭德性检验"谁更有资格"统治这个时代"。在现存残篇中，"德性"一词并不常见，却在这一演说辞中连续出现了两次。更值得注意的是，在第188行，"德性"一词受定语"战争"限定，这也是现存残篇中唯一加给"德性"的定语。问题在于，在《编年纪》的世界中，战争德性具体是指哪些美德？在下面的残篇中，诗人暗中回应了这个问题：

> 没有被任何恐惧抓住；信赖［自己］德性的他们休息了
> （F. 562）

由于"信赖德性"，这些人"没有被任何恐惧抓住"。换言之，他们具有勇敢的美德。勇敢是最重要的战争德性，这一德性指向外在之物，是占有和获取发生的前提。[①] 在《编年纪》中，

[①] 施特劳斯，《柏拉图〈法义〉的论辩与情节》，北京：华夏出版社，2011，页9。

勇敢是罗马人的重要美德：

> 罗马人的勇气像深邃的天空。(F. 559)

如前文所说，天空是众神的居所，寰宇中最为神圣不可及的空间，而罗马人的勇气之磅礴，竟然可以与天空相类比。在第七卷的一个残篇中，诗人这样写道：

> 幸运被赠予勇敢的人们。(F. 233)

拥有这神圣勇气的罗马人，必然因他们的勇敢而受命运眷顾，在战争中永远"能够战胜"。不过，《编年纪》中的公民德性并不仅仅局限于战争。在恩尼乌斯的笔下，罗马公民不仅仅有战争事务，还必须参与国内的政治生活：

> 在会议中，他是什么样的人？在战争中呢？(F. 213)

罗马公民不仅要参与战争，还要参加"会议"。"会议"中的罗马公民形象，以关于罗马贵族塞维里乌斯（Seruilius Geminus）的残篇最具表现力：

> 如此说来，他呼唤这么一个人，甘愿常常
> 与这人分享餐桌、他的谈话和他的事务，
> 愉悦而友善，当他因那一日
> 在罗马广场与神圣的元老院中，就最高的统治事务
> 做出大量决策而变得疲劳；
> 他总会与这人讲些或大或小的玩笑事，

说些或好或坏的话。(F. 268-275)

恩尼乌斯在此描绘了自己心中的模范公民。这位罗马公民积极参与政治生活,日日劳累于"在罗马广场与神圣的元老院中决策最高的统治事务"。在这段以呼唤朋友为题的讲词中,诗人首先强调友人的政治身份——共同的政治事业才是成为朋友的前提。接着,诗人进一步刻画这位朋友的形象。他正义且虔敬,"没有邪恶性情的想法",从不"轻易行恶事"(F. 276-277),"保持着已逝旧日的古风,和那些新旧的风俗,他保留着许多古代之物,和众神与众人的法律"(F. 280-282);他是明智之人,"有学识"且"快乐、机敏"(F. 278-279);他有节制的美德,不仅"不多言",还能"审慎地说出传言"(F. 283-285)。我们能够看到,除了战争德性勇敢外,古代西方的美德几乎全部汇集在此。勇敢似乎是一种完全对外的德性,在罗马公民的政治生活中,我们看不到它的身影。然而,在演说的结尾处,诗人将这位优秀的公民拉上了战场:

在战斗中,塞维里乌斯如此说。(F. 286)

原来,这番如罗马公民德性赞词般的演说,竟是"在战斗中"说的。由此可见,和勇敢相同,虔敬、明智、节制也属于"战争德性"之列。在此基础上,皮洛士的演说有了更深远的含义:机运女神所要求的"战争德性"不仅展现在战争当中,还展现在罗马公民一切政治生活的方方面面。不仅如此,我们还能够看到,古希腊传统的主要德性中,唯有正义不在此列。然而,作为歌颂战争的史诗作品,《编年纪》显然无法回避正义的问题。我们有必要追问,恩尼乌斯是如何处理《编年纪》中的正义问题？关于正义与其他德性之间的关系，柏拉图在《法义》中曾这样说：

> 明智在属神的诸善中居于主导地位。其次是跟随理智的灵魂之节制习性，这些结合勇敢，就产生了处于第三位的正义。①

正义在属神的诸善中位列第三，是更高的明智、节制和更低的勇敢的结合。也就是说，正义美德的实现，要求人兼具明智、节制和勇敢等德性。这样看来，恩尼乌斯笔下的明智、节制且勇敢的罗马人似乎满足了《法义》中正义的全部前置条件。但我们并不能由此认为，《编年纪》中的罗马人是正义的，对这个问题的回答，还有赖于对《编年纪》中战争正义性的进一步探究。

正如前章中所说，从现有残篇看，恩尼乌斯对待战争的态度是自相矛盾的。《编年纪》本就以歌颂罗马人的战争为主题，诗人曾多次明确表达对战争的赞赏：在第十六卷的序言中，恩尼乌斯曾说"勇士们的古代战争处理得十分充分"（F.403）；在第六卷的序言中，诗人将皮洛士战争称为"伟大战争"（F.164）。然而，在另一些关于战争的表述中，诗人又明确表达出对战争的反感。在第八卷中，诗人通过描绘汉尼拔战争带来的灾难，表现出和平主义的倾向：

> 当战争打响
> 智慧被赶跑，凡事用武力解决，
> 优秀的演说家被摈弃，粗鲁的士兵却受爱戴；

---

① 柏拉图，《法义》，林志猛译，北京：华夏出版社，2023，页77。

他们几乎不再用有教养的言辞斗争,而是用恶言恶语
混在彼此之间,煽动着不友善;
他们不再根据法律斗争,而是以强大的铁提出诉求,
寻求统治,全力前行。(F. 247–253)

与此前的战争不同,汉尼拔战争似乎没有了值得称颂的高贵之处,明智、节制、勇敢的友人已消失不见,战争的降临使罗马人离心离德,陷入混乱。是什么原因导致了这一转变,汉尼拔战争与罗马人此前的战争有何不同之处?原来,在罗马人的"伟大战争"之中,从未有过任何一场战争比这场战争更具有破坏性,它给罗马人带来了深重的伤害:

战争和饥荒在意大利人民大众中造成何等的孔隙,姑以罗马市民在战时减少四分之一为例……都被毁为丘墟……道德堕落……市民和农民的世传美俗都受了暗伤。①

罗马人曾让敌人一次次品尝战争的苦果,而现在,这场波及意大利本土的惨烈战争深深伤害了罗马人的心灵,是罗马自己而非敌人尝到了战争的苦涩。在这种情况下,恩尼乌斯便表现出明显的反战倾向。实际上,在以罗马建国为主题的第一卷中,恩尼乌斯就曾流露出类似的倾向。在有关萨宾人的诗文中,他写道:"愚蠢的野猪习惯于用蛮力战斗。"(F. 96)从这句话看来,恩尼乌斯似乎并不赞同用战争解决民族争端,而是希望交战双方"创造永久的和平时日"(F. 101)。问题在于,罗马人所宣称的和平

---

① 特奥多尔·蒙森,《罗马史 第 2 册》,李稼年译,北京:商务印书馆,2017,页 185。

是一种怎样的和平？在有关萨宾人的另外两个残篇中，它显露出了真正面目：

> 每一个罗马人家中都拥有一位属于他自己的［贞女］。

在这个关于"抢劫萨宾妇女"事件的文段中，罗马人似乎拥有占有其他民族财物乃至人身的自然权利。不仅如此，在相邻的另一个文段中，罗马人甚至对萨宾王的反抗表露出了愤怒：

> 提图斯·塔提乌斯啊，你这恶王，你给自己带来了如此大的恶果！（F. 104）

在这个残篇中，恩尼乌斯用颇具特色的首韵法，表现出了罗马人的慷慨激愤。罗马作为正义的一方，将"恶果"施以罗马的邪恶敌人。《编年纪》中，这种颇为高傲的态度十分常见，例如，在皮洛士战争中，罗马人就曾蔑称敌人为"愚蠢的埃阿科斯的后代"（F. 197）。罗马人卓越的德性，似乎成了他们对外征服的正义支撑。这种对外征服并非本能的扩张，它有着清晰的目标。罗马与萨宾的和解，将这一目标较为完整地呈现：

> 关于你我的事务、信赖与王国，公民们，
> ［我祈祷着］，它自身变得繁荣、幸运且好。（F. 102）

在罗马与萨宾达成和平之后，"公民"（quirites）这一对罗马人的集体称呼首次出现。萨宾人的加入，意味着"罗马"这一政治共同体超出了种族血缘的束缚，从而具有了可加入性。自此以后，在罗马的扩张过程中，"坎帕尼亚人成为罗马公民"

(F. 157),"我们是罗马人,从前曾是鲁迪亚人"(F. 525)等事件才有了发生的可能。在这个意义上,我们方能理解所谓"永久的和平时日"(F. 101):这是一种以罗马统治为前提的和平,它实际上意味着罗马对其他民族的吞并,而这也是罗马人正义德性的真正含义。正义既不等同于战争,也不等同于和平,它还有另外一个名字——"罗马统治"(Imperium Romanum)。

"帝国"为罗马的命运

现在,正义的问题似乎已经弄清楚了,在《编年纪》的寰宇中,罗马的统治就等同于正义。然而,我们的探究并不能够止步于此。在获得这定义的同时,我们在前文未能获得解答的关键性问题终于能够再次被提出:《编年纪》中的罗马人通过怎样的政治思想秩序,才使自己的所谓正义获得合理性?换言之,罗马帝国的正义性以何为支撑?在恩尼乌斯笔下,"帝国"或曰"统治"似乎是罗马人注定的命运。"命运"这个词首次出现,是在下面这个残篇中:

> 女儿啊,首先,你所生育的[孩子]会历经艰险;
> 之后,命运将会自河流中再次降临。(F. 44-45)

这个文段出自罗马建城者罗慕路斯的母亲伊利亚的梦境,在梦中,她被战神玛尔斯掳走,随后与她的父亲埃涅阿斯相见。埃涅阿斯告知伊利亚,众神给予她的儿子"命运"。一般认为,这里的命运,指的便是罗慕路斯建立罗马,征战四方,并最终因其伟大的功绩而成神。然而,细究这段文字,我们很容易发现,"命运"一词并无确定的主语。在此处,从河流中降临的命运,

既可以指罗慕路斯兄弟的功业,也可以指罗马受台伯河水的养育而富饶。正如下面这个不定残篇所表现的:

  而河流用巨手托起罗马人(F. 581)

从河流中升起的不仅仅是罗慕路斯的命运,也是罗马自身的命运。那么,罗慕路斯和罗马的命运如何?让我们首先将目光转向罗马的建国时刻。现存的残篇聚焦于一场气势恢宏的鸟占,它在西塞罗的作品中相当完整地保留了下来:

  这时,原本明亮的天体隐入了沉沉的黑夜。
  接着,一束澄明的光射了出来;
  此时,自山巅之中,一只极美的神鸟振翅而出,远远地向左飞去,
  同时,金灿灿的太阳显露出来。
  十二只飞鸟的神圣身躯自天空而下,
  飞往美丽而吉祥的神域。
  看到这些,罗慕路斯通过鸟占,
  获得了统治的基础和坚固的王座。(F. 84-91)

古罗马一直有鸟占的传统,鸟是神圣的象征。明亮的天体隐去,"澄明的光"却显露出来,"投射其自身",可见这光并非来自日月,而是出自别处。伴随这光,一只神鸟展翅高飞,这之后,隐去的天体再现,神鸟齐飞。场景变换,从明到暗,从暗复明,明暗之间,人间也已悄然变换。我们可以看到,通过这样恢宏场景的描写,恩尼乌斯赋予了罗马的建城和命名极强的神圣色彩。

实际上，恩尼乌斯一直致力赋予罗马神圣性，这集中表现在他对罗慕路斯神性的刻画上。在《编年纪》中，罗慕路斯不仅是众神择定的命运之子，还是战神玛尔斯的儿子、维纳斯女神的重孙。并且，现存残篇明确证明，在恩尼乌斯笔下，罗慕路斯死后升入了天空，和众神生活在了一起。在这些情节中，恩尼乌斯极力刻画这位罗马建城者的神性，赋予他的建城活动神义的色彩，从而使罗马本身具有了神圣性。若要领会这一神圣性的内涵，我们首先需要关注罗慕路斯的人间活动。在《希腊罗马名人传》中，普鲁塔克曾这样概括罗慕路斯一生的功绩：

> 罗慕路斯……强迫敌人拆毁和夷平自己的家园，并将自己掺和到征服者当中去……白手创业、建立新邦，随后即为自己夺取疆土、创建国家、君临王国、兼并部族、谋获联姻和订立宗盟……在战争中征服诸国、摧毁城邦、降伏国王，击败统帅。①

根据这一记载，罗慕路斯的一生无疑是对外征战的一生，而他的对外征服正是罗马对外征服的起点。正如前文所说，神圣的罗慕路斯的行为具有神义色彩，这意味着，作为罗慕路斯征服活动的延续，罗马的对外征服必然神圣正当。换言之，是神赐予了罗马征服和统治整个寰宇的命运。不过，在恩尼乌斯笔下，这一命运绝非残忍的征服，恰恰相反，它代表着光明的新生。在罗慕路斯的悼文中，对此有清晰的呈现：

---

① 普鲁塔克，《希腊罗马名人传》，黄宏煦主编，陆永庭、吴彭鹏等译，北京：商务印书馆，1990，页83。

> 哦，罗慕路斯，神圣的罗慕路斯，
> 你是神明所降的国家的守卫者！
> 父亲啊，赐生者，神的后裔！
> 你将我们带入了光的领域。(F. 107-110)

在这段悼文中，有两处格外需要留意。一是"赐生者"这一称呼，二是"带入光的领域"这一表述。在拉丁文中，动词"facio"既可以表示"生产"，也可以表示"给予光明的领域"，它被用来表达一个生育的过程。[①] 尽管此处的"赐生者"的拉丁文并非"facio"，我们仍能够借此获得更进一步的理解。赐生者罗慕路斯将罗马人带入了光的领域，这很可能意味着，从政治生命的角度而言，罗慕路斯所带来的全新的政治生活方式给予了人们新生。正如前文所说，"罗马"绝非一个以血缘为限制的政治单元，它从建立之初便具有可加入性。在《编年纪》中，从"人"到"罗马人"的转变不仅仅是一个身份上的转换，它意味着在"光之领域"重生。而罗马人的神圣征服活动，将这新生带向了整个寰宇，赐予地中海世界的所有民族，正如维吉尔在《埃涅阿斯纪》中所说：

> 罗马人，你当记住，用自己的权威统治万民，
> 你的特长在于：以和睦方式移风易俗，
> 怀柔臣服者，用战争征服不服从者。(F. 851-853)

罗马人的命运是"统治"的命运。恩尼乌斯通过赋予罗慕

---

① Virginia Fabrizi, "History, Philosophy, and the Annals", in *Ennius' Annals: Poetry and History*, ed., Cynthia Damon, Joseph Farrell, Cambridge University Press, pp. 60-61.

路斯神圣性，使罗马的统治命运具有了神义的支撑。可以说，自罗慕路斯在台伯河畔建立罗马城始，命运便始终站在罗马人的身边。然而，如果简单地将罗马人实现统治、征服世界归结为命运的庇护，那便有违了恩尼乌斯的本意。正如前文所说，战争德性是命运拣选统治者的标准所在，若罗马失去德性，命运女神也可能放弃罗马：

> 在战争中，很多事在一日间发生，
> 再一次，许多命运偶然地沉沦
> 幸运决不会永远跟从一人。（F. 258-260）

命运的善变是历史中永恒的话题。恩尼乌斯用整整十八卷的篇幅赞美罗马人的战争德性，使罗马的统治命运成为最具神圣正当性的、世界历史的终点。由此，我们终于窥得恩尼乌斯教诲的全貌——命运使有战争之德者统治寰宇，而这有德者便名为"罗马"。

结　语

在《编年纪》中，恩尼乌斯将"战争德性"作为被命运选择的唯一标准，并将虔敬、守法、明智、勇敢的战争德性赋予罗马公民。由此，罗马帝国的统治获得了神圣的正当性。不过，命运选择有德之人的思想并非古代西方所独有。在《诗经·大雅·文王》中，有"无念尔祖，聿修厥德。永言配命，自求多福"。在周人眼中，命与德之间具有神秘的联系，若要天命不离弃周，就必须"修德"，以自己的行为"求福"。然而，周人之德和恩尼乌斯笔下的"德性"，在内容和取向有巨大的差异。周人之德的含义，在《左传》中有比较生动的展现：

> 对曰："臣闻之，鬼神非人实亲，惟德是依。故《周书》曰：'皇天无亲，惟德是辅。'又曰：'黍稷非馨，明德惟馨。'又曰：'民不易物，惟德繄物。'如是，则非德，民不和，神不享矣。神所冯依，将在德矣。"

周人之德并非一个政治体对模范公民的要求，它既在世间之内，也出世间之外。而恩尼乌斯笔下罗马的德性，是一种被包含在政治体之内的，严格的公民德性，这种德性格外强调战争。在这一意义上，这两种定"命"之"德"完全不同。作为历史上罗马学校的教材，《编年纪》中对战争的赞扬和对政治体中人的过分强调，必定深深烙印在罗马后辈的内心，而罗马的命运，或许也曾由于恩尼乌斯的诗文而有所转向。

编年纪(残篇)

恩尼乌斯

凡　例

本稿参考的《编年纪》注释本与英文译著本如下（按出版时间先后排列）：

V1 本 = *Ennianae Poesis Reliquiae recensuit Johannes Vahlen*. Leipzig, Teubner, 1854.

V2 本 = *Ennianae Poesis Reliquiae, iteratis curis rec.* Iohannes Vahlen, Leipzig, Teubner, 1903.

St 本 = *The Annals of Q. Ennius*. edited by E. M. Steuart, Cambridge, 1925.

W 本 = *Remains of Old Latin*. edited and translated by E. H. Wannington (Loeb Class. Library). vol. I, 1935; reprinted with corrections 1967.

S 本 = *Ennius, Quintus. The Annals*. Otto Skutsch, ed. with introduction and commentary, Oxford, 1985.

FRL 本 = *Ennius. Fragmentary Republican Latin, Volume I：Ennius, Testimonia. Epic Fragments*. edited and translated by Sander M. Goldberg, Gesine Manuwald. Loeb Classical Library 294, Cambridge, MA：Harvard University Press, 2018.

第一卷　罗马建国

残篇 1：恩尼乌斯呼唤众缪斯

[附注]

此标题根据现有研究给出，主要出自 FRL. 本与 S. 本注释，下文中若无标题，则学界对此残篇背景并无可靠推测。

1　Varro, *Ling.* 7.5-20①

瓦罗：在这一卷中，我将讨论诗人的用词，首先考虑到各种场所……

1　缪斯②们用脚拍打着③伟大的奥林匹斯④

希腊人称天空为奥林匹斯。人们皆称马其顿境内的这座

---

① 瓦罗（M. Terentius Varro）是西塞罗同时代古罗马政治家与学者，著有《论拉丁语言》《论农业》等。

② 此处，恩尼乌斯保留了希腊的缪斯，而不是像李维乌斯等罗马诗人一样，将缪斯替换为罗马的卡梅纳女神（Camena）。

③ pulsates［拍击］：pulsates 指舞蹈中的击打，此处描写的是缪斯女神的歌舞场景。

④ magnum…Olympum［伟大的奥林匹斯］：此处并不是一个地理上的概念，而是指神所在之处。

山为奥林匹斯，因此，我倾向于认为，诸缪斯女神被称为"奥林匹斯的女儿"。

Cf. Serv. ad Verg. *Aen.* 11. 660；Varro，*Rust.* 1. 1. 4.

残篇 2-9：恩尼乌斯梦中景象

2　Fronto Ad *M. Caesarem et invicem libri*，Ep. 4. 12. 4

弗戎托：①

2　被束缚在温和宁静的睡眠中

就像诗人所说，我在梦中见到你，一直拥抱你，深情吻你。接着，沿着梦境，我时而泣涕涟涟，时而幸福快乐地跳舞。这是我从我的爱之《编年纪》②中摘取的，一个诗意而梦幻的证言。

3　Cic. *Acad.* 2. 51

西塞罗：你认为恩尼乌斯，在与邻人色尔维乌斯·伽珥巴在园中散步后，会说"我被看见与伽珥巴一起散步"吗？

---

① 弗戎托（Cornelius Fronto Marcus）是公元 1 世纪前后的古罗马演说家和政治家。

② ［FRL本注］此处"编年纪"是一个双关语，既可以指恩尼乌斯作品《编年纪》，也可以指作者的"爱的编年纪"。如果将其理解为恩尼乌斯的《编年纪》，那么，这一引文应当归于诗人呼唤缪斯女神、荷马现身的场景，因为唯有这一梦境中有舞蹈。

但在梦后,他却用这种方式讲述:

3　诗人荷马被看见①出现
Cf. ②Cic. *Acad.* 2. 88; *Rep.* 6. 10; Fronto, *Ep.* 2. 12.

4　Cic. *Acad.* 2. 88

西塞罗:除非,我们显然不认为恩尼乌斯听到了全部演说,

4　灵魂的虔敬啊

如果他只是梦见,那和他在清醒时听见是一样的,因为在他清醒时,他能认识到这些景象是梦,而它们确实是。对他来说,无论是睡着还是醒着,它们都同样真实。

Cf. Donat. ad Ter. *Eun.* 560.

5　Festus, pp. 354. 35-56. 1 L. ③

[译按]这句残篇的含义和位置存在争议。FRL 本认为,此处两个宾语 rivos camposque [河道和田野] 都受动词 remanant [流向、流回] 支配,并把残篇补全为"水并不缺乏,它

---

① 原文为 visus,video 的完成时被动态分词形式,故译为"被看见"。
② 由于恩尼乌斯的《编年纪》全篇佚失,现存内容仅由后世古代作者于其作品中所引之残篇构成。正文所引为主要出处;关于同一残篇在其他古代文献中之并见处,Cf. 标示于此处,以供进一步对照与参阅,下文若不做特殊说明,均为此例。
③ 斐斯图斯(Pompeius Festus Sextus)是公元 2 世纪的古罗马学者。它

们充满了河道和田野"。译者认为,这一补全方式不甚有根据,因此不取这一翻译,仍将 rivos [河道] 视作 desunt [遗弃、离弃] 的宾语。此处仍遵循 FRL 的排序,将这个残篇放在此处。

斐斯图斯:remanant [的意思是] "使补充"。恩尼乌斯在第一卷中有:

5　它们离弃河道,漫入田野①
Cf. Paul., p. 355. 11 L..

6　Varro,*Ling.* 5. 60

[译按] 埃利奥特认为,这一残篇可能属于恩尼乌斯的另一首诗歌《厄皮卡尔穆斯》(*Epicharmus*),而不是《编年纪》(Elliott, 2013:144-148)。《厄皮卡尔穆斯》这部作品与叙拉古的毕达哥拉斯派哲人和谐剧诗人厄皮卡尔穆斯同名。

瓦罗:帕库维乌斯②是对的,他说"天生出了气",③ 而恩尼乌斯:

6　那以她自己给予身体的大地
　　又将所给收回,一点儿也不浪费

---

① 此处译者采纳 W 本的看法,认为这一残篇属于罗慕路斯与瑞姆斯被抛入台伯河后,河水泛滥,将双胞胎冲到岸上的情节。
② 帕库维乌斯(Pacuvius)是恩尼乌斯的侄子,悲剧诗人,年轻时跟随恩尼乌斯来到罗马。
③ [FRL 本注] 诺尼乌斯(p. 75. 8 M. = 105 L)记载了帕库维乌斯的完整表述:Mater est terra: ea parit corpus, animam aether adiugat [大地作为母亲,生出身体,然后注入气]。瓦罗将这句话转换为间接引语,并将恩尼乌斯作为后文的直接陈述者。

Cf. Varro, *Ling.* 5. 111；9. 54.

7 Varro, *Ling.* 5. 59

瓦罗：这两者，天空和大地，构成一组，就像生命和身体。大地湿冷，而：

8 有羽的种族习惯于从卵中，而不是从生灵中诞生，

这是恩尼乌斯所说，还有：

9 这之后，自天上①降临到幼崽身上的，
是生灵自身

Cf. Diom. , *GL* I, p. 383. 5-6；Prisc. , *GL* II, p. 401. 4-5.

或根据西提的芝诺②所说，活物的种子是火，也是生灵和精神（mens）。

8 Charis. *GL* I, p. 98. 3-6 = p. 124 B. ③

卡瑞西乌斯：pavos 和 pavo［孔雀］。恩尼乌斯：

---

① S 本、FRL 本皆认为，Divinitus 在这个语境中应当译为"从天上"；W 本则译为"根据神"，此处采纳前者。
② 西提的芝诺（Zeno of Citium）生于公元前 331 年，是斯多葛学派的创始人。
③ 卡瑞西乌斯（Charisius Flavius Sosipater）是公元 4 世纪的拉丁文法学家。

11　我记得我曾成为一只孔雀。
Cf. Donat. ad Ter. *An.* 429；*Ph.* 74；*Ad.* 106.

9　Serv. ad Verg. *Aen.* 6. 748

色尔维乌斯："他们每千年转动一次［时间之］轮"：他们在年的轮转中完成了约定的时间。这是恩尼乌斯的语言。①

残篇10：诗人自信他的作品会获成功

10　Inc. *De ult syll.*，GL IV，p. 231. 11–18

佚名文法学家：在《编年纪》第一卷中，恩尼乌斯：

12　我②的诗和事，③
　　将享誉于民众④之中。

---

　　①　［FRL 本注］斯库奇（Skutsch, 1985：165）认为恩尼乌斯追随俄耳浦斯和毕达哥拉斯，将转世的间隔设定为 300 年。这一观点和此处色尔维乌斯引用的"千年"不符。S 本在处理这个残篇的时候，并没有确定它的位置。
　　②　原文为 nostra，第一人称复数。
　　③　品达和西蒙尼德都曾声称，诗使诗中所记叙之事不朽，这种观点放在史诗之中尤为合适。因此，此处 res 虽然没有定语，但可以理解为"诗中所记之事"。
　　④　［FRL 本注］populos［民众］包括整个意大利的人口，如果卢克莱修在 1. 119 中［对此处］的回应与原文相符。关于恩尼乌斯的信心，见第七卷的序言。

残篇11-26：埃涅阿斯离弃特洛伊前往意大利，在此与阿尔巴隆加的王建立和平

11　Prisc. *GL* II，p. 97. 6–9①

普瑞斯奇阿努斯：veterrimus［变老］源于阳性［形容词］veter［年老的］，卡佩尔②的权威和许多最古老的作者的使用也支持这一点。恩尼乌斯：

14　当年迈的普瑞阿穆斯③败亡于战斗的皮拉斯基人④之下
Cf. Ars. Bern. *GL* VIII，p. 81.

12　Probus, ad Verg. *Ecl.* 6. 31；vol. 3. 2，p. 336. 4–12 Th. –H.⑤

普若布斯：为何他在此处（Verg. *Aen.* 6. 724）令安喀塞斯解释他让神明西勒努斯做的事，如果不是因为诗人恩尼乌斯认为安喀塞斯拥有预言能力，并借此知晓神意？因此：

---

①　普瑞斯奇阿努斯（Priscianus）是古罗马文学晚期最著名的文法学家之一，活跃于公元6世纪前后。
②　卡佩尔（Caper）是古罗马文法学家，年代不详，但早于卡瑞西乌斯、色尔维乌斯、普瑞斯奇阿努斯等人。
③　普瑞阿穆斯（Priamus）特洛伊战争时期的特洛伊国王，赫克托和帕里斯之父。
④　皮拉斯基人（Pelasgo）是演讲、悲剧中常用的希腊形象。恩尼乌斯可能是第一个在"希腊"这一意义上使用这个词的作家，维吉尔等后辈诗人继承了这一点。
⑤　普若布斯（Valerius Probus）是公元2世纪的维吉尔注疏的作者。

15　最美的女神维纳斯给了聪慧的安喀塞斯①
　　预言的能力，使他拥有了一颗神圣的心。

　　因此，奈维乌斯在他的《布匿战争》第三卷中有："安喀塞斯在天界看见一只鸟之后……"（BP, F. 25 Strzelecki）。

Cf. Schol. Veron. ad Verg. *Aen.* 2. 687；vol. 3. 2, p. 427. 1-5 Th. -H.

13　Fest., p. 218. 6-11 L.

　　[译按] S 本认为这个片段属于安喀塞斯的演说，W 本则认为这句话是维纳斯所说。
　　斐斯图斯：此处有一个证据证明，古人的 orare [请求，恳求] 有 agere [去做] 的含义……因此，恩尼乌斯也在《编年纪》第一卷中说：

17　你要做你的父亲恳求你去做的事

14　Dan. ad Verg. *G.* 4. 59

　　达尼埃利斯的色尔维乌斯：②"游过夏日清新的空气"：另一处用 nare [游过] 替代 volare [飞过]，就像恩尼乌斯在第一卷中：

---

　　①　安喀塞斯是希腊神话中的达尔达诺斯国王，爱神阿芙洛狄特的情人，两人生子埃涅阿斯。
　　②　色尔维乌斯的注释现存有两种版本，较长的这一种被称为 Servius Danielis [达尼埃利斯的色尔维乌斯]、Servius Auctus [色尔维乌斯扩展本]、D. servius 或 DS，公元 1600 年由皮埃尔·达尼埃利斯整理出版。

18　她①迅速地游过一片黑雾的柔波。

不过，相比起飞行者，这个词的含义更匹配泳者。

15　Fest., p. 386. 32–35 L.

斐斯图斯：sos 即 eos［他们］，正如恩尼乌斯在第一卷中：

19　于是她站在那里，神圣的众女神环绕［着她］

16　Macrobius, *Sat.* 6. 1. 11②

玛克若比乌斯："有一个地方，希腊人称之为赫斯佩瑞阿"（Verg. Aen. 1. 530, 3. 163）。在第一卷中，恩尼乌斯说：

20　有这么一片土地，凡人惯称其为赫斯佩瑞阿③

17　Varro, *Ling.* 5. 42

瓦罗：从前，人们称这座山［卡皮托利乌姆］④为"萨

---

①　［FRL 本注］这句话的主语很可能是维纳斯，描写她前去与安喀塞斯见面的路途。

②　玛克若比乌斯（Aurelius Ambrosius Theodosius）是公元 5 世纪前后的古罗马文法学家。

③　Hesperiam［赫斯佩瑞阿］意为"西方之土"，古希腊人以此称呼意大利，古罗马人则以此称呼西班牙。

④　Capitolium［卡皮托利乌姆］是罗马七山之一，朱庇特神庙所在地。

图尔尼阿之山",这当然是来自:

21　萨图尔尼阿①的土地

恩尼乌斯也这样称呼它。这表明,这片土地上的古代城镇属于萨图尔尼阿。

Cf. Fest. , p. 430. 30-34 L. .

18　Varro, *Ling.* 7. 28

瓦罗:恩尼乌斯表明,cascus 的意思是"古老的",因为他说:

22　这儿②确由古老的拉丁民族所有。
Cf. Cic. *Tusc.* 1. 27; Hieron. *Epist.* 8. 1.

19　Nonius, p. 197. 2-11 M. =289L. ③

诺尼乌斯:Caelum［天空］是中性［名词］,在卢克莱修处是阳性［2.1097］……恩尼乌斯［Inc. *Ann.* F 97］也有:

---

① Saturmnia［萨图尔尼阿］旧译为"萨图恩",是古罗马最古老的神祇之一,原初之大地丰饶神,后与希腊神话人物克洛诺斯融合,被认为是主神朱庇特之父。
② 很可能指 F. 17 中的萨图尔尼阿之土。
③ 诺尼乌斯(Nonius Marcellus)是公元 4 世纪晚期至 5 世纪早期的古罗马文法学家与作家,与玛克若比乌斯同时期。

23　萨图尔尼阿
　　天空之神①是他的父

Cf. Charis. *GL* I, p. 72. 12-14=p. 91. 14-16 B. .

20　Nonius, p. 216. 31-34 M. = 320 L.

诺尼乌斯：onsidio［阻滞，封锁］是阴性……恩尼乌斯用作中性：

25　当强大的提坦②用残忍的封锁镇压③

21　Macrob, *Sat.* 6. 1. 12

［译按］W 本将 F 21 放在罗慕路斯和瑞姆斯从台伯河中被托起的情节中，并将 F 22 归为决定双生子命运的诸神会议。译者认为 W 本的观点更为恰当。此处为保持残篇顺序连贯，仍采用 FRL 的顺序，将这个残篇放在此处。

玛克若比乌斯："而你，尊敬的台伯河，携你那神圣的

---

①　Caelus［天空之神］为 caelum［天空］的阳性变格。
②　十二提坦是希腊神话中传说曾统治世界的神族，这个家族是乌拉诺斯和大地女神盖亚的子女，他们试图统治天国，但被宙斯家族推翻并取代。
③　suo［残忍的］：此处原文缺失严重，学界有三个补全的版本："suo"（codd.）、"saevo"（Iunius）与"sos"（Nemethy）。此处采纳 FRL 的观点采纳第二种，译为"残忍的"。［FRL 本注］由于语境缺失，此处的文本和含义都无法确定。［我们］无法知晓，这一行是以介词 cum 还是连词 quom 为句首。如果是前者，［此处］就不可能是 suo，而可能被修正为 saevo［残忍的］；如果是后者，可能的修正是 sos［他们］，即，"当强大的提坦镇压了他们"。在这些情况中，受害者都可能是萨图尔尼阿的儿子们。

河流"(Verg. *Aen.* 8.72);恩尼乌斯在第一卷中有:

26 而你,台伯河,你携你神圣的河流

22 Macrob, *Sat.* **6.1.9**

玛克若比乌斯:"他旋转天空那点缀着明亮星星的拱顶,在他的肩上"(*Aen.* 4.482);恩尼乌斯在第一卷中:

27 他旋转着繁星点点的天空

23 Serv. Dan, ad Verg. *G.* **3.35**

达尼埃利斯的色尔维乌斯:阿萨拉库斯是安喀塞斯的祖父。恩尼乌斯:

28 卓越的卡普斯是阿萨拉库斯之子,
   他生下了虔敬的①安喀塞斯

Cf. Serv. Dan. ad Verg. *Aen.* 1.273, 6.777, 8.130.

24 Prisc. , *GL* **Ⅱ, pp. 337.26−38.1**

普瑞斯奇阿努斯:实际上,他们用 laurentis[洛兰图姆]代替 laurens,恩尼乌斯在《编年纪》中有:

---

① [S本注]此处 pium 指的是安喀塞斯对神的态度。

30　一天，这些人①到达洛兰图姆②的土地

25　Atilius Fortun.，*GL* VI，p. 284. 20-21③

阿提利乌斯·佛尔图纳提阿努斯：最长的诗句有十七个音节……最短有十二个，例如恩尼乌斯的句子：

31　阿尔巴隆加④的王回答他

Cf. Donat.，*GL* IV，p. 396. 18-19；Pomp.，*GL* V，p. 297. 20-21；Ars Bern.，*GL* VIII，p. 94；Explan. in Donat.，*GL* IV，p. 548. 2-3.

26　Macrob，*Sat.* 6. 1. 13

［译按］W 本认为这个残篇属于罗慕路斯与努米托和好的情节。

玛克若比乌斯："接受并交换誓言；我们的心已准备好战斗"（Verg. *Aen.* 8. 150）；恩尼乌斯在第一卷中：

32　接受并给予信任，缔结既坚固又好的条约

---

①　［FRL 本注］此处应指埃涅阿斯领导下的特洛伊人到来。普瑞斯奇阿努斯所引用的残篇中，没有标出所属卷的大多属于第一卷。

②　洛兰图姆（Laurentum）位于意大利沿海，奥斯提亚（Ostia）南部。

③　阿提利乌斯·佛尔图纳提阿努斯（Atilius Fortunatianus）是公元 4 世纪前后的古罗马文法学家。

④　意大利古代城市，位于罗马东南现甘多尔福堡（Castel Gandolfo）附近，约公元前 1152 年建立，前 600 年左右为罗马所毁。

残篇 27-37：罗慕路斯与瑞姆斯出生

残篇 27-28：伊利亚的梦

27　Macrob, *Sat*. 6. 1. 14

[译按] W 本将这一残篇归于罗慕路斯建城前夜。

玛克若比乌斯："夜深时，月亮隐藏在黑云后"（Verg. Aen. 3. 587）；恩尼乌斯在第一卷中：

33　当漆黑的夜隐匿了上方的光亮

28　Cic. *Div*. 1. 40-42

西塞罗：在恩尼乌斯的作品中，这位著名的维斯塔贞女①说：

34　老嬷嬷起身而来，颤巍巍②的手中打着光亮，
　　被噩梦惊醒③的她，流着泪叙说道：

---

①　维斯塔贞女（Vestales Virgins）是侍奉圣火维斯塔女神（Vesta）的女祭司，因奉圣职的 30 年内须守贞而得名。

②　[S本注] 此处发抖更多是因为年迈而不是恐惧，这里的女性是伊利亚的年老侍女，而不是伊利亚的姐妹，后者是一位维斯塔贞女，即使是埃涅阿斯早年生的女儿也还没有到老迈的年龄。

③　exterrlta somno [被噩梦惊醒]：直译为"由睡眠而受惊"，ex-词缀突出实际动作，故译为"惊醒"。

我们父亲的爱妻①欧律狄刻之女啊，
如今，我的全身都丧失了活力。
似乎有一个丰神俊朗的男子，他挟②着我，急匆匆地
经过了一些喜人的黄柳、河滩③和陌生的地方；
40 就这样，④ 这般之后，我的姐妹，我似乎独自游荡，
缓缓循着你的踪迹，追寻着你，却不能
以心触碰到你；我已经无路可走。
之后，我好像听见父亲的声音，⑤
他对我施以这些言语："女儿啊，首先，你所生育的，
45 会历经艰险；之后，命运将会自河流中再次降临。"
说完这些，姐妹啊，父亲就骤然离去，⑥
我满心渴望着的他，不曾显现于我眼前，⑦
即使我哭着张开双臂，一次又一次地朝向青色的天空，
以真挚的声音呼唤着他。
50 就这样，我的心虚弱极了，我从睡梦中醒来了。

---

① S 本认为这里的 quam 指的是欧律狄刻，而 W 本认为 quam 代表伊利亚的姐妹。此处译文采纳前一种解释。

② 这里动词 raptare 意味着"拖走""掳走"，最强烈地暗示了伊利亚被迫与玛尔斯发生性关系。

③ 伊利亚的命运和台伯河紧密联系，她被扔进河中与河神成婚，她的双胞胎在河中出现……这里，河的景色和后文形成了呼应。

④ Ita［就这样］暗示着前文男子的突然消失。这种沉默的叙述有一种梦一样的朦胧感，诗人尝试尽量隐晦地不去提及强暴的内容。

⑤ 此处插入 Voce［声音］，强调埃涅阿斯是以声音而非形象出现，与 F. 47 相呼应。

⑥ ［S 本注］："repente recessit" 意味着，父亲在说话时一直在附近，只是没有现身。

⑦ nee sese dedlt in conspectum［不曾显现于我眼前］：还可直译为"不再在我的视野中给出他自身"。

尽管这些是诗人的想象,但它们与梦非常相似。

残篇 29-37:众神会议以决定伊利亚的命运

[FRL 本说明]维纳斯回应伊利亚的祈祷,告知她将嫁给河神阿尼奥(Anio),而她的双生子暴露并获救。卢克莱修在一首讽刺诗中戏仿过这场神明集会(29-34),后者成为晚期拉丁文史诗的典范,从西塞罗关于他的执政期的诗歌(Quint. *Inst*. 11. 1. 24)到《埃涅阿斯纪》的开篇场景等,详见 Wigodsky, 1972: 105-107。

29 Tert. *Adv. Valent.* 7[①]

德尔图良:罗马人恩尼乌斯最先谈及:

51 天空中那些最盛大的殿堂

这样写是因为他们位置较高,或因为诗人曾经在荷马那里读到,朱庇特在此举宴(e.g., *Il*. 1. 575, 584)。

Cf. Schol. Veron. ad Verg. *Aen*. 10. 1 (vol. 3. 2, p. 443. 6-9 Th. -H.).

[①] 德尔图良(Quintus Septimus Florens Tertullianus)是公元 2 世纪前后的基督教神学家与哲学家,因理论贡献被誉为拉丁西宗教父和神学鼻祖之一。

30　Serv. ad Verg. *Aen.* 10. 5

色尔维乌斯:"他们一起坐在双向开门的礼堂":他所说的"双向开门"是字面意思,指天空从上下两侧打开。并且,这是恩尼乌斯的语言,取自从两侧都能打开的大门。因而,我们至今仍将:

52　双向打开的

简单理解为"打开的"。①

31　Serv. ad Verg. *Aen.* 4. 576

色尔维乌斯:"我们跟从你,神圣的神明,无论你是谁";② 我们必须在 sancte [神圣的] 后增加一个停顿,或将它视为短语 sancte deorum [神圣的神明],就像恩尼乌斯:

53　萨图恩神之女,神圣的女神朱诺回答
　　Cf. Donat., *GL* IV, p. 394. 1 - 2; Explan. in Donat., *GL* IV, p. 563. 19-21; Pomp., *GL* V, p. 291. 17; Sacerd., *GL* VI, p. 450. 20.

---

①　[FRL本注] 元老院集会时,库利亚的大门始终保持开放。卢希里乌斯、西塞罗和维吉尔作品中的神圣集会都呼应了罗马元老院的程序,这一写作传统可能起源自恩尼乌斯。

②　[FRL本注] 色尔维乌斯并不能够确定,deorum [神明中] 是 sancte [神圣的] 的定语,还是不定代词 quisquis [不论谁] 的定语。

32　Varro, *Ling*. 7. 5-6

瓦罗：在这本书中，我想要讨论诗人的文字……我将从这句开始：

54　唯有一位，① 在你所生之子中，将升入湛蓝的天域

Cf. Ov. *Met*. 14. 806, 814; *Fast*. 2. 485.

33　Serv. Dan. ad Verg. *Aen*. 3. 333

达尼埃利斯的色尔维乌斯："随着涅俄普托勒摩斯的死，他的王国的一部分被给予赫勒诺斯"：在古代，reddita［回赠］可以被理解为 data［给予、赠予］；前缀 re-因此多余。恩尼乌斯在《编年纪》中：

56　而伊利亚被送入②婚姻

并且，在别处……［Inc. *Ann*. F 10］

34　Non., p. 306. 26-27 M. = 477 L.

诺尼乌斯：facessere 的含义是"去做"，恩尼乌斯在《编年纪》第一卷中：

---

① ［FRL 本注］原文中，这句话的第一个词汇为 unus，这一强调暗示了罗慕路斯而非瑞姆斯的成神命运。

② ［S 本注］在早期拉丁语中，reddere 有广义的"传送"含义，而不仅仅指送回。

57 他①话音刚落,② 武士们便执行他的命令

35 Non., p. 378. 15–20 M. = 603 1

诺尼乌斯:parumper:"迅速地""快地"……恩尼乌斯在《编年纪》的第一卷中:

58 埃涅阿斯的③维纳斯,我父之母啊!我向你祈祷,
祈求你自天空向我降下一瞥,④ 我的血亲

36 Charis., *GL* I, p. 90. 24–28 pp. 114–15 B.

卡瑞西乌斯:文法学家们不赞同 neptis 这个用法(nepos [孙子] 的阴性形式,通常有阴阳两性)……并以恩尼乌斯为证,因为他说:

60 天神⑤的孙女伊利亚,你所诞下的⑥那苦难

---

① [FRL本注] 通常认为这句话的主语是阿穆里乌斯,他在下令除掉伊利亚。

② [S本注] Facessunt 有"迅速、急切"的意味。

③ 此处残篇损毁,有以下几种补全方式:ted Aeneia(S本);sale nata(V本);te saneneta(codd.)。FRL本采纳S本,W本则采用S本。此处译者采用S本观点,译为"埃涅阿斯的"。

④ [S本注] Parumper [降下一瞥] 暗含向更高的力量发出请求的谦卑之意。

⑤ [S本注] 在恩尼乌斯的作品中,di- 仅用于伊利亚、埃涅阿斯等少数几人,可以表达神的后代与英雄角色两层含义。

⑥ tetulist [所诞下的]:情节上与前文埃涅阿斯的预言呼应,tetulist 前缀的重复很可能受到希腊语影响。

Cf. Explan. in Donat., *GL* IV, p. 563. 14-16; Non., p. 215. 6-8 M. 317 L.; Fest., p. 364. 4 L. .

37 Serv. Dan, ad Verg. *Aen.* **9. 653**

达尼埃利斯的色尔维乌斯：cetera 即 in ceterum［此外］，这是恩尼乌斯的：

61 此外，你所生之子，
你不要给予照料。

残篇 38-46：罗慕路斯和瑞姆斯的故事

残篇 38-40：双生子获救并被母狼喂养

38 Ad M. Antoninum *de orationibus* **11**

弗戎托：台伯河是这一地区所有水流的主宰。恩尼乌斯说：

63 在它成为所有河流的引领者①之后
　　［残缺］［伊利亚］在这里沉了下去②

---

① ［S 本注］相比起 dux, Princeps［引领者］没有等级上的含义，只表示"给予引导"。

② ［S 本注］近十行残篇所讲事件的发生顺序应该是：众神回忆、伊利亚祈祷、维纳斯回应、伊利亚被拯救并与河神结婚、双胞胎出现并被救。第 64 行损毁严重，无法复原，此处依照 S 注本的情节排序，按照 W 本将其归于伊利亚坠河的情节并补全为 cui succidit Ilia。FRL 本的原文为 qui sub ovilia，不成完整含义，故不采。

Cf. Cic. Orat. 161.

39　Serv. Dan, ad Verg. *Aen.* 2. 355

达尼埃利斯的色尔维乌斯：在古代作者那里，lupus［狼］这个名词有各种性，例如恩尼乌斯：

65　一只揣崽的母狼①
Cf. Fest., p. 364. 4-5 L.; Quint. *Inst.* 1. 6. 12.

40　Non., p. 378. 15-24 M. = 603 L.

诺尼乌斯：parumper："迅速地"……恩尼乌斯在《编年纪》第一卷中……［F. 35］；同样：

66　随后，这只母狼凝神观望着，看到了他们所有人，②
　　即刻，她快步迈过田野，
　　一会儿③便将自己投入了一片树丛中。④

---

①　lupus［狼］：后世有人将这个词写作 lupa，认为两兄弟的收养者是一个妓女，但这个猜测并不被大多数人采纳。

②　omnis［他们所有人］：指收养罗慕路斯兄弟的牧羊人。

③　［S 本注］这只母狼走得并不匆忙，甚至被人瞥见了一会儿。因此，parumper 此处也具有特别意思。

④　［FRL 本注］法比乌斯·皮科托曾讲述过牧羊人从双生子身边赶走母狼的故事（Dion. Hal. Ant. 1. 79. 4-8），恩尼乌斯很可能从他那里获得了灵感。

残篇 41-42：双生子长成

41　Non.，p. 134. 11-13M. =195L.

诺尼乌斯：licitari 是"引起战争""争斗"的意思。恩尼乌斯：

69　一些人在游戏中互相扔着石头，
　　互相挑战着与每一个人竞赛。①

42　Fest.，p. 340. 22-25L.

斐斯图斯：ratus sum 的意思是"我认为"，但在其他地方 ratus 和 ratum 分别是"坚固的"和"确定的"的意思。恩尼乌斯：

71　他们都失败了之后，成功的②罗慕路斯获得了战利品

---

①　[S本注] Licitantur 在这里的含义是"相互挑战，竞赛"。通过后世对这个词的用法（Ov. Fast. 2. 365-368；Verg. Aen. 6. 642-643），可以推测出，此处诗人描写的应是双生子与牧羊人同伴们锻炼的场景。
②　[S本注] Ratus 的本意是"计数""评估"，演化为"认可"，主语如果是人，则可以理解为"成功的"。[译注] FEL 本按照斐斯图斯的注释，将这个词翻译为"坚固的"，此处不取。

残篇 43：鸟占确立了罗慕路斯作为建城者的优先权

43 Cic., *Div.*, 1. 107

西塞罗：罗慕路斯著名的鸟占是一种宗教技艺，它不产生于城市，也不是为了左右无知者的观点而编造，它被有识之士接受，并流传后世。因此，罗慕路斯，正如恩尼乌斯所记载的，是一个鸟占师，他和他同为占卜师的弟弟一同：

72　全神贯注，① 渴望
　　王位的他们，各自②进行着鸟占；③
　　在穆库斯山上，④ 瑞姆斯端坐占卜，⑤
75　独自凝望着一只鸟儿；而神俊⑥的罗慕路斯，
　　他问卜⑦于阿文庭⑧山巅，正凝望着这神圣的种族。

---

① 这一开头在营造一种肃穆的氛围，哈夫特（Haffter, Untersuch. 33 n.）认为这句话是对法律或仪式用语的一种模仿。
② 两兄弟是同时进行鸟占，而不是在一个地方鸟占。
③ ［S 本注］dant operam auspicio 是鸟占的常用短语。
④ 关于此山的争议，参 S 本第 224 页；这一行残缺严重，S 本补全为 in Murco，FRL 本采 S 本观点；W 本则补全为 in monte。此处译者采用 S 本观点。穆库斯山即后世的瑞姆利亚山，坐落于阿文庭山的东南方向。
⑤ S 本认为 Se deuouet 是 sedeo 的误写，devoueo ［献身］在古拉丁语中是献出生命的含义，不符合语境；W 本则采纳 Se deuouet 作为原文。此处采纳 S 本的观点翻译。
⑥ ［S 本注］此处的 pulcher 带有宗教意味，在《编年纪》中，仅仅被用在马尔斯、维纳斯和罗慕路斯三人身上。
⑦ ［S 本注］Quaerlt 意为"发出询问，寻求回答"，而不是"寻找［那种族］"。
⑧ 在后代的传统解释中，罗慕路斯观鸟于帕拉庭山。

他们竞赛［以决定］将称这城为"罗马"还是"瑞莫拉"。

所有人的心都系于此，哪一位会成为他们的统领者？

他们期盼着，当裁判者将要发出信号，①

80　所有人都热切地看向入口，

他是如何将漆色②的战车自围栏送入？

就这样，人们等待着，面露关切。③

以此事来定夺，这关乎王位的胜利，由哪一个了不起的人获得。④

这时，原本明亮的天体隐入了沉沉的黑夜。⑤

85　接着，一束澄明的光⑥射了出来；

此时，自山巅之中，一只极美的神鸟振翅而出，

远远地向左飞去，

同时，金灿灿的太阳显露出来。

---

①　［S本注］在罗马人的狂欢中，游戏的主持者要给出开始的信号，通常他站在围栏上的高台中，往竞技台中扔一件白色的衣物。

②　［S本注］在李维的记载中，围栏在公元前329年第一次被记载时是木质而有装饰的；而在前174年的记载中，变成了铁质而无装饰的。

③　在更早的一些版本里，此处原文写作 ore timebat，而在西塞罗处第一次出现 ore tenebat 这一写法。

④　［S本注］这一段（第79—81行）在修辞上没有对希腊的模仿，是纯粹的罗马范式。

⑤　［S本注］此处 sol 的含义有较大争议，有"太阳"和"星星"两种观点。有人认为，此处如果指太阳，那么太阳落山与下文的升起之间衔接得太近；如果是指黎明时刻，太阳升起前星体隐匿的场景，则较为合理，也恰当地终止了前文众人由静谧带来的紧张感；况且，占卜者进行鸟占，开始的时间通常是午夜。但是，从语言习惯上看，动词 recede 更惯常表示太阳的下沉，而不是群星的放置。

⑥　［S本注］据前文，此处应当不是指太阳光，而是一束别的事物以光的形式射出来，在夜色中显现。

十二只飞鸟①的神圣身躯自天空而下，
飞往美丽而崇高②的神域。
90 看到这些，罗慕路斯通过鸟占，
获得了统治的坚实支柱与基础。
Cf. Gell. *NA* 7. 6. 9.

残篇44-46：一场导致瑞姆斯死亡的争端

44 Fest., p. 312. 32-14. 1 L.

斐斯图斯：许多古老的作者证明，古人用 quamde 代替 quam［相比］，其中包括恩尼乌斯，在他的第一卷中：

92 ［残缺］朱庇特，③ 我将依靠城墙胜于手掌！④

45 Non., p. 516. 11-14 M. = 830 L.

诺尼乌斯：Torviter［狂暴地］：珀姆珀尼乌斯……恩尼

---

① ［S本注］关于此处观看鸟类的品种，存在一些争议。一般认为，罗慕路斯所看到的鸟类是秃鹰。有人认为，虽然荷马作品中使用的鸟类是鹰，但这不意味着恩尼乌斯的作品中也必须如此。况且，由于诗人在此处描述的是两兄弟观鸟的场景，这个鸟类必须是相对容易被看见的。

② ［S本注］pulcer praepes 是鸟占用语，从词源上看，praepes 有"飞"的含义。

③ ［FRL本注］此处"朱庇特"可能是缺失的前文的主语。

④ W本采用的原文为 luppiter, ut muro fretus magis quamde manus vi ［朱庇特啊，他竟依靠城墙胜过手中之力］，此处不采纳。

乌斯在第一卷中：

93　而这个你如今刚刚对他狂暴怒吼之人

46　Macrob，*Sat.* 6. 1. 15

玛克若比乌斯："与此同时，你要至少用你的鲜血偿还我"（Verg. *Aen.* 9. 422）：恩尼乌斯在第一卷中：

94　没有任何人能够在做了此事后毫发无伤地活下去
　　你也不例外；因此，你将以血的方式向我付出代价。

Cf. Serv. Dan. ad Verg. *Aen.* 9. 422.

残篇 47-57：罗慕路斯独自统治

残篇 47-53：罗马人与萨宾人和解

47　Fest.，p. 416. 35-18. 1 L.

斐斯图斯：stolidus 即"愚蠢的"。恩尼乌斯在第一卷中：

96　愚蠢的野猪习惯于用蛮力战斗

48　Fest.，p. 384. 25-27 L.

斐斯图斯：Sum 即 eum［他］，恩尼乌斯在第一卷中：

97　他不应用蛮力守护最高的城邦事务①

49　Fest., p. 432. 21-25 L.

斐斯图斯：sas，维里乌斯认为它的含义是 eas［他们］，并引用恩尼乌斯作为证据，他在第一卷中说：

98　［那些女子］，每一个罗马人在家中都独占她们②中的一位。

这里的 sas 似乎更像是 suas 的意思。

残篇 50-51：向玛尔斯与库伊瑞努斯③祈祷

50　Gell. *NA* 13. 23. 18

格里乌斯：[有关 Nerio（内瑞欧）的音韵] 恩尼乌斯，在《编年纪》的第一卷中，下面这个句子里：

---

① 此处损毁严重，W 本补全的原文为 At tu non, ut sum summam servare decet rem［应当是他，而不是你，去守护最高的事物］；FRL 本补全为 astu non vi sum summam servare decet rem［他不应用蛮力去守护最高的城邦事务］。此处译者考虑前后残篇含义，故采纳后者。

② ［S 本注］此处 sas 是 is 的宾格。这一残篇语境很可能是罗马人强掠萨宾妇女的故事。

③ 即神化的罗慕路斯。

99　［您，玛尔斯神，和您］，玛尔斯的内瑞欧，还有赫瑞厄，①

如果他保留了尾韵，通常情况下他不会这样做，延长了第一个音节，缩短了第三个。

51　Non., p. 120. 1–2 M. 172 L.

诺尼乌斯：hora 指年轻的女神。恩尼乌斯在《编年纪》第一卷：

100　我崇敬［您］，父亲库伊瑞努斯，还有库伊瑞努斯的霍剌女神。②

52　Charis. *GL* I, p. 196. 16–17 = p. 255 B.

卡瑞西乌斯：concorditer［和平、和谐］：恩尼乌斯，《编年纪》第一卷：

101　你们双方要创造永久的和平时日

---

① Nerio［内瑞欧］和 Herie［赫瑞厄］本意都是一种品质，分别表示"英勇"与"意志"，此处作神明的专名，是祈祷的对象。根据格里乌斯的说法，这两个神明都属于萨宾人。

② Horamque Quirini［库伊瑞努斯的霍拉女神］：关于这位霍拉女神，有人认为她是奥斯坎语中 Hersilia［赫希莉娅］的变形（G. Wissowa, Ges. Abh. 142）；格里乌斯在引用霍拉与玛尔斯的两位随从内瑞欧和赫瑞厄置于一处。S 本认为，这三个名词都是阴性词尾，表示出各自主神的某种品质或特征，并被认为是这些主神的侍从或配偶的名字。Hora 一词与奥斯坎语中的 heria 同根，有"意愿、希望"的含义。

53　Non., p. 111. 39–12. 2 = 160 L.

诺尼乌斯：Fortunatim 指"幸运地"。恩尼乌斯《编年纪》第一卷：

102　关于你我的事务、信赖与王国，公民们，① ［我祈祷着］，②
　　它自身变得繁荣、幸运且好。

54　*Rhet. Her.* 4. 18

［西塞罗？］：③ 如果我们避免同一字母的过度重复，关于这个错误，下面的句子可以为例——在此，没有什么能够阻止［我们］用他人的错误举例：

104　提图斯·塔提乌斯啊，你④这恶王，⑤ 你给自己带来了如此大的恶果！⑥

Cf. Prisc., *GL* II, p. 591. 13; *GL* III, p. 492. 25; Pomp., *GL*

---

① Quirites［公民们］是对整个民族的统称，首次出现在罗马与萨宾人缔结条约之后。

② 这句话可以确认为罗慕路斯的发言，但是存在着祈祷和演讲的开场两种可能，这里采用前者。

③ 《献给赫壬尼乌斯的修辞学著作》（*Rhetorica ad Herennium*）的文献来源与西塞罗同时期的作品《论预言》相似，并一度被认为是西塞罗的作品，但争议较多，这一论断已不被广泛接受。

④ Tute 的后缀-te 和 egomet 的后缀-met 含义相同，表示对人称的强调。

⑤ Tyranne［恶王］：西塞罗曾用这个词来形容罗慕路斯，在那里，它的意思是"iuro rege"。但是，此处这个词含有明显的贬义。

⑥ ［S 本注］：此处的后文可能接有 mala 或 funera。

V, p. 303. 33-34, 287. 29; Explan. in Donat., *GL* IV, p. 565; Isid. Orig. 1. 36. 14; Charis., *GL* I, p. 282. 8-p. 370 B. ; Donat., *GL* IV, p. 398. 20-21; Mart. *Cap.* 5. 514; Sacerd., *GL* VI, p. 454. 29-30.

55 Cic. *Rep.* 1. 64

西塞罗：实际上，当一个民族失去了正义的国王：

105 一种渴求占据了内心

正如恩尼乌斯所说，在最好的国王逝世后：

此时他们彼此之间这样谈论：
罗慕路斯啊，神圣的罗慕路斯，①
你是祖国的守护者，② 诸神使你降生！
父亲③啊，赐生者啊，你是诸神的血脉！

在习惯上，他们既不把那些他们在法律上遵从的人称为"大人"或"主人"，也不称后者为"国王"，而是称他们为"祖国的守护者""父亲"和"神明"，这并非没有缘由的。

---

① Romule Romule die ［罗慕路斯啊，神圣的罗慕路斯］：此处重复使用罗慕路斯之名的呼格，斯库奇认为并没有祈祷或魔咒意味，而仅仅表示罗慕路斯之名的重要，表达出民众对罗慕路斯的崇敬。die 的原意是"来自天上"，此处结合后文译为"神圣的"。

② patriae custodem ［祖国的守护者］：这一称呼表达出了一种罗马政治感情。

③ pater ［父亲］：西塞罗也曾将建城者称为"父亲"，这里恩尼乌斯的用法与西塞罗相类似。

接着他们说了什么？

你带领①我们走入了光明之域。

他们相信，生命、荣誉和殊分都是他们的国王赋予他们的。

Cf. Lactant. *Inst.* 1. 15. 30；Prisc.，*GL* II，p. 250. 15-16.

56 Serv. ad Verg. *Aen.* 6. 763

色尔维乌斯：Aevum 可能是"不朽"，意指诸神。恩尼乌斯：

110　罗慕路斯和使他诞生的诸神一起，
　　　永远地生活在天空之中。②

Cf. Cic. *Tusc.* 1. 28.

57 Fest.，p. 278. 27-30 L.

斐斯图斯：恩尼乌斯，第一卷：

［空缺］③

---

①　produxisti［带领］：在维吉尔和卢克莱修的作品中，常用 producere 表达"使降生"的含义。在此处，恩尼乌斯想要表达的含义为，罗慕路斯带领他的子民从晦暗的开端走进了光明。

②　［FRL 本注］卢克莱修戏仿过这个句子（1357 M.）。详见 Skutsch，1968：109-112；Connors，2005：126。

③　这个句子已经完全无法还原，我们只知道在句子的末尾有以 c mu 结尾的单词，故不译。

第二卷　王政时代早期

残篇 1-4：努马·庞皮里乌斯

1　Varro, *Ling*. 7. 42

瓦罗：在恩尼乌斯笔下：

113　埃吉利亚①用甜美的声音②回答他，③

---

①　Egeriai［埃吉利亚］：埃及利亚是一位泉水仙女，同时，她也能够帮助生育。在卡佩纳之门的卡梅纳女神崇拜中，她与卡梅纳有所联系，并和卡梅纳一样被视为能够启发智慧。此处，Egeriai 的 -ai 词尾是阴性属格单数。在《编年纪》中，-ae 与 -ai 两种属格单数词尾都很常见，后者常见于句尾。恩尼乌斯和李维把努马与埃及利亚的交谈地点放在罗马，而其他人则把场景放在阿瑞吉亚，在那里，埃吉利亚在"林中的狄安娜"的树林中受到崇拜。

②　suavis sonus［甜美的声音］：斯库奇推测，此处埃吉利亚很可能与赫西俄德的缪斯、奥维德的树仙女一样，并没有实体现身。这可能意味着，恩尼乌斯在此处暗示，埃吉利亚的声音实际上是潺潺的水声。

③　olli respondlt［回答他］：此处的用法和 F. 31 的用法相同，参 F. 31 处的解释，可以认为，此处诗人并不是在描写一次神谕，而是描写一个普通的对话。

olli 有 illi 的意思，是阴性的 olla 和阳性的 ollus 的与格。

2　Varro, *Ling.* 7.43–44

瓦罗：恩尼乌斯说：

114　他设立了祭台，也是他，[设立了] 盾……①

ancilia 由 amibicisus [两侧均有切口] 变化而来，因为这些武器像色雷斯人的一样，每一边都向内凹陷；

制作祭饼的随从、② 急流中的草人、③ 戴锥形帽的祭司。

liba [祭饼] 是因为它们是为 libandi [被提供〈给人食用〉] 而被制作 [而命名]。他们被叫作 fictores [塑型师] a fingendis libis [是因为他们使饼成型]；argei 源于 argos：

---

①　ancilia [盾]：萨利安祭司使用的一种十二边形的盾牌。
②　libaque fictores [制作祭饼的随从]：fictores 原意为"塑形者"，这里指祭司和维斯塔贞女的随从。恩尼乌斯将这个词和 liba 连用，瓦罗对此有所解释，认为这些 fictores 正是因为制作 liba 而命名，尽管制饼只是他们的职责之一。
③　argei [急流中的草人]：argei 的名字和性质是罗马宗教神话中最为难解的问题之一，学界就这一问题有众多讨论。根据瓦罗的说法，argei 之名来自百眼巨人阿尔戈斯（argos），他受朱诺之命看管被变成母牛的凡人女子伊娥。但是，许多学者并不赞同这一说法。此处，既可以理解为分散于城镇中的二十七个阿尔戈斯圣库，也可以理解为五月十四日当天被从梁桥（pons sublicius）上抛入台伯河中的二十七个草人。

argei 由灌木制作为二十七人的形象。根据习惯,他们每一年由祭司当众从梁桥抛入台伯河中。这些祭司被称为 tutulati,因为在仪式中,他们习惯头戴一种锥形帽。

Cf. Fest., pp. 484. 35–486. 2 L.; Paul., p. 485. 12–14 L.; Serv. Dan. calad Verg. *Aen.* 2. 683.

3 Varro, *Ling.* 7. 45

瓦罗:恩尼乌斯说,庞皮里乌斯设立了 flamens [特殊的祭司];尽管所有这些祭司都以他们侍奉之神命名……依然有一些特殊祭司之名来源不明,正如下面诗文中的大多数:

116　他也设立了沃珥图尔努斯,
　　　帕拉图斯,福利纳,弗洛剌,
　　　法拉刻尔与珀莫纳①的祭司。

这些神明的身份尚不清晰。

4 Fest., pp. 152. 16–18 L.

斐斯图斯:古人曾用 me 替代 mihi,例如恩尼乌斯,在第二卷中:

---

①　[FRL 本注] 在这些小神中,沃珥图尔努斯、福利纳、弗洛剌和法拉刻尔的来历至今仍不清楚。

119　如果那属人之事①发生于我，你们要保有

残篇 5-11：图鲁斯·奥斯蒂利乌斯

5　Quint. *Inst*. 1. 5. 12

昆体良：普拉肯提努斯的廷伽在一个词语中犯了两个粗俗的［错误］，如果我们相信霍尔忒恩西乌斯的说法，即 preculam 就是 pergola［货摊］，通过用 c 替代 g，并把 r 移到 e 前［实现］。但恩尼乌斯说：

120　梅图斯·福斐提乌斯②

由于诗体的原因，这句话免于被指责犯相同的双重错误。

6　Serv. Dan. ad Verg. Aen. 10. 6

色尔维乌斯·达涅里斯：Quianam 指"为何？是什么原

---

① quid...fuerit humanitus［属人之事发生］：此处是一个委婉的表达，中性的不定代词后接系动词，表示死亡，但是省略 mori。在这个表达中，常常会附加 humanitus 一词，这一用法常见于西塞罗等后世作者的作品中。

② Mettoeoque Fufetioeo［梅图斯·福斐提乌斯］：斯库奇认为，恩尼乌斯给了 Mettus Fufetius 这个名字荷马式的属格结尾，这样的用法在奥维德等后代罗马人的作品中仍能见到，而后者很可能是受到恩尼乌斯的启发。然而，根据昆体良的解释，这一残篇的用法类似于廷伽对 pergula 的通俗用法。根据昆体良的解释，他将 -oe- 结尾看作 -i- 音节的替代，而 -o- 则是音节的补充。因而，这里的用法就与荷马无关，而仅仅是一种双重的不规则用法。

因?"这是恩尼乌斯的诗文:

我们为何用剑砍杀敌军?①

[S本说明]这个句子的背景是罗马与阿尔巴之间战争中著名的三胞胎决斗的场景,参 Livy, I. 23. 9。

7　Fest.，pp. 312. 32–14. 2 L.

斐斯图斯:许多老作家认为古人用 quamde 作 quam[相比],包括恩尼乌斯在他的第一卷 [1.14]……和第二卷中:

122　胜于你的所有军团和人民。

[译按] W 本将这个片段放在霍拉提乌斯兄妹的争吵场景中,但根据 S 本注释,这个片段一般被认为是在描写图鲁斯和梅图斯之间的会面,其中一方说自己更加重视双方的关系,而不是对方的军事力量;V 本认为,这是在菲德纳(Fidenae)之战后,图鲁斯谴责梅图斯个人而不惩罚他的军队和人民的场景。译者认为,从"胜于军团和人民"这一谴责方式来看,谴责的对象理应是一名王者而非一位女子,因此,S 本的说法很可能更为合理。

---

① V 本、S 本与 FRL 本将这一片段归于第二卷,W 本则认为这是一个不确定位置的残篇。

8　Fest. pp. 188. 27-190. 2 L.

斐斯图斯：Occasus 指移动，例如太阳从天空落到地下[的移动]。恩尼乌斯使用过这个词，将 occasio [时机]放入《编年纪》的第二卷中：

123　他的时机来临，那位著名的霍拉提乌斯①一跃②

9　Macrob, exc. Bob., *GL* V, p. 651. 34

玛克若比乌斯：Tractare："一次又一次拉动"……恩尼乌斯：

124　被拖着穿过平坦的大地。

[S 本说明] 这个残篇记载了梅图斯·福斐提乌斯受到惩罚。大多数记载都更多地强调他被分成了碎片，而不强调拖拽的过程，维吉尔在《埃涅阿斯纪》8.642 中则将这两个角度结合了起来。

10　Prisc. *GL* II, pp. 206. 22-207. 2

普瑞斯奇阿努斯：古代的作家们不使用 homo 的属格形式 homonis。恩尼乌斯：

---

① Horatius inclutus [那位闻名的霍拉提乌斯]：指霍拉提乌斯·柯克莱斯。关于霍拉提乌斯·柯克莱斯的事迹，参李维（livy, 1.25.8）。

② saltu [一跃]：这个词可以有两种理解。一是指著名的霍拉提乌斯·柯克莱斯自台伯河上一跃而下；二是把它理解成一种比喻，用"像跳跃一般"来形容在马背上作战的霍拉提乌斯兄弟的移动之快。

125　一只秃鹫在灌木丛①中啄食这个可怜人。

哦！他将这些残肢放入了一个多么残忍的坟墓！

Cf. Charis., *GL* 1, p. 147. 15 = p. 187. 5 B. ; Ps. -Prob. ; Serv. ad Verg. *Aen.* 6. 595.

11　Fest., p. 362. 19-24 L.

斐斯图斯：[Inc. *Ann.* 31] 恩尼乌斯似乎开过类似的玩笑……在第二卷中他说：

127　[卡艾利安山] 的②蓝绿色的草地

残篇 12-19：安古斯·马奇乌斯的统治

12 Fest. p. 312. 7-11 L.

斐斯图斯：古代作家用 quaesere [要求、请求] 代替 quaerere [要求、请求]，例如在恩尼乌斯的第二卷中：

---

① spineto [灌木丛]：W 本中所录原文为 silvis，意为"森林"。但根据斯库奇的注释，这里的原文应为 spineto。根据 F. 124，梅图斯死于平原地区，他的尸体不应当横陈于森林中。因此，此处译者采 S 本注释，翻译为"灌木丛"。

② i [卡艾利安山的]：这个残篇缺漏严重。根据斯库奇的注释，此处的 i 应补为 caeli，指阿尔巴地区的卡艾利安山（Caelian Hill）。编年史家一般把卡艾利安山纳入城墙的功绩归于图鲁斯，古文物学家则更倾向于把它归给安古斯。斯库奇认为，恩尼乌斯的观点并不十分确定，他似乎更为赞同编年史家的看法，但也有可能在写作时有意把努马和安古斯与罗慕路斯和图鲁斯做对照，突出前两者的国内功绩和后两者的军功。卡艾利安山，旧译"西里欧山"，古罗马七丘之一。

128　奥斯提亚①被建造了防御工事；②也是他，为了那些高船③和在海上谋生④的海员们，让这些地方⑤整洁⑥起来。

---

① Ostia［奥斯提亚］：与传统中的一致说法相符，恩尼乌斯将奥斯提亚城的建立归功于安古斯。同时，根据传言，人们一般认为，是玛尔奇乌斯·茹提鲁斯（C. Marcius Rutilus）在奥斯提亚建造了堡垒，以完善罗马人在台伯河下游针对埃特鲁斯坎人的防御。关于奥斯提亚城是否构成罗马人防御工事的重要部分，学界一直存在争议。部分人认为，罗马人早期在台伯河口的防御是以殖民地的形式完成的，另一部分人则认为，奥斯提亚的港口是这一防御体系的关键之一。

② munita est［被建造了防御工事］：W 本将 munita 翻译为 fortified［建立防御］。然而，S 本认为，这里的 munita 仅仅意为"建造"，并没有更多的含义，并引用了维吉尔《埃涅阿斯纪》（1.271）中的用法为证。然而，考虑到奥斯提亚城重要的地理位置和城市功能，同时，为了让此残篇前后两半所写内容不至于重复，译者认为，此处仍应参照英译本，翻译为"建造防御"。

③ navibus celsis［高船］：斯库奇认为，celsis［高的］一词并不十分可信。穆勒认为，此处应取 pulcris［美丽的］而不是 celsis。然而，在后辈诗人的作品中，我们并不能找到 pulcris 与 navibus［船只］的连用，"高的船只"却十分常见。故此处仍译为"高的"。

④ quaesentibus vitam［谋生］：quaesentibus 通常的含义是"询问""请求"，此处结合 vitam，取"寻求"的意思。根据斯库奇的注释，此处，恩尼乌斯为 vitam 增添了 victus 的含义。换言之恩尼乌斯在此处，是在生存必需品的层面上使用 vita，因此，译者将此处翻译为"谋生"。

⑤ loca［这些地方］：W 本将这个词直接翻译为"河道"，认为 loca… munda facit［使这些地方变得整洁］实指清理河道。清理河道和船只的高度似乎确有关系，也相关于海员的谋生，可以说通。然而，S 本认为，与"这些地方"对应的形容词"整洁"实际上对应的是在清理之前，海岸边的那种未经整理，野蛮生长的状态。因此，这里"使整洁"很可能并没有一个实际的对象，而是泛指海岸边这座城市的种种事物。从原文看，斯库奇的解释更符合复数的"地方"（loca）的含混。此处翻译取 S 本的解释。

⑥ munda［整洁］：M 本认为，此处的 munda 实际上是 ornata［美丽的］。斯库奇认为这一解释有其可取之处。"美丽的"的含义，更符合后文"高高的大船"的意象。问题在于，这一含义与后文的船员形象并不贴合，只有依据-que 词尾，把后文视为下一句话的开头才能解释，而瓦伦正是这样断句的。

Cf. Paul. Fest., pp. 127.1; 313.4 L..

13 Fest., p. 490.5−9 L.

斐斯图斯：tolarare 指"甘心忍受"……恩尼乌斯在第二卷中：

130　他/她①宁可被铁击败，也胜过被这些话［打败］。

14 Fest., p. 184.17−18 L.

斐斯图斯：Ningulus 指"没有人"，例如恩尼乌斯在第二卷中：

131　谁用铁来威胁［你］，当没有人向你

　　［译按］V 本认为，第十四卷和第十七卷都包含法庭发言，因此将这一残篇也归于辩护词一类。然而，我们难以想象，霍拉提乌斯为证明杀死自己的妹妹是正义之举而辩护。因此，S 本主张将这一残篇放在图鲁斯和梅图斯的谈话中，并猜测，在决定以三胞胎之间的胜负定夺最终的结果之前，图鲁斯提出了自己单独和梅图斯决斗的另一解决方案。

15 Prisc., *GL* II, p. 504.13−27

　　普瑞斯奇阿努斯：非常古老的作家们甚至被发现延长了

---

①　这里的谓语动词为第三人称单数变位，并不能看出主语是霍拉提乌斯兄妹中的哪一个。W 本翻译为 she，但 S 本认为，此处说话的应是男子。唯一可以确定的是，这一残篇与一场兄妹之间激烈的争吵有关。

eruo、erūi［连根拔起］；arguo、argūi［指控］；annuo、argūi［同意］的［完成态的］次音。恩尼乌斯在第二卷中：

132　他同意与我一起，用铁来决定

16　Prisc., *GL* III, p. 3. 4–6

普瑞斯奇阿努斯：因而，［属格单数的］ἐμοῦ、σοῦ、οὗ等同于 mei、tui、sui，［复数的］ἐμοῦς、σοῦς、οὗς 相当于 mis、tis、sis，但是出于前文所说的原因，这类型中的第三章的属格没有表述。恩尼乌斯在第二卷中：

133　为与同心之人①相比，② 我们③ ［感到］剧烈的不安。

［译按］关于这一残篇的位置，学界一直存有争议。M

---

① concordibus［同心之人］：据 W 本注，恩尼乌斯常用 concordes 一词表达"最接近我的内心的人"的含义。

② cum…aequiperare［相比］：aequiperare 的通常含义是"与……相平"，在表达这一含义时，通常为及物动词，后接与格或宾格。除此处外，恩尼乌斯的作品中并未出现过 cum…aequiperare 这一不及物用法。从其他古代作家的作品中看，这一用法通常表示"与……相比"的含义。此处若取"相平"的含义，与不安的情绪未免不符，故译者不取。

③ mis［我们］：古代文法学家已就 mis 的词性展开很多讨论，但未能有结论。此处不论采属格还是与格，在句意上并不会有太大变化，只对句子语法结构有所影响，然此句为残篇，已无完整的语法结构，因此，语法上的争议并不会进一步增加理解句意的困难。还应留意的是，mis 一词在句中形成第一人称的叙述方式，表明此处很可能是一篇演说词的残篇。此外，斯库奇认为，此处应考虑抄本缺漏的可能，mis 可能是 animis 等词的漏写结果。

本将这一残篇放于尤里乌斯·普罗库鲁斯在元老院发表的演说中,这一演说的主题是罗慕路斯现身呼吁平民和元老之间的和平一事。现代编者常常将这残篇放在霍拉提乌斯与库瑞乌斯之战中。

17　Fest., p. 446. 13-15 L.

斐斯图斯:古人常常使用 Speres 的复数形式,例如,恩尼乌斯,第二卷:

134　随着他的逃走,我们①的希望彻底地

[译按] M 本认为这一残篇描写了罗慕路斯的超自然的离去,V 本则不十分有说服力地解释为幸存的霍拉图斯的逃亡打破了罗马人的希望。无论如何解释,这则残篇记述了一个人做出某事并逃脱了,这个行为使说话者一方受到负面影响。可以认为,这则残篇的位置是不确定的。S 本和 M 本都认为,这则残篇属于演说词的一部分。

18　Fest., p. 384. 26-29 L.

斐斯图斯:恩尼乌斯在第一卷[1.48]中用 sum 代替 eum[他]……并且,第二卷中:

---

① 这句话的语境已经佚失,V 本认为这里的"我们"指罗马人。

135　至于他，她使他降生在尘世之中①
Cf. Paul., p. 385. 5 L..

19　Fest., p. 480. 29-32 L.

斐斯图斯：Tuditantes：tundentes［打磨，敲定，讨论］［某事］的意思，正如琴奇乌斯②［关于古代文字］所说，是"进行某项事物"。恩尼乌斯，第二卷中：

136　在他们之间，这些［审判过程］持续进行了一整天。
Cf. Paul., p. 481. 7 L..

---

①　luminis oras［尘世］：这一用法见于残篇 1. 55 处，意指罗慕路斯将罗马人从晦暗的开端带入文明的生活。此处，luminis oras 意指降生，故翻译为"尘世"。

②　［FRL 本注］这位琴奇乌斯（L. Cincius Alimentus）是奥古斯都时期的一位古代学家。

第三卷　王政时代后期和共和国的建立

[FRL 本说明] 这一卷从安古斯之死讲起,可能一直讲到塔克文被驱逐。

残篇1：安古斯之死

1　Fest., p. 388. 3-7 L.

斐斯图斯：他们不时把 sos 写作 suos [他们自己] ……例如,恩尼乌斯使用它的与格：

137　在高尚的安古斯的眼睛离弃了光明之后

Cf. PauL, p. 387. 12-14 L..

2　Fest., p. 386. 20-24 L..

斐斯图斯：solum："大地"。恩尼乌斯,第三卷：

138　此刻,①［人们］给予塔克文统治与领土

残篇3：塔克文进入罗马

3　[Prob.] ad Verg. *Ecl.* 6. 31；vol. 3. 2, p. 341 Th. -H.

［普若布斯］：此处的"风"偏向"气"的含义。为支持这一解释,我们用恩尼乌斯《编年纪》第三卷中的这句话为例：

139　鹰②乘着强劲的风飞行
　　希腊人的语言将这［风］称为"阿埃赫"。③

4　Fest., p. 386. 32-36 L.

斐斯图斯：古人用 sos 代替 eos［他们］……例如,恩尼乌斯,第三卷：

141　环绕着他们的是一些强大且富足的民族④

---

①　simul［此刻］：斯库奇认为,由于获得统治权与获得统治的土地完全不可分离,"此刻"从句子的含义上看是没有必要的。从《编年纪》中 simul 出现的频率来看,恩尼乌斯常常用这个词调整诗句的音律。
②　鹰代表着王者、朱庇特与神圣的预兆,在希腊和东方的传说中都有着高贵的力量。
③　在拉丁语中原本并没有"气"这个单词。此处,恩尼乌斯正是在尝试填补这一空白。
④　斯库奇认为,这一残篇暗示着罗马周边民族武力强大,这一点很可能在随后的已经佚失的残篇中有所体现。

5　Macrob, *Sat.* 1. 4. 18

玛克若比乌斯：我们需要注意，他［恩尼乌斯］不仅使用过 noctu concubia，还使用过 qua noctu。同样的表达见于《编年纪》第七卷，但在第三卷中他表述得更清晰：

142　就在这夜中，① 整个埃特鲁里亚悬于一线。

6　Macrob, *Sat.* 6. 1. 16; ad Verg. *Aen.* 7. 520–521

玛克若比乌斯："难以降服的农夫持着标枪从四面八方聚拢起来战斗"：恩尼乌斯，第三卷：

143　因持环柄的长枪而疲倦，［这些人］七零八落地站着，接着，他们挥舞着标枪，从四处加入了战斗。②

---

①　hac noctu［就在这夜］：根据斯库奇的注释，这里的时间状语由夺格时间状语 hac nocte［今夜］和副词 noctu［夜晚］结合构成。在普劳图斯的作品中，这一用法出现了五到六次。根据普劳图斯作品中的情况，相比起 hac nocte, hac noctu 更强调"夜晚"，故翻译为"就在这夜中"。

②　［S 本注］在维吉尔的仿写中，动词 concurrunt 的含义是"聚集"；而恩尼乌斯处，这个词的含义是"加入"，强调交战双方不仅仅只在一处交战，他们的冲突在整条战线上蔓延，战斗的规模较大，氛围紧张。

残篇 7-8：色尔维乌斯·图里乌斯头顶的火焰

7 Macrob，*Sat.* 6.1.9; ad Verg. *Aen.* 4.482，6.797

玛克若比乌斯："点缀着繁星的天空在他肩上旋转"：恩尼乌斯在第一卷中［1.22］……并且，在第三卷中：

145　［塔克文？］望着点缀着繁星的天空。

8 Non.，p. 51.7-12 M. = 72 L.

诺尼乌斯：古代评论家认为 laevum 来自 levare……恩尼乌斯在《编年纪》第三卷中：

146　此时，自天空中，飞腾者①给出显明的兆示。

残篇 9-10：塔克文的葬礼

9 Donat. ad Ter. *Hec.* 135②

多纳图斯：之所以称作 uxor［妻子］……可能是因为她

---

①　laevum［飞腾者］：据 S 本注，laevum 从动词 levo 变化而来，后者有"升起""使轻盈"等含义。由此可推测，laevum 很可能表示某种腾空的存在者。根据斯库奇的注释，编者们在理解这个词时有多种猜测。有人认为，这里的"飞腾者"指来自朱庇特神的一道光亮或闪电，还有人认为，这里描写了朱庇特之鹰盘旋于天空的场景。

②　多纳图斯（Donatus）是公元 4 世纪早期努米底亚地区的一位主教。

们在丈夫清洗自己后为他们抹油，对此，恩尼乌斯可以为证：

147　这个高尚的女子清洁塔克文的身体，并为他抹油
Cf. Serv. ad Verg. *Aen.* 6. 219.

10　Fest., p. 2. 54. 22–24 L.

斐斯图斯：Prodinunt 指 prodeunt［他们前进］，正如恩尼乌斯在《编年纪》第三卷中：

148　仆从们向前走动；此时，明亮的光闪耀着
Cf. Paul., p. 255. 8–9 L..

11　Gell. *NA* 1. 22. 14–16

格里乌斯：我们仍需要探究，在古人那里，superesse 是否意味着"保持未完成某件事的状态"……在恩尼乌斯《编年纪》的第三卷中有：

149　他宣称他在此地仍有一事没有完成

superesse［没有完成］就是"被剩下并保持未做完的状态"，不过，这是因为这整个词被分开了，并应当在演说中不被表达为一个部分，而是两个，情况就是如此。

第四卷　共和国早期

[FRL 本说明] 这一卷的时间属于共和国早期，但是难以辨认出具体所指。

1　Fest., pp. 310. 35–312. 4 L.

斐斯图斯：Roma Quadrata [罗马广场] 是帕拉庭山上的一块空地，位于阿波罗神庙前方，习俗上在此存放着建城时用于祈求吉兆的物品，因为，它最初是用石头划定的方形区域。恩尼乌斯在提到这个地方时说：

150　而何人希望自己统治于罗马广场

[译按] W 本将这个片段放在第一卷中，认为这句话是在讲述罗慕路斯的成功。FRL 本则放在此处，认为这句话所指是共和国早期三位有僭主之心的人，尤其应当对应马里乌斯 (Liv. 4. 15. 3)。然而，这些观点都只是猜测，并没有实际证据，无法确定。

2　Macrob, *Sat.* 6. 1. 17

玛克若比乌斯:"他们拼尽全力"(Verg. *Aen.* 12. 552):恩尼乌斯在第四卷中:

151　在战梯上,罗马人拼尽全力①

残篇3: 罗马攻陷安克苏尔

3　Paul. Fest., p. 20. 22–23 L. ②

执事保罗:伏尔西人的这座城市如今叫作"特拉希娜"。从前,它被称为"安克苏尔",③ 如恩尼乌斯说:

152　伏尔西人失去了安克苏尔

残篇4: 公元前400年6月21日的日食

4　Cic. *Rep.* 1. 25

西塞罗:之后,它[一场日食]甚至没有逃脱我们的恩

---

①　summa nituntur opum vi[拼尽全力]:直译为"以所有力量之力去努力",是拉丁语诗歌中常见的表达。

②　Paul the Deacon[执事保罗]是公元8世纪前后意大利隆巴第王国的重要文学人物,最重要的存世著作为《隆巴第史》。

③　Anxur[安克苏尔]: Terracina[特拉希娜]的沃尔西语,意大利中部城市名,在共和国晚期常被使用。

尼乌斯的注意，在罗马建国大约三百五十年之后，他写道：

153　六月五日，① 月遮蔽了太阳，黑夜②

残篇 5　［S 本说明］公元前 390 年高卢人入侵后卡米路斯的演说

5　Varro, *Rust*. 3. 1. 2–3

瓦罗：在罗马的土地上，最古老的城市是罗马，由罗慕路斯王建立。因此，至少现在才可以这么说，而不是在恩尼乌斯写下这句话时：

154　或多或少［已经］大约七百年，③
　　在罗马经由神圣的鸟占被声名远扬地建立之后，
Cf. Suet., *August*., 7.

---

① 关于这次日食日期的争议是由前儒略历法（古罗马历）的不精确造成的，如果它严格遵守月时，这次日食绝不可能发生在古罗马历三、五、七或十月的第七天或其他月份的第五天。

② et nox［黑夜］：关于 nox 的语法位置，有两种观点。第一种认为，nox 是谓语动词 obstitit 的主语之一；第二种则认为，nox 为随后的另一句的开头，与 obstitit 无关，是西塞罗在引用时省略了后文。译者认为，谓语动词 obstitit 是第三人称单数动词，因此，前种解释不符合严格的语法规则，故取后种观点。

③ 关于罗马建城的时间，这里有两种理解：（1）认为发言人是诗人本人，那么，罗马建城的时间就被恩尼乌斯定于公元前 880 年左右，但这一日期是如何得出，我们不得而知；（2）发言人是《编年纪》中的某个角色。在第二种可能中，倘若从特洛伊陷落的日期开始推算，并按照恩尼乌斯的说法，将罗慕路斯视为埃涅阿斯的外孙，那么，罗马建城大约在公元前 1100 年，发言人生活在公元前 400 年左右。

第五卷　共和国早期

[FRL 本说明] 传统认为，此卷涵盖了从公元前 385 年到公元前 295 年萨姆尼特战争结束之间的事件。

残篇 1　[S 本说明]：曼里乌斯为处死自己违令的儿子作演说①

1　August. *Civ.* 2. 21

奥古斯丁：就像甚至西塞罗本人在他的《论共和国》第五卷的开篇，以他自己的名义而不是以斯基皮奥的名义所说，之前还提到了恩尼乌斯的诗句，其中说：

156　罗马因古代的风俗与古人而屹立不倒。
Cf. *SHA*，Avid. Cass. 5. 7.

---

①　[S 本注] 与此类似的发言，参 Livy 8. 7. 16；8. 6. 14；8. 12. 1。

2　Fragm. de metr., *GL* VI, pp. 611. 24–612. 6

佚名韵文：英雄式六音步……①完全是扬扬格：

157　坎帕尼亚人从此成为罗马公民

[译按] 根据历史记载，坎帕尼亚人于公元前330年获得罗马公民权。

3　Ekkehartus on Oros. *Hist*. 3. 9. 5②

埃克哈特："这 [公元前337年] 之后第二年，维斯塔贞女米努奇阿因通奸罪被下令活埋在现在被称为'受诅咒之地'的地方"：埃克哈特注"活埋在现在这片土地"：恩尼乌斯：

158　任何法律都不曾施加更恐怖的东西

[S本说明] 这个残篇的背景是维斯塔贞女米努奇阿被处死一事。关于米努奇阿的故事，参 Liv. 8. 15。

---

① heroic hexameter [英雄式六音步]，又称 Dactylic hexameter [二元六音步]，是古希腊罗马诗歌常用的韵律与节奏。
② [FRL本注] 埃克哈特四世是一位学识渊博的僧侣，他在手稿中引用了两段恩尼乌斯的文字，分别是残篇 5.3 与残篇 7.3。

4　Fest., pp. 188. 21–190. 3 L.

［译按］这个残篇在很多词的解释上存在许多争议，故给出两种译文以供参考。

斐斯图斯：Occasus 指移动……在第二卷中［2.8］，恩尼乌斯用它代替 occasio［机会］……就像在第五卷中：

159　愤怒驱使［他］前进，时机降临［于他］，事实帮助［他］

或

　　　［罗马人］愤然前进，① 抓住多个时机，② 拯救了［我们的］事业。③

---

① Inicit inritatus［愤然前行］：关于 inritatus［愤怒］的词性，过去的编者们有很多争议。根据斯库奇注释，inritatus 极少被用来替代名词 orritatio，即便作名词使用，也并不表示名词"愤怒"。因此，此处 inritatus 很可能仅是分词。然而，如果与后文 occasus 的用法对应，将 inritatus 视为句子的主语名词，显然更为合理。

② occasus［时机］：根据斐斯图斯的解释，分词 occasus 等同于名词 occasio。传统的解释将 occasus 作为 tenet 的名词主语。然而，若将 inritatus 作分词理解，动词 inicit 与 tenet 的主语理应一致。在这种情况下，此处也可以将 occasus 作为第四变格名词的宾格复数，把这句话理解为"罗马人持有了多个时机"。

③ res［事业］：根据句子主语数的两种解释，我们无法确定 res 的词性和词意。res 既可以作动词 iuvat 的主语，又可以作为宾语。根据斯库奇的注释，res 作为宾语，可能省略或遗漏了 nostra，指"我们的事业"，即罗马的征服事业。因此，在第二种翻译中，补充"我们的"作"事业"的定语。

5 Ps. –Acro, ad Hor. *Epist.* 2. 2. 98①

[伪] 阿克若："如同疲乏地决斗至日落的萨莫奈人一般"：这里的意思是，我们不断地感到厌烦，由于自我欺骗和高声朗诵糟糕的诗歌，而这永无止境。类似地，罗马人与萨莫奈敌军曾战斗直至夜幕降临，这源自恩尼乌斯：

160 死寂的黑夜中断了战斗，交战双方打成平手②

[译按] S 本推测认为，这个片段可能属于公元前 315 年的拉乌图拉（Lautulae）战役（参 Liv. 9. 23. 4）；根据 FRL 本注，后世可能错误地理解了贺拉斯的说法。此处并非士兵，而是全副武装的角斗士在战斗。

6 Non., p. 556. 19–20 M. = 893 L.

诺尼乌斯：ansatae 是一种有系带的投掷武器。恩尼乌斯在第五卷说：

161 他们从塔楼上投掷"安萨塔"

---

① 有记载的名为阿克若的贺拉斯注释者共有两位，一位是公元 5 世纪前后的罗马语文学家赫勒尼乌斯·阿克若（Helenius Acro）；另一位阿克若的作品已经佚失，但曾被卡里西乌斯引用。

② aequis manibus [平手]：这个用法常见于古罗马作家的作品中，指双方中没有一方能够占据优势。

7 Prisc., *GL* II, p. 428. 13–15

普瑞斯奇阿努斯：但在 misereo［我怜悯］中，这［主动态、异态和表始态的区分］更加明显，正如上文所说，最古老的作家们使用过。恩尼乌斯在《编年纪》第 5 卷中：

162　她们流着泪，令敌人心生同情

8 Macrob, *Sat.* 6. 1. 4

玛克若比乌斯：用 agmen［纵列］来表示 actus［运动］和 ductus［有方向的运动］是得体的；例如，leni Huit agmine Thybris［台伯河水缓缓流淌］［Verg. Aen. 2. 782］。事实上，这种用法也是古老的。正如恩尼乌斯在第五卷中所说：

163　因为，河流缓缓穿过这可爱的城镇

第六卷 皮洛士战争

残篇1：本卷开篇

1　Quint. *Inst.* 6. 3. 86

昆体良：当时，一个名叫塞克斯图斯·阿纳利斯（Sextus Annalis）的证人损害了西塞罗的当事人，而检察官不断地逼问他"马库斯·图里乌斯，关于塞克斯图斯·阿纳利斯，你有什么要说的吗？"他选择了掩饰，并开始背诵恩尼乌斯《编年纪》第六卷中的这句话：

164　谁能展开这场伟大战争的边界

Cf. Macrob. *Sat.* 6. 1. 18; Serv. ad Verg. *Aen.* 9. 528; Diom. , *GL* I, pp. 385. 31–386. 1.

残篇2：塔伦图姆初次求援

2　Fest., p. 168. 3–6 L.

斐斯图斯：navus 指"迅速"与"有力"，似乎源于船只的速度。恩尼乌斯，第六卷：

165　他被认为是有力之人，真正的希腊之子和王

3　Fest., p. 412. 13–23 L.

斐斯图斯：人的 Stirps［世系］，古代作者们常常用作阳性……恩尼乌斯在第六卷中：

166　名为布鲁斯［的男子］，据说出身高贵
Cf. Non. p. 226. 32–33 M. =336 L. .

［译按］皮洛士（Pyrrhus）是古希腊伊庇鲁斯国王，公元前207年至前公元272年在位，是罗马共和国称霸亚平宁半岛的主要敌人。他出身埃阿喀得斯家族，据说是阿基琉斯的后代。

4　Cic. *Div*. 2. 116

西塞罗：为什么我要认为希罗多德比恩尼乌斯更真实呢？无疑，他编造克利萨斯的故事的能力不亚于恩尼乌斯对皮洛

士的编造。谁会真的相信,阿波罗给了皮洛士这样一个神谕:

167　我告知你,埃阿库斯的后代,罗马人能够战胜

　　首先,阿波罗不可能说拉丁语;其次,这个神谕在希腊人中并没有流传;再次,在皮洛士的时代,阿波罗已不再发布神谕;最后,尽管情况正如我们在恩尼乌斯的作品中看到的:"愚蠢的埃阿库斯的后代……"(6.14),皮洛士仍理解了这个模棱两可的句子,"你们罗马人……打败"既可以指罗马人,也可以指他自己。

　　[译按]这句话的语义非常模糊,vincere posse[能够战胜]的主宾完全可以置换。从战争的结果来看,罗马人最终战胜了埃阿科斯的子民,这一神谕也转而成为预示罗马胜利的吉兆。

Cf. Qumt. *Inst.* 7. 9. 6; VeI. Long. , *GL* VII, p. 55. 17 – 24; Porph. ad Hor. *Ars* P. 403; Prisc. *GL* III, p. 2. 34. 18 – 2. 35. 4.

5　Fest. , p. 384. 18 – 21

　　斐斯图斯:summussi 指"低语"。奈维乌斯……[F. 47 TrRF]①,在第六卷中,恩尼乌斯:

168　[塔伦图姆]人窃窃私语

　　[译按]这个残篇的补全由 S 本给出,他采纳了 V 本中为

---

① Manawald, Gesine, ed. Tragicorum Romanorum Fragmenta (TrRF). Göttingen, 2012.

这一残篇给出的背景，即塔伦图姆向皮洛士叛变。

6　Macrob，*Sat.* 6. 1. 54 ； ad Verg. *Aen.* 7. 625

玛克若比乌斯："风尘仆仆的骑兵肆虐，所有人寻求着武器。"恩尼乌斯在第六卷中：

169　他们惊扰了咩咩直叫的羊群，全都寻求着武器

7　Gell. *NA* 16. 10. 1–5

格里乌斯：一天，在罗马的广场上，商业活动普遍停止，人们欢庆节日。在一群相当庞大的人群前，正在朗读恩尼乌斯《编年纪》的某一卷，其中有以下几句诗：

170　公共开支中最低等的育畜人①也装备上盾
　　　和凶蛮的铁器；这城墙、城市与广场，②
　　　他们用警备③守卫。

---

①　Proletarius［最低等的育畜人］：在和平时期，这一阶级并不需要装备武器；此处，诗人通过描写"Proletarius"装备武器的情况来写当时战事的危急。

②　muros urbemque forumque［城墙、城市与广场］：这三个词看似彼此重复，但实际上有一个由外而内的递进关系。

③　excubiis/excubando［他们用警备］：动词 currant［守卫］是第三人称复数，而前句动词则是第三人称单数。因此，这里的主语有所变化，既可能是前文中的育畜人阶级，也可能指全体公民。译者认为第二种可能更为合理。当主语为全体公民时，已经包含了常规意义上的守卫，此处的"警备"一词应当是抽象动名词。

[译按] S 本遵从 V 本的观点，把这个残篇和公元前 281 年马库斯·菲利普斯所领导的军队联系起来；W 本则将这个残篇放在没有归属的残篇一类。

Cf. Non., p. 155. 19-23 M. = 228 1.

残篇 8-11：赫拉克利亚战役及其后果

8　Macrob, *Sat.* 6. 1. 53

玛克若比乌斯："快速的长枪从头盔的顶部掠过"（Verg. *Aen.* 12. 492-3）；恩尼乌斯在第六卷中：

173　这时，飞掷的长枪带走了王的
　　　标志①

[译按] 据 S 本注，这一片段属于第六卷而非第十六卷，记述的是皮洛士战争中赫拉克利亚战役的场景。在这场战役中，与国王皮洛士交换了装扮的麦加克勒斯被一位名叫德克西乌斯的人所伤，后者抢走了他的外袍和头盔，并宣称自己杀死了皮洛士，诗人在此处描述的可能是这一事件（参 Plutarch, *Pyrrh.* 17. 4）。不过，W 本将这一片段放入第十六卷，并未给出这一片段相应的背景。

---

① 此处译文参 S 本给出的语境，将 insigne 理解为盔甲上代表国王身份的某种标志。

9　Macrob, *Sat.* 6. 2. 27

玛克若比乌斯:"他们进入一个古老的森林……花楸树"(Verg. *Aen.* 6. 179-182);恩尼乌斯在第六卷中:

175　他们大步穿过一片高木林,以斧砍伐;
　　　凿击高大的橡树,又砍倒冬青,
　　　白蜡树轰然倒地,长银杉木散落,
　　　高松被倒转;整片树林回响着
　　　树的低吟。

10　Oros. *Hist.* 4. 1. 14①

欧若西乌斯[关于赫拉克利亚战役]:但皮洛士在他的诸神和人民前见证了他在这场战役中遭遇的可怕屠杀,他在塔伦图姆的朱庇特神庙中留下了这则铭文:②

180　那些从前
　　　尚未被征服的人们,最好的奥林匹斯之父啊,
　　　我在战争中用武力征服那些人,又被同样的人征服

当他被盟友责问,为何他这位征服者说自己被征服了,

---

① 欧若西乌斯(Orosius)是公元5世纪前后的西班牙僧侣,曾于公元414年到达非洲,并和奥古斯丁有过交流。

② [FRL本注]这个铭文很有可能和残篇6.4中的神谕一样,是诗人自己的发明。

他这样回答："如果我再次以这种方式取得胜利,我将无法带领任何一位士兵回到伊庇鲁斯。"

11　Cic. *Off.* 1. 38

西塞罗:皮洛士的关于释放战俘的著名演说十分卓越:

183　我不为己谋财,你们不要给我赎金;
　　我不终止战争,而要继续战争,
　　不以黄金,而以铁,让我们双方试炼生命;①
　　机运女神希望你们还是我来统治这个时代,她会带来什么,
　　让我们凭德能检验。而现在,请你听好:
　　命运会善待有战争德能之人,
　　我赦免他们自由,
　　与伟大的诸神一同,② 我决定将他们
190　交由你带领。

这种王者的情感无愧于阿埃库斯家族。

---

① nec…nec…non…non［不……不……不……不以］:连续两个 nec［不］,增强否定语气,表现出皮洛士拒绝接受赎金之心。这种用法并不规则,但十分常见(Kuhner-Stegmann I 194)。S 本认为,此处第三个否定词应为 non。因为,从演说词的结构看来,皮洛士在拒绝接受赎金后便开始鼓动战争,前两处否定和后两处否定应当各成一个部分,如果此处为 nec,就会破坏演说词的结构。译者采纳这一说法,在翻译上将 187 行归于后一部分,而非 186 行的状语。若按 W 本中的拉丁原文,则 187 行原文为 nec,从结构上应作为 186 行的状语。

② doque volentibus cum magnis dis［与伟大的诸神一同］:W 本译为"我给你诸神的祝福"。

Cf. Serv. ad Verg. *Aen.* 10. 532.

残篇 12：公元前 279 年德西乌斯·穆斯的献身

12 Non., p. 150. 5–10 M. = 218 L. ①

诺尼乌斯：prognariter 即"积极地"，"勇敢地"，"坚定地"……恩尼乌斯在第六卷中：

191　神明啊，请听听这话，
为了罗马人民，我在战争和战斗之中，
欣然而有所预知地②从身躯中送走了气息，③
［因而］

---

① W 本认为，这一片段讲述的是公元前 279 年，奥斯库鲁姆战役中，德西乌斯·穆斯 di manes 向［先灵］献身一事。这位德西乌斯·穆斯的身份存在争议。M 本认为，这位德西乌斯是公元前 295 年在森提努姆（Sentinum）被杀害的执政官，并因此将这个残篇归于《编年纪》的第五卷。西塞罗记载了这位德西乌斯之子，前 279 年的执政官德西乌斯在奥斯库鲁姆战役身亡的故事（*fin.* 2. 61；cf. *Tusc.* 1. 89），尼布尔（Niebuhr）认为，西塞罗的这一说法很可能是遵从了恩尼乌斯《编年纪》中的记载，并采纳了诺尼乌斯手稿中对这一残篇的分卷（*RG* III 592）。
② prognariter … prudens［坚定而有所预知地］：prognariter 的词义有很多争议。诺尼乌斯将这个词解释为"积极地，勇敢地，坚定地"。S 本并不赞同诺尼乌斯的解释，认为 prognariter 意为"有所预见地"，与随后的分词 prudens 含义相呼应。译者采两者说法，译为"欣然而有所预知地"。
③ "气息"原文为 animam，与四元素相关残篇中的"气"为同一词。

13　ad Verg. *Aen.* 5. 473

佚名学者:"这儿,高大的征服者,心灵骄傲胜于公牛";恩尼乌斯在第六卷中:

195　他们或在精神上超越,且艰［苦的开］端①［残缺］
　　　他们蔑视战争的野兽

［S本说明］这个残篇难以还原,但是从这个学者引用的前后文中可以看出,这个残篇表现了战斗中不可打败的精神。普鲁塔克认为(*Pyrrh.* 21. 15),此处是皮洛士在奥斯库鲁姆战役后的讲话,或西奈阿斯从罗马返回时所作;还有一些观点认为,这一残篇出自阿比乌斯·克劳狄乌斯,或是诗人自己的观察。

14　Cic. *Div.* 2. 116

西塞罗:最后,尽管一直如此,正如在恩尼乌斯的作品中那样:

197　愚蠢的埃阿库斯的后代,
　　　相比起智慧之力,他们在战争的蛮力上更胜一筹

---

① asp rima(艰［苦的开］端):前人有两种补全方式,一是 asperrima;二是 aspera prima,此处采纳后者。

残篇 15：阿比乌斯·克劳狄乌斯反对议和的演说

15　Cic. *Sen.* 16

西塞罗：阿皮乌斯·克劳狄乌斯年老时已经失明。尽管如此，当元老院倾向于与皮洛士议和、签约时，他毫不犹豫地说出了恩尼乌斯用诗歌非常庄重地表达的话：

199　你们图谋什么？① 刚直的理智，在此之前

　　　始终挺立，如今却不理智地②离开她的道路。

以及其余的部分，你了解这首诗。而且，阿皮乌斯本人的演说词流传了下来。③

16　Donat. ad Ter. *Phorm.* 821

多纳图斯："你心中怀有欲望"：加入 animo 更具古风。

---

① quo vobis［你们图谋什么］：V 本认为，quo 在此处等同于 cur，询问做某事的原因或意图，包含着消极意义（Vahlen, Ges. Phil. Sehr., 11179 n.）。W 本将 quo 译为 whither［是否］。此处采用 V 本，译为"图谋什么"。

② mentes…dementes［理智……不理智地……］：这种用法是一种"矛盾修饰法"，常见于肃剧中，在荷马处也有使用。根据斯库奇的注释，这里的用法能够起到"使读者回想起肃剧人物和场景"的效果。

③ ［S 本注］阿皮乌斯·克劳狄乌斯说服元老院拒绝与皮洛士讲和的演说在西塞罗的时代已经广泛传播，并见于后代作品之中（参 Sen. epist. 114.13）。然而，此处西塞罗声称引自恩尼乌斯的演说词未必是克劳狄乌斯演说的原文，其内容和史家记载有较大差异，后者以克劳狄乌斯宣称自己"虽然眼盲，但并非耳聋"开始。

恩尼乌斯在第六卷中：

201　可我心悲痛

17　Varro，*Ling*. 7. 41

瓦罗：恩尼乌斯说：

202　使节①没能带回和平，但为国王带回了要事

Orator［演说家、使者］一词来源于 oration［演讲］，因为，在被派往的人面前公开演讲的人正是因为他的 oration 而被称为 orator。当一个相当重要的事务需要演讲时，那些能够最有效地陈述情况的人往往被选中。

18　Macrob，*Sat*. 6. 1. 10；ad Verg. *Aen*. 10. 2

玛克若比乌斯："众神之父、众人之王召集了会议"：恩尼乌斯在第六卷中：

203　接着，这位众神之父、众人之王衷心地
　　　宣告

---

① orator［使节］：在早期拉丁语中，这个词的含义是"被派去为案件辩护的人、特使或使节"。结合句意，此处译为"使节"。

19　Macrob，*Sat.* 6. 1. 8；ad Verg. *Aen.* 2. 250

　　玛克若比乌斯："同时，天空翻腾，夜晚自大海涌现"：恩尼乌斯在第六卷中：

205　同时，浩瀚的星空翻腾着

第七卷　布匿战争

残篇1-2：序言①

1　Cic. *Brut.*

A. Cic. *Brut.* 75-76

西塞罗：然而，这位被恩尼乌斯列为先知②和法乌努斯

---

①　[FRL本注] 这篇序言中，恩尼乌斯承认了他的前辈奈维乌斯在记述罗马与迦太基的第一次战争上的成功，并同时宣称，他本人——因为在使用六步韵创作拉丁史诗上取得的成果——具有技艺上的优越性。这个具有计划的序言一直吸引着人们的注意，因为它似乎揭示了恩尼乌斯的诗歌抱负和他宣称自己在拉丁文学史上的地位。尽管瓦罗也曾引用过这句话（*Ling.* 7.36），西塞罗对这个文段的明显喜爱（*Brut.* 71, 76; *Orat.* 157, 171; *Div.* 1.114）很可能是后世许多作者回忆它的原因（e.g., Quint. *Inst.* 9.4: 115; Serv. Dan. ad Verg. *G.* 1.11; *Orig.* 4.4-5; Fest., p. 432.13-20L.; Mar. Victorin., *CL* VI, pp. 138.32-139.1）。如果把它视为"中间部分的序言"，这可能构成拉丁语文学在发展的关键阶段受到亚历山大学派影响的证据（Conte, 2007: 226-229; cf. Goldschmidt, 2013: 55-61）。它回应了第一卷中诗人的梦境，这必然增强了后者中对［这篇］诗歌的权威的主张。

②　[S本注] 在古代拉丁语中，vates 有先知和诗人的双重含义。

神①之一的诗人②的《布匿战争》有着米隆③作品一般的意趣。诚然，恩尼乌斯［的写作］更精致，他确实如此；但是，倘若他［恩尼乌斯］真的像他所假装的那样蔑视他［奈维乌斯］，他［恩尼乌斯］就不会在所有的战争中［唯独］没有叙述最为惨烈的第一次布匿战争。他自己说了他为何要这么做：

206　还有人记述了这件事
　　　在那类诗文④中

他们确实写得极好，尽管不如你写得精巧。实际上，对你而言，它不应当有任何不同，［因为］你从奈维乌斯那里借鉴了或剽窃了许多，无论你承认与否。

B. Cic. *Brut.* 71

西塞罗：类似的事情无疑发生在所有余下的努力中，因为

---

①　法乌努斯（Faunus）罗马神话中的农牧神，主管畜牧，半人半羊，生活在树林里，罗马人将其与希腊神话中的萨堤尔（satyr）对应。罗马人认为，树林的声音是他发出的，所以将他视为预言之神。恩尼乌斯将其他诗人与弗恩相类比，是一种轻蔑的说辞。

②　指奈维乌斯（Naevius），公元前3世纪左右的古罗马诗人和剧作家，和恩尼乌斯同时。

③　米隆（Myron），古希腊的著名雕刻家，是古希腊艺术古典时期早期的代表人物，他的代表作有《掷铁饼者》、《雅典娜》和《马尔斯》。他的创作时期大约为公元前480年至公元前440年。他擅长圆雕，多用铜材进行创作。

④　此处恩尼乌斯指的是saturnian verse［萨图尔努斯诗体格律］，奈维乌斯用这种诗体写作了他的《布匿战争》。

没有任何事物是在发明同时就完善的。无疑,在荷马之前就有诗人存在,这可以从他的史诗里那些费阿刻斯人和求婚者的宴会上表演的那些诗中理解。那么,我们的古老诗句在哪里?

从前,法乌努斯神和先知们曾歌唱

那时:

208　没有[人]在缪斯的坚固山岩

也没有[人]热爱言辞,①　在此人之前②

他这样形容自己,这一自夸所言不虚。

C. Cic. *Orat.* **171**

西塞罗:那么,恩尼乌斯可以贬低古代的诗人,说"在从前法乌努斯神和先知们歌唱过的诗句中",难道我就不能同样的方式谈论古代的诗人吗?尤其是,我并没有像他一样说"在他之前",也不会像这样说:

210　我③敢于揭开

2　Fest., p. 432. 20–30 L.

斐斯图斯:维里乌斯认为 sas 即 eas [她们],引用恩尼乌

---

　① dicli studiosus [致力于言辞]:根据 S 本, dicli studiosus 是希腊文 philologos 的拉丁译文。

　② [S本注] 恩尼乌斯试图将自己与同辈和先辈的其他诗人区分开来,认为自己是罗马第一个真正的诗人。

　③ 恩尼乌斯在《编年纪》中始终使用第一人称复数自称,故此处译为"我"。

斯作为证据，后者曾在第一卷中［1.49］说："那些妇女……"但此处似乎更像是"他们自己"的意思。在同一位诗人的第七卷中，我们必须承认这指的是 eam，当他说：

211　没有人
　　　能在梦中见到智慧，
　　　——它又被称为知识，①
　　　在他②开始取得它之前。③

Cf. Paul. Fest., p. 433. 4–5 L..

残篇 3-5：迦太基民族

3　Ekkehartus in Oros. *Hist*. 4. 6. 21

埃克哈特："迦太基人派遣一位哈米尔卡——［他的］姓氏是罗达努斯，一个尤其能言且精明的家伙——去打探亚历山大的意图"：对此，恩尼乌斯曾说：

---

① sapientia［知识］：拉丁语中并没有古希腊的"智慧"这一概念，他们用 sapientia 翻译希腊文 sophia。

② 有注本认为，此处的第三人称单数动词"coepit"应该是第一人称单数结尾的"coepi"，将这个残篇理解为诗人自称是第一个学习智慧之人；但是，考虑到恩尼乌斯从未以第一人称单数自称，这一猜测未必成立，故在此处还是翻译为"他"。

③ ［S本注］在这个残篇中，诗人明确反对了先知梦境之类的说辞，这与他在第一卷中描写的两次梦境形成了反差，在前文中，诗人曾说自己的诗艺来自荷马的灵魂。

213 他能够［胜任］多少议事会与多少战争？①

4　Fest., pp. 290. 35-292. 2 L.

斐斯图斯：puelli 是 pueri 的小词。恩尼乌斯也说：

214　布匿人习惯献祭自己的幼子
Cf. Paul. Fest., p. 291. 5-6 L.；Non., pp. 158. 14-130 M. = 232-233 L..

5　Varro, *Ling*. 5. 182

瓦罗：之所以叫作 Militis stipendia，是因为支付给他们 stips［成堆的小硬币］。恩尼乌斯也曾写：

215　布匿人支付了费用②

---

①　根据 S 本说明，在引用这一残篇时，这位名叫埃克哈特的学者采纳欧若西乌斯甚至更早的史家叙述，将这个片段的历史背景归于这个故事：在提尔陷落之后和帕曼纽死亡之前的这段时间里，迦太基人派遣一个名叫汉米尔卡·罗达努斯（Hamilcar Rhodanus）的人觐见亚历山大，想要了解这位王者的计划。这意味着，恩尼乌斯不仅记叙了迦太基人的人种起源，还记叙了与罗马冲突之前的迦太基历史。然而，也有学者提出了不同的看法，认为恩尼乌斯记叙这位汉米尔卡·罗达努斯的故事（他在成功完成任务之后却被杀），仅仅是为了突出迦太基人对自己卓越的政治家和将军惯常的忘恩负义，以和罗马人的品德相对照。他们认为，恩尼乌斯不可能过分细致地叙述迦太基人那些与罗马无关的历史。W 本的编者把这个残篇放在汉尼拔战争的叙述之中。

②　根据 V 本，这里诗人所言是支付给军人的薪资。但是，W 本的编者似乎认为，支付军费的行为与罗马和迦太基之间的和平条款有关，照此理解，此处迦太基人支付的军费可能是罗马军费，但并没有材料证明这一点。

残篇 6-9：第一次布匿战争，公元前 264-前 241 年

6　Cic. *Inv.* 1. 27

西塞罗：叙述是对已经发生或应当已经发生的事情的阐述……历史是对已经远离了我们时代的回忆的阐述，例如：

216　阿皮乌斯宣布与迦太基开战

7　Prisc.，*GL* II，pp. 485. 17-486. 14

普瑞斯奇阿努斯：以 -geo 结尾的动词，若前面有字母 l 或 r，将 -geo 变为 -si，构成完成时，例如 indulgeo 变为 indulsi，fulgeo 变为 fulsi，algeo 变为 alsi，urgeo 变为 ursi……正如恩尼乌斯在《编年纪》的第七卷中：

217　大海以波涛拍打着这艘被驱赶的船①

8-9　Fest.，p. 488. 32-36 L.

斐斯图斯：恩尼乌斯用 tonsa 来表示"桨"，因为桨就

---

①　这艘海船究竟属于哪一势力，是因受罗马人驱赶，还是由于强大的海浪而靠岸，有许多争论。有人认为，这是公元前 264 年罗马人缴获并作为自己战船模型的迦太基船只；还有人认为这是伊利里亚人的船只，或皮洛士的战船。

像用刀具修剪过一样,就像他在第七卷中所说:

218　你们向右后倾斜,从胸口推开桨①

类似地:

219　他们返回,然后朝他们的胸口拉桨

残篇 10-13:在愤怒的驱使下,敌人继续行动

10　[Prob.] ad Verg. *Eel.* 6.31

[普若布斯]:因此,如果我们将"天空"理解为"火",那么当他说的 spiritus intus alit [气滋养内部] 时 [Aen. 6. 726],我们应该把 spiritus [精神、气] 理解为"空气"……恩尼乌斯在《编年纪》中也如此称它:

220　女战神帕鲁达②从可怖的身体中诞生,
　　　其中,水、火、气与沉重的土是均衡的

Cf. Varro, *Ling.* 7. 37; Fest., p. 494. 7-8 L.; Paul., p. 495. 4 L..

---

①　[FRL 本注]"对船夫的命令的一部分,紧跟其后的(F. 219)是对它执行情况的描述。"因此,斯库奇(Skutsch, 1985:390)[提出]一个不太准确的可能,将这两行残片归于同一个文段。

②　S 本认为,paluda [帕鲁达] 可能是一个古罗马神祇的名字,被恩尼乌斯套用在这里,服务于自己的写作目的。然而,为何不使用"争端"常用的名字 discordia,反而用这个名字代替,编者和注者们并没能给出一个合理的解释。

11　Prisc., *GL* II, pp. 222. 11–223. 63

普瑞斯奇阿努斯：类似地，单音节词 Nar 的属格形式 Naris 的元音 a 为长音，并且特指这条河流。因此，如果我们想说鼻子，主格 naris ［鼻子］和 Nar 的属格发音类似……但是 Nar 甚至在斜格①中也保持长音 a。恩尼乌斯在《编年纪》第七卷中：

222　他在纳尔河②富含硫黄的水流上建造了通气孔

12　Serv. Dan. ad Verg. *G*. 2. 449

达尼埃利斯的色尔维乌斯：buxum 指木材而不是树木，尽管在恩尼乌斯那里，这个词的中性属格可以用来表示树木。在第七卷中，他［恩尼乌斯］说：

223　有锯齿形叶片的细高柏树
　　　挺立着，与有苦涩枝干的树木一同

13　Hor. *Sat*. 1. 4. 60–62

贺拉斯：它并不像你拆分的那样：

---

① 即主格和呼格之外的其他格。
② ［FRL 本注］位于翁布里亚地区的河流，是台伯河的一条支流，因硫磺泉而著名。恩尼乌斯可能意在使用 naris ［鼻子］的双关语。

225 "在令人生厌的争端打开了
    战争①之门和覆铁的门柱后",

在这句诗中,你仍然能找到一位不知名诗人的残迹。②

Cf. Serv. ad Verg. *Aen.* 7. 622.

残篇 14-16:击退高卢人的威胁,公元前 225 年;回忆公元前 390 年高卢人带来的灾难

14 Macrob, *Sat.* **1. 4. 17-18**

玛克若比乌斯:至于其他那些我们的朋友阿维埃努斯觉得新奇的话,我们必须用古人的证词来为它们辩护。因为,恩尼乌斯——除非有些人认为他不应当在我们这个更加精致优雅的时代有一席之地——在这些句子中说过 noetu concubia:

227 在安睡的夜晚,高卢人秘密袭击堡垒的高墙,
    并骤然击杀了那些守卫

我们有必要注意到,在这个片段里,恩尼乌斯不仅使用

---

① 指汉尼拔战争。
② [FRL 本注] 色尔维乌斯的注解表明,这位诗人并不一定是恩尼乌斯。斯库奇(Skutsch, 1985:402-403)引用瓦罗 [Varro, Ling. 5. 165] 的观点,将"战争之门"理解为双面的雅努斯。

noctu concubia，还使用了 qua noctu；① 他在《编年纪》第七卷中用这一表达……

残篇15：罗马盟友的集结

15 Diom.，*GL* I，p. 446. 24−26②

迪欧梅得斯：名称的模式指，当称号与单个名词连接在一起时，例如：

229 马锡安部落，帕里格尼安步兵队，维斯提尼安众人之力③
Cf. Charis.，*GL* 1，p. 282. 5−6 = p. 370. 21−23 B.；Donat.，*GL* IV；p. 398. 17−19；Pomp.，*GL* V，p. 303. 19−21.

残篇16：特拉蒙战役？

16 Fest.，pp. 386. 32−388. 2 L.

斐斯图斯：古人曾用 sos 表示 eos［他们］，就像恩尼乌

---

① ［S本注］玛克若比乌斯将 qua 与 noctu 对应，这与 noctu 在句子中的位置相矛盾。格里乌斯将 qua 视作副词性的 via，即高卢人行进的道路，这难以成立。此处的 qua 很可能与已经佚失的前文对应。

② 迪欧梅得斯（Diomedes）是公元4—5世纪的拉丁文法学家和学者。

③ 马锡安、帕里格尼安、维斯提尼安都是萨宾东部人，为罗马提供军事帮助。

斯在第七卷中：

230　虽然他们想用恐吓使他们害怕，但反而激励了他们①

残篇17：公元前219年，第二次伊利里亚战役中的一个事件

17　Fest., p. 362. 19–25 L.

　　斐斯图斯：与"不屈的卡洛"（*Inc.* 31）类似，恩尼乌斯看起来一语双关……在另一处：

231　［FRL本］自此，他们假意［谨慎行进至］帕若斯②

　　"帕若斯"指这座岛屿。

　　［W本］帕若斯〈……〉哭号③

---

　　①　古代野蛮民族，尤其是凯尔特人常有恐吓敌人的习惯。波利比乌斯曾记载，高卢人用喊叫和可怕的外表使罗马人畏惧（参 Polyb. 2. 29. 6 ff.）。
　　②　很难确定 Paros［帕若斯］出现在《编年纪》的哪一时期。S本提出，这一片段可能属于公元前219年的第二次伊利里亚战争（参 Polyb. 3. 18. 9 ff.），倘若这一说法成立，那么，下注中的残缺单词必须被补全为 simulare。［FRL本注］由于恩尼乌斯的拼写并不能够区分非送气和送气辅音，他可以将 Pharos［法罗斯］与 parum［不足够的］作一语双关。
　　③　ul ulabant［哭号］：这个词残缺严重，原文只剩下 -ulabant；W本补充为 ul ulabant；S本中提出补为 simulare，从语法和文意上看也较为恰当，被FRL本采纳。此处提供两种补全方式以供参考。

残篇18-20：汉尼拔的演说

18 Macrob，*Sat.* 6. 1. 19；ad Verg. *Aen.* 12. 565

玛克若比乌斯："不要拖延面对我的话，朱庇特站在我们这边"：恩尼乌斯在第七卷中：

232 他不会永远挫败你们；现在，朱庇特站在我们这边

19 Macrob，*Sat.* 6. 1. 62

玛克若比乌斯："命运帮助勇士"（Verg. *Aen.* 10. 254），恩尼乌斯在第七卷中：

233 幸运被赠予勇敢的人们

20 Cic. *Balb.* 51

西塞罗：因为我们最伟大的诗人［恩尼乌斯］并不希望这是对汉尼拔的劝诫，而是对所有将领们的：

234 那给敌人重击的人，于我，① 定会是迦太基人，

---

① mihi［于我］：部分编者认为，这里省略了inquit。S本反对这一观点，认为在语序等方面都有不妥之处。W本将此处译为"听我说"，此处不采用。

无论他是谁，无论他来自哪里①

残篇 21：特瑞比亚战役（公元前 218 年）

21　Macrob, *Sat.* 6. 9. 9–10

玛克若比乌斯：所有古代作家都既使用 eques 表示 "骑马的人"，又表示 "驮人的马"，动词 equitare 不仅指一个人在骑马，也指一匹马在驮人。恩尼乌斯在《编年纪》第七卷中：

236　最后，四足兽兵团、② 骑兵团和象兵团大力冲了出去③

他在这段文字中使用 eques 表示马匹本身，这难道会有任何疑问，既然他用 "四脚的" 来修饰它？

---

①　部分学者根据李维的记载（参 Livy. 21. 45. 6），判断这个残篇的背景为提契诺河战役；还有学者依据西里乌斯（Silius, 9. 209 ff.）的说法，认为这个残篇记载的内容发生在坎尼战役之前。这两个观点，都将演说者定为汉尼拔。西塞罗则认为，这里的发言人未必是汉尼拔，而可能是任何将领。

②　关于 "四足" 的含义，学界一直有争议。传统的理解一直把这个词当作形容词，并认为它修饰 "马匹"。但是，诗人若只强调马的四足，而忽视紧随其后的阳性单数名词 "大象"，未免令人费解。斯库奇认为，这里的 "四足" 实际上是名词，与后文的 "骑士" "大象" 一样，都是集体名词单数，表示由四足猛兽构成的军事力量单位。译者采纳这一观点，故译为 "四足兽兵团"。

③　[FRL 本注] 波利比乌斯（Polyb. 3. 74）与李维（Livy. 21. 55. 9）记录说，迦太基骑兵和象兵的表现在特瑞比亚战役中是决定性的。

Cf. Gell. *NA* 18.5.4-7（T. 85）；Non.，p. 106.29-30 M. = 152 L.；Serv. Dan. ad Verg. *G.* 3. 116.

残篇 22-23：迦太基威胁利利巴厄姆

22　Fest.，pp. 166.32-168.32 L.

斐斯图斯：科尔尼菲西乌斯说，nare［游泳］源自 navis［船只］，因为泳者就船只一样被水承载。恩尼乌斯在第七卷中：

238　有的希望去［海上］漂浮；有的①已经准备好［在陆地上］战斗②

23　Non.，p. 116.2-7 M. =166 L.

诺尼乌斯：gracilentum 即 gracilis……恩尼乌斯在第七卷中：

---

①　alter...alter［有的……有的］：这里的 alter 是抽象性单数指代词，指罗马舰队中的某一支舰队。

②　这个残篇记述了罗马人在海上的一次胜利，拉默特（Lammert）认为，恩尼乌斯为了缓和罗马人在陆战中失败的悲惨状况，强调了罗马在海上的成功［F. Lammert, WS 58 (1940) 94］。但是，学者们并不能确定这个残篇具体描述哪一场海战。有人认为，这可能是罗马舰队第一次出海时的场景，也有人认为，这一场景描述的是公元前 220 年罗马在塔古斯河上与卡佩坦尼人的战争，或者属于特雷比亚战役，但这些猜测都没有有力的证据支持。

239　他们丢出细线一般的手剑①

残篇 24：介绍众神

24　Apul. *De deo Soc.* 2

阿普列乌斯：还有一类神祇……其中包括著名的十二位［神］，他们的名字被恩尼乌斯简明排列在两行诗文中：

240　朱诺 维斯塔 密涅瓦 刻瑞斯 狄安娜 玛尔斯
　　摩科瑞 朱庇特 奈普特努斯 乌尔坎努斯 阿波罗②
Cf. Mart. *Cap.* 1. 42.

残篇 25-28：无法识别的残篇

25　Macrob，*Sat.* 6. 1. 22

玛克若比乌斯："这四足的拍打令平原震动"（Verg. *Aen.*

---

① ［FRL 本注］可能是指有名的"温和的西班牙剑"，参李维 Livy. 22. 46. 5.

② ［FRL 本注］李维（Livy. 22. 10. 9）记录了公元前 217 年的礼宴和对十二主神的引介，作为对当时具有不确定性的军事情况的回应，这可能是这个残篇的背景（cf. 7. 21）。

8.596），恩尼乌斯在第六卷①中说：

242　努米底亚人前来探查，他们的脚步震动着整个大地

26　Non., pp. 385.5–385.16 M. = 614–615 L.

诺尼乌斯：rumor 即支持，救助……恩尼乌斯在《编年纪》第七卷中：

243　罗马军团［返回救助废墟］②
接着移动房屋，在民众的支援下。③

---

①　按照玛克若比乌斯的解释，这个残篇属于《编年纪》第六卷，描写了皮洛士在西西里岛的活动，在那里，他与努米底亚人有所接触。但是，大多数编者认为，恩尼乌斯不太可能在《编年纪》中如此详细记载一场与罗马人无关的战斗，特别是考虑到，像李维这样的史家都仅仅简要记录了皮洛士在西西里的失败，没有更详细的记录（periocha of Book XIV）。因此，大多数编者认为，这一残篇应属于《编年纪》第七卷或第八卷，是有关两次布匿战争的描述。部分人支持玛克若比乌斯的观点，坚持认为这一残篇属于第六卷。他们认为，恩尼乌斯对皮洛士有一种特殊的个人兴趣，因此在罗马的《编年纪》中加入了很多皮洛士的细节。斯库奇反对这一观点，他同时认为这一残篇也并不属于第七卷，因为它与第七卷的序言相矛盾。还有人猜测这里说的是特拉比亚（trebia）战役，另有一些其他更无根据的猜测。W 本采纳玛克若比乌斯的观点，将这一残篇放在第六卷中。此处遵照 FRL 本的顺序，将这一残篇放在此处。

②　此处残缺，前人提出多种补全方式：redditu rumore codd.：rediit murumque Vahlen：reddit urbemque Ribbeck, alia alii ruinas codd.：rapinas dubitanter Skutsch. 此处按 FRL 本原文，即按 codd. 的补全版方式翻译。

③　rumore secundo［在民众的支援下］：习惯语，原意可直译为"群众一片赞同的低语"。

27 Charis., GL I, p. 130. 29–30 = p. 166. 16–17 B.

卡利西乌斯：frus［叶］是阴性名词，因为恩尼乌斯在《编年纪》的第七卷中，它这样变格：

245　frundes［叶子］变了颜色

而不是 frondes［这种古典的形式］。

28 Fest., p. 306. 25–31 L.

斐斯图斯：在古代作者那里，Quianam 即 quare 和 cur，正如奈维乌斯……恩尼乌斯在第七卷中：

246　为何你们的意图因我的话而改变？①
Cf. Paul., p. 307. 9–10 L..

---

① 关于这个残篇的背景有两种猜测。诺登（Norden）认为，这是朱庇特的一段讲辞（Norden, E. u. V. 43 ff.），但这个说法存在许多疑点（参 S 本，页 430）；S 本认为，这个残篇可能描写了特伦提乌斯·瓦罗（Terentius Varro）为罗马军队向坎尼进军这一决定而悲叹的场景（Livy. 22. 43. 8 f.）。这一推测一旦成立，这一残篇就不再属于第七卷，而是属于第八卷。

第八卷　汉尼拔战争

［FRL 本说明］这一卷以汉尼拔战争为中心，但诗文与特定事件之间的联系大多是推测。

1

A. Cic. *Mur.* 30

西塞罗：事实上，正如一位天才诗人和优秀作者所说：

247　　当战争被宣告①

pellitur e medio ［赶出视野］ 并非仅仅是你在言辞上谨慎的模仿，也是这些事件的核心，sapientia ［智慧］……

B. *NA* 20. 10. 3–5

格里乌斯："那么，老师，"我说："我现在询问的这些出

---

① 这一片段曾被认为描写了汉尼拔战争爆发的场景。但是，有学者依据动词的完成时态提出了不同意见，认为这是恩尼乌斯对战争后果的一般性描述；还有学者认为，这是一篇演说词中的一部分。

自恩尼乌斯，他曾用过这些话［F.252：根据法律斗争］。"并且，当他带着极大的惊讶说，这一表达对于诗人们而言是外来的，不能在恩尼乌斯的任何作品中找到时，我凭记忆引述了《编年纪》第八卷中的这些诗句：

248 　智慧被赶出视野，凡事用武力解决，
　　　优秀的演说家被摈弃，粗鲁的士兵却受爱戴；
250 　他们几乎不再用有教养的言辞斗争，① 而是用恶言恶语
　　　混在彼此之间，煽动着不友善；
　　　他们不再根据法律斗争，② 而是以强大的铁
　　　提出诉求，③ 要求统治，用蛮力前行

在我引述了恩尼乌斯的这些句子后，这位文法学家说："现在我相信你了，但是我希望你相信我，恩尼乌斯并不是在学习诗歌时学会这个［表达］，而是从某个了解法律的人那里［学到的］。"

Cf. Cic. Fam. 7. 13. 2；Att. 15. 7；Lact. Inst. 5. 1. 1.

---

① 指法律行为。

② ex iure manum consertum ［根据法律斗争］：古罗马用以表示"用法律手段解决私人争端"的习惯说法；在西塞罗的作品中曾有 inde ibi ego ex iure te manu consertum rwco (Cic. Mu., 26)。根据普劳图斯的说法，manum conserere 是约定俗成的短语，含义是"开始战斗"(Plaut. Mil. 3 contra conserta manu)；此处，恩尼乌斯使用 manum consertum, 和后文"用武力提出诉求"对照，突出了战争和法律的对比，这种对比，在《编年纪》的其他残篇中也有所体现。

③ rem repetunt ［提出诉求］：法律常用语，也可用于发表政治演讲、战争宣言等更广泛的情况。

2　Fest., pp. 188. 27–190. 5 L.

斐斯图斯：Occasus 指"移动"，例如太阳从空中移落到地平线下。在第二卷中，恩尼乌斯用这个词表达 occasio［机会］［2.8］……；类似的还有第五卷［5.4］和第八卷：

当［环境］①
255　或机会或时刻抑制了大胆去［做某事的冲动］②
Cf. Paul. Fest., p. 189. 13 L.

3　Paul. Fest., p. 507. 20–25 L.

执事保罗：vel 实际上是一种有分离含义的连词，但并不用于那些天然分离的事物——对后者我们更正确地使用连词 aut，例如"它要么是白天要么是黑夜"——而是用于那些并不相反的事物，对于这些事物，选择哪一个并没有区别，正如恩尼乌斯所说：

256　你将是独裁官，或马匹与骑兵的长官，

---

①　［FRL 本注］这一补充由斯库奇考虑到拖延者法比乌斯（Fabius Cunctator）而给出，需要进一步考量。斐斯图斯记录下的这一行诗句可以简单理解为"机会或时刻抑止了……"

②　这个句子的主语是一个因为时机的阻止而停止动作的人。在 S 本中，此句的第一个词汇是 aut，与后文的 -ve 有所重复，使句子的语法变得复杂。此处按照 W 本翻译。

或执政官

4 Macrob, *Sat.* 6.2.16; ad Verg. *Aen.* 11.425-427

玛克若比乌斯:"时间与不断变化的季节的网已使众多事物变好;命运,现在伪装着归来,在其中嘲笑众[人],接着放他们回归自己的脚步中";恩尼乌斯在第八卷中:

258　在战争中,很多事在一日间发生……
　　　再次,许多命运偶然地再沉沦①
　　　命运决不会永远跟从一人。②

5 Non., p.150.18-20 M.219 L.

诺尼乌斯:Praecox 和 praecoca 指尚未成熟的事物。恩尼乌斯在《编年纪》第八卷中:

261　战斗的时机尚未成熟③

---

①　[FRL本注]前文可能有遗失的诗句提到"许多命运"的升起。

②　W 本依据维吉尔的仿句,将这一片段归于元老院安抚恐慌的场景;S 本认为,维吉尔的仿写改变了句子的原意,这句话是埃米里乌斯·保卢斯拒绝跟随特伦提乌斯·瓦罗乘胜追击的讲话(Livy. 22.41.2 f.),句子中表现的紧张感来自"胜负相随"的思想。从句意来看,S 本的看法更能成立。

③　[S本注]这个残篇的历史背景清晰,参 Livy. 22.42.4;Polyb, 3. J10.4。

6 Diom. *GL* I, p. 382. 11–12

迪欧梅得斯：我们注意到，古代作家也说 abnueo［拒绝］，正如恩尼乌斯在《编年纪》第八卷中：

262　我拒绝战斗；我害怕军团毁灭①

7 Macrob，*Sat.* 6. 1. 22

玛克若比乌斯："他们的四足敲打着颤抖的平原"（ad Verg. Aen. 8. 59）；恩尼乌斯在第六卷（7. 25）……还有第八卷中：

263　他们②追击着，脚步震震令大地颤抖

8 Non.，p. 217. 8–10 M. = 320 L.

诺尼乌斯：pulvis 通常是阳性名词，但恩尼乌斯在《编年纪》的第八卷中用作阴性：

264　此时，一片巨大的尘云被看到［延伸］至远处的天空

在第九卷中（9. 12）……

---

① 与残篇 8.5 出自同一场演说，很可能是直接相连的前后文关系。
② 此处主语为"骑兵"，集体名词单数，故译为"他们"。

9 Fest., p. 210. 11–14 L.

斐斯图斯：Obstipum［弯曲的］即 obliquum［倾斜的］。恩尼乌斯在第十六卷［16. 17］……第八卷中：

265 在倾斜的阳光下极度增长①

10 Macrob, *Sat.* 6. 1. 52; ad Verg. *Aen.* 12. 284

玛克若比乌斯："一场铁雨降临"；恩尼乌斯在第八卷中：

266 枪兵们②散开长枪，铁雨降临

11 Prisc, *GL* II, p. 480. 5–6③

普瑞斯奇阿努斯：denseo 是 denso 的变形……恩尼乌斯

---

① ［S本注］如果这个残篇确定属于第八卷，那么，它与坎尼战役中太阳光所造成的影响有很大关系，参 Livy. 22. 46. 8；在这种情况下，恩尼乌斯设想的罗马军队应当面朝东方。

② hastati［枪兵］：根据 S 本注释，在战术意义上，hastati 指在战争中处于前排的士兵线；但是，他认为这里的 hastati 并不是这一含义。据记载，自萨宾战争以来，传统意义上的第一线，即 principes，和 hastati 交换了位置，此后，他们都不再装备 hasta 这种自重大、射程短的武器，改用 pilum。但是，随后，hasta 又被用于指代一切用于投掷的武器。根据这一注释，此处的 hastati 与 hasta 很可能指使用投掷武器的某种士兵。

③ S 本认为这个残篇几乎可以被确定描写坎尼战役。

在第八卷中:

267 平原上,士兵们可怕的长矛紧挨着

12 Gell. *NA* 12.4①

格里乌斯:在《编年纪》第七卷中,通过卓越的格米努斯·色尔维里乌斯②的故事,恩尼乌斯非常生动和巧妙地描述和定义了,一个在社会阶层和命运中优越的人,作为他人的朋友,应当给[朋友]怎样的补救、安慰和减轻生活烦恼的慰藉……因此,我认为这些诗句值得引用,以防有人想要立即阅读它们:

---

① 有学者认为,这一残篇记录的是色尔维里乌斯远征非洲的情形(Polyb. 3. 96. 10 ff.; Livy. 22. 31; Zon. 8. 26),西格瑞乌斯(C. Cichorius)则认为,这一残篇属于坎尼战役,并由此应被归于《编年纪》第八卷。

② 从时间来看,格里乌斯在这里所说的色尔维里乌斯可能是公元前252—前248年的执政官色尔维里乌斯·格米努斯(P. Seruilius Geminus,),或公元前217年的执政官小色尔维里乌斯·格米努斯(Cn. Seruilius Geminus)。然而,恩尼乌斯在概括第一次布匿战争时,除这位色尔维里乌斯外,并没有提及任何领导人。因此,恩尼乌斯在这里记述的色尔维里乌斯理当是他的赞助人小色尔维里乌斯·格米努斯(Cn. Seruilius Geminus)。在波利比乌斯和李维的记载中,这位色尔维里乌斯并不是十分显眼,他统帅罗马中心(Roman centre),并支持阿米里乌斯·保卢斯(Aemilius Paullus)指挥战场,他的死亡也被记录下来。阿皮安(Appian, *Hann.* 18 ff.)的记载更为详尽。在他的记录中,色尔维里乌斯不仅支持保卢斯的指挥,还亲自指挥左翼军队,并抓获500名凯尔特伊比利亚人,这些人假装从汉尼拔处逃走,并从后方攻击罗马军队。色尔维里乌斯与保卢斯会合,在将败之时试图挽救危局,直到他和保卢斯战死。

268　如此说来,① 他呼唤这么一个人,甘愿常常
　　 与这人分享餐桌、他的谈话和他的事务,
270　愉悦而友善,当他因那一日
　　 在罗马广场与神圣的元老院中,② 就最高的统治事务
　　 做出大多③决策而变得④疲劳;

---

① haece locutus［如此说来］：根据 S 本注,色尔维里乌斯这段讲话的背景存在一些争议。西科瑞乌斯（C. Cichorius）认为,这指的是色尔维里乌斯发表讲话,收留那些来自汉尼拔的逃兵,并把他们安置在军队的后方。但是,有学者认为,从后文看,这段演说应当是色尔维里乌斯在危急关头甚至死亡关头的演说,但在这个时间点上,色尔维里乌斯还没有任何理由认为战争的走向会变得糟糕,以至于需要呼唤一个忠实的朋友。西格里乌斯提出,根据阿比安的记载,色尔维里乌斯荣耀的死亡和阿米里乌斯·保卢斯有一种对应关系,但色尔维里乌斯对忠实朋友的演说与保卢斯和护民官莱恩图鲁斯（Lentulus）的对话（Livy. 22. 49. 6 ff.）在主题上有所重复,因此,恩尼乌斯有可能会更加简略地描写色尔维里乌斯的演说,或因为叙述的方便而提前色尔维里乌斯讲话的时间,这样,"收留逃兵"的行文背景就合情合理了。

② foro…sanctoque senatu［罗马广场与神圣的元老院］：从 de summis rebus regendis［最高的统治事务］可以看出,恩尼乌斯在这里描写的是政治活动,因此,诗人在此处并不适用常见于法律活动的 forum et curia,而是用 senatus 替代。

③ magnam…partem［大多］：W 本将 partem 与 diei 结合,翻译为"一天中的很多时间"；S 本则认为这个词是 consilio lato 的副词性宾语。此处采纳 S 本的说法,译为"大多决策"。

④ tuisset［变得］：W 本采用 trivisset,即"消耗"之意,但 S 本认为这个词缺乏说服力,因为 tero 在早期拉丁语中主要用作"浪费掉本可以利用的时间"之意,并且,lassus 作为 trivisset 的对象,后面应接作为结果的动词作谓语。S 本采用 fuisset,并猜测其为 factus esset［变得,成为］之意,但这个词很难与 partem 对应起来,如果采用,partem 必须和后文距离较远的 lato 结合。S 本认为,此处最好补充含义为"消除"的词语,但并未能给出较为恰当的词。

　　　　他总会与这人讲些或大或小的玩笑事，①
　　　　说些或好或坏的话，
275　怎样希望，② 这人就会［将这些话］放在安全处；③
　　　　［他会同这人分享］许多欢乐，
　　　　或公开或秘密，
　　　　这人没有邪恶性情的想法，诱使他
　　　　轻易行恶事；这人有学识，可信任，
280　惹人爱，善言辞，能满足，快乐又机敏，
　　　　他说话有分寸，④ 爱助人，不多言，
　　　　保持着已逝旧日的古风，
　　　　和那些新旧的风俗，他保留着
　　　　许多古代之物，和众神与众人的法律；
285　这人能审慎地说出或保守传言。
　　　　在战争⑤中，色尔维里乌斯如此说。

　　据说，卢西乌斯·埃里乌斯·斯蒂洛⑥曾说，昆图斯·

---

　　① res...iocumque［玩笑事］：根据 S 本注释，这里的 iocum 为诗体的属格，作为 res 的定语，故译为"玩笑事"。
　　② qui vellet［怎样希望］：S 本认为，由于残篇的最后一行已经表明，这段话是塞维里乌斯自己的讲话，因此，这里的 qui 并不是不定人称代词，而是副词，故此处译为"怎样"。
　　③ tutoque［安全处］：S 本认为，这里的 tuto 是地点格，W 本也持同样的看法，故译为"安全处"。
　　④ secunda loquens in tempore［说话有分寸］：S 本和 W 本都将此理解为"在恰当的时机说恰当的话"。
　　⑤ 关于这场战争的讨论见前注。
　　⑥ 卢西乌斯·埃里乌斯·斯蒂洛（Aelius Stilo Praeconinus）是古罗马早期文法学家，瓦罗的老师。

恩尼乌斯在这里写的不是别人，而是他自己，这一片段描写的是昆图斯·恩尼乌斯本人的性情。

13　Paul. Fest., p. 397. 7–9 L. ①

执事保罗：这些人被叫作 suppemati，他们的大腿上侧被人用切猪腰臀的方式切掉。恩尼乌斯说：

287　这些邪恶傲慢的布匿人切掉了他们的腰臀②
Cf. Fest., p. 396. 22–27 L..

14　Macrob, *Sat.* 6. 1. 20; ad Verg. *Aen.* 12. 565

玛克若比乌斯："他们袭击一座淹没在睡眠与美酒中的城市"；恩尼乌斯在第八卷中：

288　此刻，敌人们被美酒征服，淹没③在睡梦中，

---

①　这个残篇的背景并不十分确定。大部分编者依照李维的记载（22. 51. 7），将这个残篇放置在坎尼战役，迦太基人在战场上生擒了一些罗马士兵的场景中；瓦伦则更进一步，将这个故事与部分假意投降者乘机袭击罗马军队一事结合起来；此外，恩尼乌斯是否将努米底亚人或凯尔特伊比利亚人称为布匿人也值得怀疑。

②　pernas［腰臀］：根据 S 本的注释，这个词通常并不用来指人的腰臀，而是指畜类的腰臀，是一种非常粗鲁的说法。

③　sepulti［淹没］：sepulti 本意是"埋葬"，但在此处并不十分恰当。根据 S 本注释，从其他作家的用法来看，这个词可能是指"某种死后应当进行的祭仪""规划"的含义；同时，根据这一残篇的含义，此处"压倒""埋没"等含义也较为合理。此处结合词语原意与"压倒、埋没"一意，译为"淹没"。

15　Paul. Fest., p. 110. 19–20 L. ①

执事保罗：Meddix 是奥斯坎人中地方官的称呼。恩尼乌斯说：

289　这儿，最高长官被抓捕，其他人被处死

16　Non., p. 435. 12–13 M. = 701 L.

诺尼乌斯：Quartum 与 quarto，恩尼乌斯曾写：

290　老昆图斯②第四次成为执政官。
Cf. Gell. *NA* 10. 1. 6.

17　Fest., p. 218. 12–13 L. ③

斐斯图斯：维里乌斯说，我们通常所说的 Oscans［奥斯坎人］更早被称为 Opscians。他引述恩尼乌斯说：

---

① ［S本注］这一残篇的背景有两种可能，一是公元前 215 年坎帕尼亚人背信弃义，攻击库迈民众一事；二是公元前 211 年卡普阿城投降一事。W 本采纳了后一种看法。从残篇的顺序看，在描写了坎尼战役的惨败后，诗人的确有可能倾向于描写一场属于罗马人的胜利。

② 昆图斯·法比乌斯的儿子小昆图斯·法比乌斯也曾被选为执政官。将昆图斯·法比乌斯称为 pater，既是表明他是两位法比乌斯中的父亲，也是表达对他的尊敬。

③ 围攻卡普阿一事的记载，参 Livy. 26. 4。

291　奥普斯库斯人从城墙挑起争端

18　Paul. Fest., p. 187. 11–12 L. [1]

执事保罗：ob 即 ad，恩尼乌斯说：

292　那夜，他开始率领军团[2]前往罗马。

Cf. Fest., p. 206. 24–26 L.；Fest., p. 188. 1–3 L..

19　Schol. Bern. ad Verg. G. 4. 72

佚名学者：恩尼乌斯在第八卷中：

293　［用］长笛[3]奏一首乐歌，[4]

20　Non., p. 151. 18–26 M. pp. 221–22 L.

诺尼乌斯：portisculus 的确切含义是桨手的计时器，也

---

[1] 公元前 211 年，汉尼拔未能解除罗马人对卡普阿的围攻，因此决定向罗马进军，希望能够引开罗马在卡普阿的部队。他在夜间出发，渡河前往罗马；参 Livy 26. 7. 3；7. 10；9. 1f.；Sil. *Ital.* 12. 507 ff.。

[2] 这里指的是汉尼拔的军队。legiones 一般特指罗马军团，严格来说，除了罗马之外，只有汉尼拔的军队使用过这个称号。

[3] tibia［长笛］：一种管状有孔的乐器，常与另一种管乐器 tuba 对举。瓦罗常常用这两种乐器作为和平与战争的象征（Opusc. 2. 136）。

[4] melos［乐歌］：根据 S 本注释，这个词是 Carmen 的同义词，指一种仪式性的、用于歌唱的颂词。

就是说，这位拿着这个名叫 portisculus 的工具的人用它掌握着他们的速度和节律……恩尼乌斯在《编年纪》第八卷中：

294 他们努力
向前划桨①并观察，当节律锤②
开始发出信号。

21 Prisc., *GL* II, p. 210. 6–11

普瑞斯奇阿努斯：［关于 Didonis］恩尼乌斯在第八卷中说：

297 布匿人出自狄多

---

① tonsam ante tenentes parerent［努力向前划桨］：S 本认为，无法在将谓语动词理解为"遵守命令"的同时，将现在时分词 tenentes 理解为桨手手持船桨等待命令，因为"等待"命令的发生必然先于"遵守"命令，而谓语动词 parerent 发生于现在时分词之前。后文 portisculus 是"规定划桨的节奏的工具"，而不是规定划桨开始时间的工具，这也与斯库奇的解释相吻合。因此，译者采纳 S 本的理解，将此处译为"努力向前划桨"。W 本译为"向前拿着桨遵守命令"，此处不取。

② portisculus［节律锤］：桨手的喊号人使用的工具锤。

第九卷　汉尼拔战争后期

[FRL 本说明] 这一卷继续讲述汉尼拔战争。

1　Non., p. 472.5-6 M. = 757 L. ①

诺尼乌斯：Luctant [他们拼搏，主动形式] [的异态形式] 即 luctantur。恩尼乌斯在第九卷中：

298　勇士们以顽强的气力拼搏

残篇2：李维乌斯·萨利纳托在梅陶罗河战役中获胜

2　Serv. Dan. ad Verg. Aen. 9.641

达尼埃利斯的色尔维乌斯：mactus [被尊崇]，古人也使用 mactatus，例如，恩尼乌斯：

---

① V 本认为这个残篇描写了一场战争的开端；另一些编者认为，它叙述的是某一场独立的小型战役。W 本将其编入扎马战役的依据不足。

299　李维乌斯①大获全胜，受到尊崇，自此返回

3　Non. p. 66. 18-24 M. = 92 L. ②

诺尼乌斯：Politiones：勤勉耕种农田，正如我们形容所有精心制作并光彩照人的事物为 polita……恩尼乌斯在《编年纪》第九卷中：

300　他将用齿状的农具犁平
　　农田

残篇 4：入侵非洲

4　Cic. *Tusc.* 1. 45③

西塞罗：那些已经看见了本都④的入口和名叫阿尔戈

---

①　[FRL本注]马库斯·李维乌斯·萨利纳托（Marcus Livius Salinator）与他的执政官同僚克劳狄乌斯·尼禄一起赢得了战胜哈斯杜鲁巴的决定性战役，即公元前207年的梅陶罗河战役。李维乌斯庆祝了这场胜利，尼禄则仅［为他］喝彩，因为这场战役发生在前者的省份，参 Livy. II 28. 9. 2-18；Val. *Max.* 4. 1. 9。

②　[S本注]这个残篇描写了士兵解甲归田的场景，但是我们并不能确定是在哪场战争之后发生。有人认为这是马凯鲁斯在西西里重建农业生产的活动，但是这一活动从时间上应该属于第八卷；有人认为，从时间上看，这应发生在拉维努斯（Laevinus）；瓦伦认为，这个残篇也可以对应斯基皮奥在非洲的行为。

③　[S本注]关于这一残篇的背景，有以下几种猜测：(1) 发生在海峡的莱伊里乌斯战役（参 Livy 28. 30. 6）；(2) 斯基皮奥征服西班牙时期，加的斯城投降的场景；(3) 第一次布匿战争后，哈米尔卡返回西班牙的场景；(4) 汉尼拔在西班牙的活动；等等。这些都仅仅是根据"海峡"的地理位置做出的猜测，没有很强的依据。

④　本都王国（Pontus），古国名，位于小亚细亚半岛、黑（转下页注）

号①的船只通过的海峡的人……［*Trag.* F. 89. 5-6］……或是，那些看见了著名的大洋之峡的人：

302　在此，贪婪的波涛分割了欧洲与利比亚
Cf. Cic. *Nat. D.* 3. 24.

5　Gell. *NA* 6. 12. 6-7

格里乌斯：维吉尔也蔑视这种［长袖的］外衣，认为它们女性化而令人羞耻；他说："而且袍子的袖子……"［*Aen.* 9. 616］昆图斯·恩尼乌斯也曾说到迦太基人：

303　那些穿衬裙②的小白脸儿③
带着轻蔑。

（接上页注④）海东南沿岸（位于今保加利亚、格鲁吉亚、希腊、俄罗斯、土耳其、乌克兰等国境内），公元前281年米特拉达梯一世建国，公元前65年被庞培征服，成为罗马共和国的附庸国，公元62年国家被罗马皇帝尼禄废除成为罗马帝国的一部分。

①　Argo［阿尔戈号］是希腊神话中的一条船，由伊阿宋等希腊英雄在雅典娜帮助下建成。众英雄乘此船取得金羊毛，此后该船作为进献雅典娜的祭品被焚毁。

②　tunicata［衬裙］：迦太基人的特色服饰。在罗马人看来，一个人如果不在里衣外穿上类似托加（toga）的长袖外套，会显得很女性化，甚至有一些淫荡。为凸显这层含义，译者将tunicata译为"衬裙"，并将后文的"年轻人"译为"小白脸儿"。

③　［S本注］这里很显然指的是迦太基城中守城的年轻人，而不是汉尼拔麾下的军人。这个句子很可能出自罗马一方的某次演讲，尤其可能是斯基皮奥本人的演讲。

残篇 6：公元前 204 年的执政官选举

6　Cic. *Brut*. 57–60①

西塞罗：当然，有确切记载的第一位被认为雄辩并得到公认的是科尔内里乌斯·刻忒古斯［公元前 204 年的执政官］，恩尼乌斯能够为他的雄辩作证，且在我看来，［恩尼乌斯］是一个合适的人选，因为他亲耳听过他［科尔内里乌斯］，并在他［科尔内里乌斯］去世后记述他；因此，不存在因友情而有任何撒谎的嫌疑。下面的句子是恩尼乌斯所作，我认为属于《编年纪》第九卷：

304　演说家科尔内里乌斯②有一副讲得极美的口舌，
　　　这位刻忒古斯·马库斯被选为图狄塔努斯的同僚，

---

①　公元前 204 年，科奈里乌斯·凯特古斯和塞姆普罗尼乌斯·图狄塔努斯同时担任执政官；公元前 209 年，两人也曾同时担任监察官。传统的解释遵循西塞罗的说法，认为恩尼乌斯的这段诗文描写了他们任执政官时的情形。然而，从时间上看，两人的监察官任期也在第九卷覆盖的时间范围内。同时，恩尼乌斯仅仅出于特殊的原因，记述过富维乌斯与埃米里乌斯两人的监察官任期，除此之外，他没有讨论过任何除执政官外的官员任免情况。斯库奇认为，西塞罗可能有意误导读者认为这一残篇描写了两人的执政官任期，目的在于后文提及卡托任财政官的情况；卡托正是在财政官时期与恩尼乌斯相识，并将诗人带回罗马。这一猜测合情合理，然而，我们仍不能断言这一残篇的真正归属时期。

②　科尔内里乌斯（M. Cornelius Cethegus）这个名字自然的顺序是 M. Cornelius Cethegus, orator suauiloquenti ore, 但是在诗文中，恩尼乌斯由于行文上的困难调整了顺序。

［他是那一位］马库斯之子

他称其为演说家，并称赞他口齿甘美流畅……但下面这句话才是对他雄辩的最高赞美：

他曾被那些
在当时曾生活过①并超越了他们的时代的同胞们
称为"民众所选之花"

说得实在是妙。因为，正如一个人的天资是他的荣誉，这些天资之中最光荣的就是雄辩；一个具有卓越雄辩力的人被时人钦慕地称为"人民之花与雄辩女神②之华"③

希腊人称之为"佩托"，④ 演说者［的能力］产生于她，这里她被恩尼乌斯称为"雄辩女神"。他［恩尼乌斯］希望刻忒古斯有其精华，所以他说我们的演说家是这位女神之"华"，欧利波斯曾说她住在伯里克勒斯的嘴唇上［F. 102 PCG.］。在第二次布匿战争中，这位刻忒古斯与普布利乌

---

① tum vivebant homines［在当时曾生活过］：S 本认为，在写作《编年纪》第九卷时，恩尼乌斯已经年过六旬。当诗人回忆起他刚刚到达罗马时的情况时，那些曾经的领导人们几乎都已经死去，因此，这里的"曾生活过"很容易理解。

② Suadaeque［雄辩女神］：V 本认为，Suada 一个抽象名词，但 S 本认为这是一个代表着雄辩术的女神之名。W 本中，Suadaeque 与英译文 Persuasion 开头字母都使用大写。因此，译者将此处译为"雄辩女神"。

③ medulla［华］：词汇原意是"核心""精髓"。

④ 佩托（古希腊语：ΠειΘω、拉丁语：Peitho）也译为皮托、珀托或珀伊托，是希腊神话中的信仰、劝说、劝导、劝诱女神和结婚女神，是艺术信仰的化身。为赫耳墨斯和阿佛洛狄忒之女，也是阿佛洛狄忒的伴随神（也有人说佩托是阿佛洛狄忒的别名）或小爱神厄洛斯的随从。

斯·图狄塔努斯一起担任执政官，在他们的这一任期中，马库斯·卡托担任财政官；按整数计算，只比我的任期早了150年；如果不是恩尼乌斯的证词，这位了不起的刻忒古斯就会和许多人一样被时代遗忘。①

Cf. Cic. *Sen.* 50； Quint. *Inst.* 2. 15. 4，11. 3. 31； Gell. *NA* 12. 2. 3； Serv. Dan. ad Verg. *Aen.* 8. 500.

7 *De or.* 3. 167

西塞罗：甚至一个词的转换和转喻都充满了奇技。在这个句子中：

309　阿非利加震颤着，那野蛮的②土地上，一阵伴着恐惧的惊慌

Cf. Fest.，p. 138. 16–18 L.； Cic. *Fam.* 9. 7. 2； *Drat.* 93.

8 Columna，p. 239；148 H.③

310　迦太基人被击中了心脏

科卢姆纳：法比乌斯·阿奎纳从科森纳给我送来了这个

---

①　［FRL本注］这里指的是，刻忒古斯的雄辩仅仅被恩尼乌斯记录，关于他公共事业的记载有很多。

②　［FRL本注］斯库奇将这个词理解为"颤抖的"，与"震颤着"（tremit）相符合。

③　意大利人希洛尼姆斯·科卢姆纳（Hieronymus Columna）于1590年在那不勒斯出版了第一部专事于恩尼乌斯的残篇合集，并附有自己的评论。仅仅五年之后，一位名叫保尔·梅鲁拉（P. Merula）的荷兰人便出版了第一部收集、整理并研究《编年纪》的专著，即本译文所用的 M 本。

残篇。他亲手从斯塔提乌斯的一位极年迈的评论者那里摘取了这个片段。由于这本书开头和结尾缺少许多页面，他的名字完全不为人所知。然而，从整理的情况看，他显然并非拉克坦提乌斯。

9 Macrob, *Sat.* 6.4.17①

玛克若比乌斯：他［维吉尔］在他的作品中也插入了希腊文，但他并不是第一个敢于这样做的人，因为，他追随了那些大胆的古代作家："lychni［灯］挂在镶金的天花板上"［*Aen.* 1.726］；正如恩尼乌斯在第九卷中：

311　十二支被点亮的灯

10 Non., p. 110.8-10 M. 157 L.②

诺尼乌斯：Famul：famulus［家奴］。恩尼乌斯在第九卷中：

---

① W 本认为这个残篇描写葬礼场景。然而，在其他古代拉丁作家那里，lychnorum［灯具］常出现在宴会场景中。因此，我们并不能断言这个残篇是在描写葬礼。

② 这个片段描述的是"强者被命运击倒"这类常事。S 本认为，恩尼乌斯偏爱这种情绪，在这个片段中，诗人很可能模仿了欧里庇得斯（frg. 336.7 N.）。卢克莱修认为，这个片段中的人物是斯基皮奥，胡格则把它归于扎马战役前汉尼拔对斯基皮奥的讲话。W 本将此归为诗人描述汉尼拔失败的场景，也有一定的道理。

312 命运骤然将这最高贵的凡人
自王权抛出，使他成为最低贱的奴仆。

11 Prisc., ap. *G. L.*, II, 278, 12 K. ①

普瑞斯奇阿努斯：在他们［希腊人］那里，如果以 x 结尾的名词有以 g 开头的动词，那么，这个名词的属格也变为 g……由此，frux［果实］的属格也变为 frugis，因为，这个词来源于希腊文词汇 phrygo［烤］。恩尼乌斯在《编年纪》第十六卷中［16.21］……；在第九卷中，恩尼乌斯用形容词 frux 表示 frugi homo［可信的人］：

314 我为何这么说?② 有信者言出必行

这指的是"有信之人"。

12 Non., p. 217.7–11 M. 320 L.

诺尼乌斯：Pulvis［尘］通常是阳性名词。恩尼乌斯在《编年纪》第八卷中用作阴性……第九卷中：

---

① ［S 本注］从场景看，这一残篇被归于斯基皮奥与汉尼拔的对话十分恰当。然而，有解释提出了不同的意见，根据残篇中的时间判断，这有可能是迦太基人回忆汉尼拔时所说的话。

② ［S 本注］这个短语通常用来表达一种深知自己的话语和请求毫无意义的哀叹之情；在此处则是"没有必要对当前说话的对象说这些话"的含义。

315　黄尘飞扬①

13　Brev. Expos. ad Verg. G. 2. 437②

佚名学者：undantem：abundantem［富于，满溢］，恩尼乌斯在《编年纪》第九卷中：

316　军队溢满战利品

14　Non., p. 150. 37–40 M. = 220 L.

诺尼乌斯：Perpetuassit 可能是永恒的意思，［意味着］永存。恩尼乌斯在《编年纪》第九卷中：

317　他们将永保自由
　　　而［我做的一切］③

15　Prisc., GL II, pp. 485. 17–486. 17

普瑞斯奇阿努斯：以 l 或 r 开头并以 geo 结尾的动词，在构成完成时时将 -geo 转换为 si，例如：urgeo ursi, turgeo

---

①　S 本认为这一残篇很可能与扎马战役有关，但并未给出依据。从编排顺序可见，W 本也采纳了扎马战役的说法。
②　［S 本注］关于扎马战役带回的战利品的记载，参 Livy. 30. 36。
③　321 行损毁严重，几乎无法复原。此处依照 MU 本的补全翻译。MU 本认为这一残篇属于斯基皮奥与西班牙将领见面时的讲话，参 Livy. 26. 18–19。

tursi，tergeo tersi……恩尼乌斯在《编年纪》的第七卷中［7.7］……在第九卷中：

319　正如独目巨人①的肚子曾高高耸起，
　　　紧紧塞满了人肉

16 Non., p. 95. 30-31 M. = 136 L.

诺尼乌斯：debilo：debilis［虚弱的］。恩尼乌斯在第九卷中：

321　一个虚弱的人②

---

①［S本注］此处的"独目巨人"指马其顿国王腓力五世。在希腊，他被认为是像独目巨人那样的野蛮人。这一类比暗示腓力有吞并整个希腊的野心。第十卷的序言表明，恩尼乌斯在第十卷中记述了第二次马其顿战争，那么，腓力五世最晚应在第九卷中出场。

② V本认为这个人可能是塞吉乌斯·西卢斯（M. Sergius Silus），他在汉尼拔战争中表现卓越，身受重伤，失去了右手，并在任城市执政官期间，由于身体的残疾而没能行使职责。但是，S本认为，此人由于身体虚弱而不能履职之事，是恩尼乌斯在记叙战争时不太可能考虑到的；因此，恩尼乌斯不太可能这样称呼战争期间的塞吉乌斯。

第十卷　第二次马其顿战争

[FRL 本说明]这一卷记述前 200—前 197 年的第二次马其顿战争。

残篇 1：序言

1　Gell, *NA* 18.9.3-6①

格里乌斯："[在卡托这里]应写作 insequenda"，[这个语法家]说，"而不是 insecenda，因为 insequens 的意思是＊＊"，而且 inseque 有"继续说"和"坚持做"的意思，恩尼乌斯在下面的诗句中写道：

---

① 从内容看，这段话必定属于第十卷的开头序言。但是，我们并不能确定，323 句中所说的战争是哪一次马其顿战争。尽管第十卷以叙述第二次马其顿战争为主，从第九卷的情况看，第一次马其顿战争也有可能被诗人粗略地包括在第十卷之中。

322　缪斯啊，请你继续讲述，① 每一位罗马将领
　　　英勇地②做了什么，在与腓力大帝的战争中

　　但是另一个有学之士坚持认为这里并没有错误，这个词的拼写正确且恰当，而且我们应该采纳维里乌斯·隆古斯③的说法，他并非没有学识的人。在他关于古代词汇的评论中，他说，在恩尼乌斯［的作品］中，应出现的并不是 inseque，而是 insece……我认为，卡托的 insecenda 和恩尼乌斯的 insece 中并没有字母 u，因为在佩特雷的图书馆我曾偶然发现一本可以确定属于李维乌斯·安德罗尼库斯的名为《奥杜西亚》④ 的书，它的第一行中使用了这个词，并且没有字母 u，"请继续向我讲述，卡梅纳啊，关于那位机敏的男子"（*Od.* F. 1 FPL.）……在这一点上，我相信这本古老且极可靠的作品。

Cf. Paul. Fest., p. 99. 10 L..

---

　　① Insece, Musa［缪斯啊，请继续讲述］：根据 S 本注释，恩尼乌斯在此处谨慎地修改了李维乌斯·安多尼库斯的 Camena insece。
　　② manu［英勇地］：W 本译为"同他的士兵们一起"；根据 S 本注释，这里的 manu 应当与 pugna 等同，是诗人为表现将领们举止的英勇而添加；这一用法，在奈维乌斯的作品中也曾出现（Naev. *com.* 108），并在《埃涅阿斯纪》中被维吉尔继承（Virg. *Aen.* 6. 683）。此处采纳 S 本的观点，译为"英勇地"。
　　③ 维里乌斯·隆古斯（Velius Longus）是公元 2 世纪早期的文法学家（*GL* VII, pp. 48–81）。
　　④ 李维乌斯曾将荷马史诗《奥德赛》翻译成自己的作品《奥杜西亚》（*Odussia*）。

2　Isid. *Orig*. 1. 36. 3

伊西多鲁斯：轭式修辞法指一种由一个动词完成多种意义的句式，通常有以下三种形式，即动词被放置在［句子的］开头、结尾或中间。在开头，例如……［Lucil. 139 M. = 132 W.］，在中间：

324　通过抽签，希腊被交给了苏尔皮基乌斯，高卢［被交给了］科塔①

在结尾……［Ter. An. 68］

3　Schol. Bern. ad Verg. *G*. 2. 119

伯尔尼注释：② acanthus：格尼芬③在评论《编年纪》第

---

①　［FRL 本注］行省被分配给公元前 200 年的执政官，苏尔皮基乌斯·伽尔巴（P. Sulpidus Galba）与奥勒利乌斯·科塔（C. Aurelius Cotta）。苏尔皮基乌斯由此发动了针对马其顿的战争。科塔的行省实际上在意大利本土，但是他参与了裁判官福里乌斯·普尔普里奥（Furius Purpurio）对高卢人一次恐怖行动的镇压（参 Livy. 31. 6. 1-2，11. 2-3）。

②　伯尔尼注释（*Scholia Bernensia*）是一份公元 9 世纪的手稿，其中对维吉尔《牧歌》做了注释。Bernensia 是瑞士首都伯尔尼的拉丁语名称。

③　［FRL 本注］安东尼乌斯·格尼芬（M. Antonius Gnipho）曾做过年轻时的恺撒的家庭教师，后来在罗马建立了自己的学校。公元前 66 年，西塞罗任裁判官时曾出席他的演说。我们并不能确定格尼芬是否为《编年纪》写过一本完整的评论。

十卷时曾说，这种在非洲地区突尼斯附近的凯尔吉纳岛上的树①适于染色，它可以将羊毛染成它的花朵的颜色，因此这种衣物被称为"阿坎苏斯的"：

325　阿坎苏斯［的］

4　Serv. Dan. ad Verg. G. 4. 188②

达尼埃利斯的色尔维乌斯：这里的 mussant［轻声低语］有 murmurant［低声抱怨］的意思，这个词也被用来表示安静……因此，恩尼乌斯在第十卷中用 mussant 代替 murmurant：

326　他观察他的军团的德能
　　等待着他们是否会低声抱怨，最终会剩下什么
　　在战斗和艰苦劳作的终点

5　Cic. Rep. 1. 30

西塞罗：我们的这位朋友属于他父亲的家族，是一位值得他效仿的人：

---

①　［FRL 本注］还有一种说法认为阿坎苏斯是色雷斯的一个小镇，与这种树的名字恰好一语双关。

②　斯库奇将这个残篇置于公元前 199 年维里乌斯抵达马其顿时发生的那场叛乱的背景下（Livy. 32. 3）。

329　超乎寻常明智之人，聪慧的塞克斯图斯·阿埃里乌斯①

他被恩尼乌斯称赞为"超乎寻常明智"且"聪慧"，不是因为他总会寻找出他没有发现的东西，而是因为他会用回答解除那些询问他的人们的焦灼和麻烦。

Cf. Cic. *De or.* 1. 198；*Tusc.* 1. 18；Varro，*Ling.* 7. 46；Pomp. *Dig.* 1. 2. 2. 38；August. *Ep.* 19.

6　Prisc.，*GL* II，p. 30. 1–6K. ②

普瑞斯奇阿努斯：在诗歌的格律中，如果下一个词以元音开头，这个词词尾的 m 常常被省略……然而，最古老的诗人们并不总省略它。恩尼乌斯在《编年纪》第十卷中：

330　接着，他率领八千名精心装饰的士兵
　　　他们被选拔出来，有能力承受战争

---

① [FRL 本注] 塞克斯图斯·阿埃里乌斯·帕埃图斯（Sex. Aeuus Paetus）因其在博学于法律而闻名，公元前 198 年与昆克提乌斯·弗拉米尼乌斯（T. Quinctius Flamininus）共同任执政官，后者在这之后一年于库诺斯科法莱打败了腓力五世。

② W 本将此处的军队归于马其顿一方。M 本认为这一残篇讲述负责马其顿的执政官额外征收了 3000 位市民与 5000 名士兵一事，参 Livy. 32. 8. 2。有学者认为，在此处，这些勇士被选拔出来执行特殊的任务；但从"能够承受战争"来看，此处更可能指整场战争，而不是某个单独的任务。

7　Fest., p. 184. 3–8 L. ①

斐斯图斯：Nictit 指由于嗅出了野兽的气息而低声呜咽的狗，例如，恩尼乌斯在第十卷中：

332　正如一只迅捷的猎犬受锁链束缚
　　而抱怨，倘若它出于偶然，用嗅觉敏锐的鼻孔
　　感知到［野兽的］气息，它低声呜咽，又高声大叫，当②

8　Cic. *Sen.* 1 ③

西塞罗：

---

①　这个片段描述一只猎犬感知到了敌人的气息，但由于受到锁链束缚，焦虑得大叫的场景，暗有所喻。这种写法常见于荷马史诗（Homer, *Il.* 10. 183 ff.；*Il.* 292 ff.；22. 189ff.；*Od.* 20. 14ff.）。W 本认为这个场景喻指战争中弗拉米努斯的军队的心理状况；M 本认为这里指的是行军中的弗拉米努斯本人，V 本则认为是维约萨河战役中的士兵们（参 Plut. *Flam.* 4. 5. 6）；S 本认为，不管是弗拉米努斯本人还是他的军队，都与这个比喻不太相称，因为"ibi"并不一定指敌人被发现的那一刻，这个句子很可能只表达了猎犬对发现敌人踪迹的渴望之情。关于"ibi"的解释，参下注。

②　［S 本注］关于 ibi 有三种观点：(1) 含义是"接着"，将"呜咽"与"大叫"这两个动词在时间上分隔开；(2) 引导一个未在残篇中出现的从句，作为"呜咽"与"大叫"的时间状语；(3) 与上文的"倘若感知到"对应，ibi sentit 作为"呜咽"与"大叫"的时间状语。此处取第二种观点翻译。

③　各史家都曾详细记述这个故事：在直接前往马其顿的道路被腓力切断后，弗拉米努斯尝试寻找其他道路，但一无所获。伊庇鲁斯的领袖扎罗普斯同情罗马人，秘密派遣一位牧羊人为他们引路。参 Livy. 32. 11；Plutarch, *Flamin.* 4. 4；Polyb. 27. 15. 2。

337 提图斯啊，如果我能给你任何帮助，缓解那
　　如今灼烧、① 盘旋并扎根于你心前的忧虑，
　　会有什么奖赏？

阿提库斯啊，我或许可以用弗拉米尼努斯得到的回复来回答你：

335 这人并无极大财富，但极其忠诚，

尽管我很确信事情并非如此，正如弗拉米尼努斯所说：

336 提图斯啊，你忧心忡忡，夜以继日。

我了解你心智的控制和平衡，并意识到你从雅典人那里不仅取得了称号，② 还取得了理智与审慎。

Cf. Donat. ad Ter. *Phorm.* 34.

9　Varro, *Rust.* 2. 2. 1

瓦罗：既然我们已经完成任务，养牛的话题已经被勾勒了出来，现在：

---

① 在《奥德赛》中，荷马曾形容尤利西斯焦虑得"像是被一位没有耐心的厨子放在火上烤一般"（Hom. *Od.* 20. 24 ff.）。

② ［FRL 本注］西塞罗的好友提图斯·珀姆珀尼乌斯（Titus Pomponius）因长期在阿提卡居住而有"阿提库斯"（Atticus）的称号。

340 再回到我们这里一次吧,
伊庇鲁斯人啊,

由此我们可以考量那些来自帕加马①或马雷杜斯的牧羊人能完成的事。

10 Donat. ad Ter. *Phorm*. 287

多纳图斯:"我家族的支柱",恩尼乌斯在第十卷中:

343 推翻这崇高的王国支柱

11 Macrob, *Sat.* 6. 1. 60; ad Verg. *Aen*. 7. 295–296②

玛克若比乌斯:"即使被俘获,难道他们会一直被俘虏吗?难道灼烧的特洛伊能烧毁她的英雄?"在第十卷中,恩

---

① 帕加马,古希腊城市,现为土耳其伊兹密尔省贝尔加马镇。
② 据斯库奇的注释,这个片段最早在斯特法努斯(Stephanus, *Saturnalia*, 158)的版本中被归于第十一卷,并由此流传下来,直到 1963 年由威利斯(J. A. Willis, 1963)修正为第十卷;W 本仍将其放在第十一卷,故在此注明。根据 S 本注,在第十卷的语境中,这一残篇的背景只可能是,在公元前 197—前 196 年,由于受到安提俄克的威胁,拉普赛基人派使节前往罗马,寻求保护,托辞说自己和罗马人一样,是特洛伊人的后代。关于罗马人是特洛伊人后代的说法,在政治场合首见于公元前 263 年赛季斯塔人加入罗马一事;弗拉米尼努斯也曾这样说过,但他的说法更多出于罗马东进的考虑(Plut. *Flam*. 12. 11-12)。恩尼乌斯更多在情感上而非政治视角上看待罗马与特洛伊的关系,强调罗马人和希腊人血缘上的亲近。

尼乌斯谈起帕加马时说：

344 在达尔达诺斯的平原上，她不会被毁灭
也不会一直被俘虏，即使她已被俘获或被火焚烧

12 Prisc.，*GL* II, p. 541. 13—17①

普瑞斯奇阿努斯：卡瑞西乌斯说 cambio ［交换］与它的完成时 campsi 都来自希腊文 kampto ekampsa ［使弯曲］，由此，最古老的诗人曾长期使用 campso 和 campsas ［作为现在时和完成时］。恩尼乌斯在第十卷中说：

346 他们绕莱夫卡塔海岬②航行

13 Diom.，*GL* I, p. 382. 21—26

迪欧梅得斯：至于我们通常所说的 horitatur ［鼓励］，有些古代作家使用 horitur，正如恩尼乌斯在《编年纪》的第十六卷……［F16. 22］。类似，在第十卷中：

---

① 从内容看，这个残篇记述的是公元前 211 年，拉维努斯从科西拉岛前往纳乌帕科图斯一事，参 Livy. 26. 26. 1。部分编者认为，第一次马其顿战争应当属于第九卷的内容，此处按 W 本编排。

② ［FRL 本注］莱夫卡塔海岬（Leucas）位于莱夫卡斯岛的最南端，在从北方和西方进入科林斯湾的路线上。执政官的兄弟，另一位弗拉米尼努斯（L. Flamininus）曾于公元前 197 年经过此处，包围阿卡纳尼亚地区首府莱夫卡斯（Livy. 33. 17）。这个拉丁动词从希腊文中表示"绕行一个岬湾"的航海用词转写而来。

347 ……鼓励……将领①

作为一种重复形式。

14 Macrob, *Sat.* **6. 1. 9; ad Verg.** *Aen.* **4. 482**

玛克若比乌斯:"在他的肩头,繁星点点的穹顶旋转":恩尼乌斯在第一卷中[1. 22]……在第三卷中[3. 7]……在第十卷中:

348 随后,夜幕降临,繁星点缀其上

15 Non. , p. 370. 19–23 M. = 589 L.

诺尼乌斯:Passum:"伸展、延长、展开";由此,我们也使用 passus [脚步],因为,在每一脚步中双脚会张开。恩尼乌斯在《编年纪》第十卷中:

349 心虚弱极了,头发散乱

16 Diom. , *GL* **I , p. 373. 3–6**

迪欧梅得斯:我们甚至发现古人添加了字母 n,例如

---

① [FRL 本注]在恩尼乌斯这里,induperator [将领] 通常位于句子的结尾,但是此处也可能是下句的开头。

pinso，意思是"拍打"，还有遵循第三变格法的 pinsit，正如恩尼乌斯在《编年纪》的第十卷中：

350　他们用双膝拍打大地①

17　Fest., p. 514. 20-22 L.

斐斯图斯：标枪被称为 veruta，这是因为它有 verva［尖头］。恩尼乌斯在第十卷中有：

351　标枪

18　Macrob. exc. Bob., *GL* V, p. 645

玛克若比乌斯：fiere［引起，发生］应当是 fio 的不定式，当然，现在有另一种用法，即 fieri，但是恩尼乌斯在《编年纪》第十卷中仍说：

352　fiere［发生］

而不是 fieri。

---

①　古希腊罗马并没有在祭坛前跪拜祈祷的习俗，此处更可能是朝某人跪拜请求。W 本认为此处是战斗场景，但证据并不充足。

第十一卷　第二次马其顿战争

［FRL 本说明］这一卷的内容并不确定，其中所有残篇都几乎不能被准确辨识。S 本认为这一卷包含第二次马其顿战争，直到公元前 196 年弗拉米尼努斯在地峡运动会上发表著名的演说，宣布希腊获得自由为止。W 本遵照另一个时间线，假设这一卷的时间在公元前 190 年前后，包含与安提俄克三世公开的敌对和卡托在西班牙的活动。

1　Fest., p. 306. 21-23 L.①

斐斯图斯：quippe［确然］的意思是 quidni［何不］，恩尼乌斯在第十一卷中可以证明：

---

① S 本认为，这个片段可能是在描述国王们的善变，他们处于顺境时傲慢自大，处于劣势时则谦逊明理，一旦让他们抓住机会，又会恢复之前的状况。这个残篇可能是出自公元前 197 年使节在元老院的演说，坚持要让腓力退出科林斯等地（Polyb. 18. 11；Livy. 32. 37）。W 本则认为，这个残篇可能和 459-460 一样，属于弗拉米尼努斯演说的一部分。

353　想必①所有国王都习惯于在有利条件中②

2　Fest., pp. 344. 35–346. 2 L.

斐斯图斯：Rimari："探查"［得仔细，甚至在缝隙中］……恩尼乌斯在第十一卷中：

354　双方［仔细探查］③

3　Prisc., *GL* II, p. 445. 7–8

普瑞斯奇阿努斯：Sono［发声］变为 sonas 与 sonis［第一或第三变格］。恩尼乌斯在第十一卷中有：

355　接着，圆盾回响，铁的尖端嗡嗡作响

Cf. Prisc., *GL* II, pp. 473. 22–474. 1.

4　Prisc., *GL* II, p. 419. 16–17

普瑞斯奇阿努斯：strido［发出尖声］，有些变形为 stridui，有些则变为 stridi。恩尼乌斯在第十一卷中有：

---

①　quippe［想必］：有学者认为 quippe 与 quidni 等同，意为询问事物的原因；S 本认为，此处取词汇本意也可说通，因此应当直取本意；W 本也取词汇本意，译为 surely。

②　in rebus secundis［在有利条件］：W 本译为 in times of good fortune，FRL 本译为 in favorable circumstances。这一片段的行文背景见上注。

③　［FRL 本注］斐斯图斯的文本自身就是残缺的。utrique［双方］是他引述的句子的一部分，从现存注释来看，rimantur 是这句话的动词。

356 长枪被射出,穿过胸膛,尖声作响

5　Fest., pp. 386. 32–388. 3 L. ①

斐斯图斯:古人常常用 sos 替代 eos［他们］,正如恩尼乌斯在第一卷［1.15］……第三卷［3.4］……第七卷［7.16］……和第十一卷中:

357　他们宣称这些希腊人,人们习惯称他们为格剌伊乌斯②
Cf. Fest., p. 362. 11–12 L..

6　Fest., p. 226. 12–15 L.

斐斯图斯:有两种岩石,一种是朝向大海突起的天然石,恩尼乌斯在第十一卷中曾提及:

358　峭壁深陷,③ 覆盖着巨大的岩石

拉维乌斯在《人马》[*The Centaurs*, F 10 Courtney] 中有:"在那儿,我常与岩石相伴";另一种是人造的……

---

① 这一片段是关于罗马与希腊紧密关系的陈述。弗拉米尼努斯的演说发表于公元前 196 年的科林斯地峡运动会上,在这场演说中,他宣布"希腊获得自由"。
② 这两个名称在诗歌中都极少出现,Graecus 通常指当代的希腊人;Graius 则通常指英雄的希腊,与野蛮人的希腊形成对照。[FRL 本注] 罗马诗人偏爱 Graius 这一形式甚于较为平淡的 Graecus;因此,V 本将 Graios 转写为 Graecos。普遍认为,这一残篇的主题是罗马与希腊的亲缘关系,属于弗拉米尼努斯在地峡运动会的讲话的内容,但是并没有切实的证据。
③ 这一残篇含义不明,历代编者各有增补;此处采纳 W 本的补全翻译。

7　Non., p. 195. 10-13 M. = 287 L. ①

诺尼乌斯：Crux［交叉，十字］通常是阴性。恩尼乌斯在《编年纪》第十一卷中用作阳性：

359　"请你给予，"他说，"最糟糕的酷刑，
　　　朱庇特啊！"
Cf. Fest., p. 136. 12-13 L..

8　Non., p. 483. 1-2 M. = 775 L. ②

诺尼乌斯；Lacte 是主格，由 lac［牛奶］转变而来。恩尼乌斯在第十一卷中说：

361　此时脸红得就像牛奶与紫红染料混合

9　Non., p. 149. 27-29 M. = 218 L.

诺尼乌斯：Peniculamentum 在古代作家那里指裙装的某个部位。恩尼乌斯在《编年纪》第十一卷中有：

362　裙摆垂到每个脚底

---

① 语境不明。S 本认为加图的演说不太可能包含这样的诅咒。
② 部分编者将这段话归于加图就废除欧庇达法条发表的演说中，W 本即采纳了这一看法。S 本反对这种观点，认为恩尼乌斯不会让加图以这种花哨的方式出场。还有编者认为，这里的女性是迦太基的索福尼斯巴，或献给安提俄克的哈尔基斯女孩，但都只是猜测。

第十二卷 初次总结

[FRL 本说明]这一卷的内容并不确定,其中可能包含法比乌斯·马克西姆斯·维鲁克苏斯,这位伟大的拖延者①的著名颂词。

1　Cic. *Off.* 1.84

西塞罗:另一次打击是灾难性的,当克莱奥姆波罗图斯因畏惧失去人心,轻率地加入与伊巴密侬达的战斗中,拉克戴蒙人的力量也由此被摧毁。昆图斯·马克西姆斯做得要好得多,恩尼乌斯曾说他:

363　我们中的②这个人用拖延重建了事业。

---

① Cunctator [推延者]:字面意思是"一个习惯拖延与犹豫的人",是法比乌斯·马克西姆斯(Q. Fabius Maximus)的称号。
② nobis [我们中的]:如果这一片段不是演说词,而是诗人自己的叙述,那么,此处能够体现出恩尼乌斯认为自己是一个罗马人。但是,并没有证据能表明,此时恩尼乌斯已经取得了罗马的公民身份。

他不曾把流言置于安全之上,

365　因此,如今勇士们的荣耀比昨日更闪耀。

Cf. Cie. *Sen.* 10 (363-365); Macrob. *Sat.* 6. 1. 23 (363); Serv. ad Verg *Aen.* 6. 845 (363).

2　Prisc., *GL* II, pp. 152. 18-153. 14①

普瑞斯奇阿努斯:虽然大多数情况下,Acer、alacer、saluber 与 celeber 按阴性变格为 acris、alacris、salubris 与 celebris 的形式,但在这两种词尾中,它们被发现以相同的方式变格……恩尼乌斯在第十六卷中 [16.18] ……同样,在第十二卷中:

366　所有胜利的人,② 打心底③欢庆,

被美酒抚慰,在平原上,最柔软的睡眠

骤然使警惕的 [他们] 倒下④

---

①　这一片段的细节描写非常多,动词时态为完成时,因此很可能属于一场特定战役。

②　mortales victores [胜利的人]:在早期拉丁文诗歌和史书中,mortales 常被用作是 homines 的同义词。

③　cordibus imis [打心底]:据 S 本注,此处"imis"可能是"vivis"的误写;若采"vivis",此句的含义则变为"他们欢庆着,心脏有力地跳动"。

④　acris [警惕的]:W 本将 acris 看作句子的主语;S 本认为,此处 acris 若作主语,难以和前文"安睡"对应。译者认为,此处将 acris 看作属格宾语更为恰当。

第十三卷 安提俄克战争的爆发

[FRL 本说明] 在罗马传统中，流传着几个关于战败的汉尼拔在安提俄克三世的宫廷做"谋士"的故事（e.g., Nep. Han. 2；Cell. NA 5.5）。残篇 13.3 证实了这一叙述主题，它刻画了安提俄克其人，但我们不能确定这一残篇是否记述了公元前 192 年安提俄克与罗马矛盾的爆发。残篇 13.1 对薛西斯的记述常被认为反映了公元前 192 年罗马人侵入达达尼亚海峡时的焦虑（参 Livy. 35.23，41）；其他残篇的背景甚至更值得怀疑。

1 Varro, *Ling.* 7.21

瓦罗："就像达达尼尔海峡和它的屏障"，因为薛西斯曾在此处建立屏障，正如恩尼乌斯所说：

369 他曾在纵深的达达尼尔海峡搭建桥梁

2 Serv. Dan. ad Verg. *Aen.* 2. 173

达尼埃利斯的色尔维乌斯:"咸津津的汗水顺着肢体滴落": salsus sudor [咸津津的汗水] 表达出了一种神意的躁动。不得不说,普若布斯①并不喜欢这一表述,认为它很繁复。不过,恩尼乌斯用它来形容沼泽:

370　咸津津的沼泽地

3 Gell. *NA* 6. 2. 3–12②

格里乌斯:卡埃塞里乌斯记载,恩尼乌斯在《编年纪》第十三卷中将 cor 用作阳性名词。接着他写道:"恩尼乌斯将 cor 和许多类似的词汇用作阳性,在第十三卷中他曾用 quem cor。"接着,他引用了两行恩尼乌斯的诗文:"一腔赤勇的汉尼拔鼓动我不要发动战争:他如何看待我的心?"讲话的人是安提俄克,亚细亚的国王。他惊讶并愤怒于汉

---

① [FRL本注] 语法家瓦雷里乌斯·普若布斯 (M. Valerius Probus) 很受色尔维乌斯 (以及更早的多纳图斯) 尊敬,参见 Kaster, 1995: 242-250. 297。

② 安提俄克的这些话只可能发生在汉尼拔拒绝在希腊发动战争一事中。根据李维和阿比安的记载,汉尼拔希望安提俄克能够在希腊震慑罗马,他自己则在意大利本土发动战争 (Livy. 34. 60. 3, 36. 7. 16; Appian, *Syr.* 7. 14.),恩尼乌斯的这一片段正对应了他们的说法。部分学者将安提俄克怀疑汉尼拔一事与他在公元前193年会见罗马来使维里乌斯联系在一起,有关此事的记载,参见 Livy. 35. 14; Plut. *Flam.* 2。

尼拔，这位迦太基人，劝阻他想和罗马人开战的欲望。现在，卡埃塞里乌斯将安提俄克的话理解为："汉尼拔劝阻我开战。在这么做的时候，他认为我是怎样的心情，他是多么的愚蠢，相信我会这么做，当他劝我如此时？"卡埃塞里乌斯这样理解；但恩尼乌斯的原意非常不同，因为恩尼乌斯共写了三行诗文，而不是两行，而卡埃塞里乌斯忽视了第三句：

371　一腔赤勇的汉尼拔鼓动我，
　　　不要发动战争，我的心曾认为他
　　　是最强大的顾问和强力地①热爱战争之人。

我认为这些诗句的排列和含义是："汉尼拔，这位最勇敢赤诚的人，我曾相信他会强烈建议战争，却劝阻我开战。"然而，卡埃塞里乌斯在一定程度上被词汇的结合误导了，坚信恩尼乌斯所说的 quem cor 中，quem 读重音且修饰 cor 而不是"汉尼拔"。但我没有忽视，如果任何人的理解力低，他会通过将第三行诗句单独区分出去，以此为卡埃塞里乌斯的阳性 cor 一说辩护，似乎安提俄克曾用破碎生硬的语言呼喊："强力的顾问啊！"但是此种言论并不值得回应。

Cf. Non., p. 195. 17–20 M. = 2R7 L.

---

① robore［强力地］：按照 V 本的解释，sludiosum robore 与希腊文 ephiemenon erromenos 同义。

4 Gell. *NA* 18. 2. 12–16①

格里乌斯：问题在于，哪位早期诗人曾使用 verant 表示"说出真相"？……没有人仍记得，恩尼乌斯曾使用过这个词，在《编年纪》第十三卷中：

374　先知们可曾说中过真实，在已度过的人生中？②

---

①　这个残篇的背景并不明确，W 本的编排依据不详；根据 S 本注，这个片段的背景可能是，汉尼拔坚信一个有经验的将领的判断要胜过众多预言。V 本将这句话与安提俄克三世因预言而拒绝汉尼拔发动进攻的请求一事联系起来，参 Plut. *de exil*. p. 606。

②　即他们可曾成功预言过自己的人生？

第十四卷　安提俄克战争

1　Prisc.，*GL* II，pp. 473. 22-474. 3①

普瑞斯奇阿努斯：尽管如此，最古老的作家们也被发现以第三变格法来使用这些动词。正如恩尼乌斯在《编年纪》第十一卷［11.3］……第十四卷中也有：

375　宽广的海岸在回响

2　Macrob，*Sat.* 6. 1. 51；ad Verg. *Aen.* 8. 91

玛克若比乌斯："油亮的杉木平稳滑过水面"：恩尼乌斯在第十四卷中：

376　油亮的龙骨运作着，一个猛冲，穿掠海浪

---

① S本认为这一片段可能属于赛德战役，据记载，这一战役的地点靠近海岸，"海岸的声音"很可能指战斗声；参 Livy. 37. 23。有学者认为，这个残篇描写的是罗马军队渡过达达尼尔海峡的场景，W本采纳了这一观点。

3　Gell. *NA* 2. 26. 21–23①

格里乌斯：我不仅很乐意倾听你这些非常有见地的评论，而且尤其［乐意倾听］你解释 flavus［金黄色］这一色彩的多样性，并允许我从恩尼乌斯《编年纪》第十四卷中理解这些富有魅力的诗文，在此之前，我完全不理解它们：

377　他们即刻缓缓驶向如金黄色大理石的②大海
　　　绿色的海水喷吐出泡沫，在那出海战舰的拍击下

"绿色的海水"与"黄色大理石"看起来并不匹配。但是，正如你所说，flavus 是一种绿色和白色混合的颜色，他非常优美地将绿色大海的泡沫称作"黄色大理石"。

Cf. Prisc.，*GL* II，p. 171. 11–13.

---

①　［S本注］这个片段也可能属于公元前 191 年的克鲁库斯战役（Livy. 36. 43），或罗马舰队穿过达达尼尔海峡的场景。

②　marmore flavo［如大理石闪烁般的］：flavo 的基础含义是"金黄色"，在很多古代作品中，这个词被用来宽泛形容物品的闪闪发光。关于这个定语的位置存在争议；部分编者认为，"如大理石般闪烁"属于 372 行，修饰"海洋"；还有人认为，这个词应当修饰下一行中海水喷吐出的泡沫。我们不能确定，在古罗马是否有将大海比作大理石的习语，S 本提供了一些例证，如荷马在《伊利亚特》中形容大海为"闪耀的"（*Il*. 14. 273）；但是，这些例证都不包含"大理石"这一意象。译者采 W 本观点，将这个定语仍置于 372 行，修饰"大海"。

4 Macrob, *Sat.* 6.5.10；ad Verg. *Aen.* 1.22①

玛克若比乌斯："俯视快速航行的海洋"，恩尼乌斯在第十四卷中：

379　当他们远远望见敌人携风而来，
　　　乘着快速航行的战船

5 Gell. *NA* 10.25.4

格里乌斯：

381　卢姆皮亚

也是一种色雷斯民族的长枪；这个词出现在恩尼乌斯《编年纪》的第十四卷。

6 Prisc., *GL* II, p.501.10–16②

普瑞斯奇阿努斯：作家们依据第三、第四变位法，变位

---

① ［S本注］公元前190年，摩奥尼苏斯战役中，听闻安提俄克的战船来袭的消息，罗马与罗德斯岛的舰队撤离摩奥尼苏斯港口；参 Livy. 37.29.7。

② ［S本注］如果此段背景确为马格尼西亚战役，那么，这段话的发言人不会是罗马将领。在马格尼西亚战役之前，罗马人一直轻蔑他们的敌人，参 Livy. 37.39.3。

以 -rior、-orior 和 -morior 结尾的异态动词……恩尼乌斯在《编年纪》第十四卷中有：

382　是时候了，当最高的荣耀向我们
显明它自身，无论我们活着还是死去。①

7　Macrob, *Sat.* 6.4.6; ad Verg. *Aen.* 11.601-602②

玛克若比乌斯："接着，战场布满铁器，长枪如鬃毛般立起"；horret［立起］的使用令人印象深刻，但恩尼乌斯在第十四卷中也有：

384　两侧，凶猛的军队长枪如鬃毛般林立

8　Prisc., p. G. L., II, 518, 13 K.③

普瑞斯奇阿努斯：上述词汇［tutudi］中，最古老的作者们在次音节中同等频率地使用长音或短音。恩尼乌斯在第

---

①　si vivimus sive morimur［无论我们活着还是死去］：S 本认为，在这个表述中，存活与死亡的概率是相等的，这可能意味着，发言的人处于不同寻常的危急情景中。

②　［S本注］这一两军互相逼近的场景，很可能属于马格尼西亚战役；关于这次战役的细节，参 Livy. 37.40.3。

③　［S本注］关于这一残篇的行文背景，有以下两种猜测：(1) 安提俄克大败于马格尼西亚战役后的演说；(2) 斯基皮奥遭到卢西乌斯控诉后的演说。两种猜测都有不合理之处，前者中，安提俄克的身份与残篇中"我的公民们啊"这一称呼不符；后者不完全符合第十四卷包括的时期。

十四卷中：

385　他开始讲述：同胞们①啊，命运这般暴烈地②
挫伤与摧毁了我，在这不值得的③苦涩战争中。

9　Fest., p. 218. 21–25 L.

斐斯图斯：古代作者曾用介词 ob 替换 ad，恩尼乌斯可以证明，他在第十四卷中说：

387　所有人被杀死并被焚烧，在这明朗宁静的夜晚④

---

①　O cives［同胞们啊］：S 本认为，cives 这一称呼极其不符合安提俄克的国王身份，以恩尼乌斯对希腊世界的了解，他不太可能犯下这种错误。译者采纳 W 本的翻译方式，译为"同胞们"，以使上注中关于行文背景的第一种解释勉强成立。

②　fero［暴烈地］：有人认为，此处 fero 应是后文 bello［战争］的定语；这种解释忽视了 sic，难以说通。

③　indigno［不值得的］：W 本采用 indignum，并将这个词作为 me［我］的定语；然而，indignus 一般用于修饰不好的事物，形容某物不值得奖赏与支持；如果将其作为"我"的定语，失败的战争就会成为"我"的奖赏，显然无法说通。

④　指静谧的黑夜被焚烧尸体的火光点亮。

第十五卷　最初的结尾

[FRL 本说明]《编年纪》最初的总结

1　Non., p. 114. 5–114. 8 M. =163 L.

诺尼乌斯：Falae 是一种木质塔楼。恩尼乌斯在第十五卷中：

388　他们修剪木杆，平台和攻城塔楼被建造

它们也［被用于］平台之上，古人为了观看而用木搭建它们。

2　Prisc., *GL* II, p. 281. 2–9

普瑞斯奇阿努斯：然而，最古老的作者们还展现了 praecipis 的属格形式，它是从名词 praeceps 那里推算出来

的……恩尼乌斯在《编年纪》第十五卷中：

389　许多人见到死亡，在剑与石中
　　　自高墙的内外猝然坠落。①

Cf. Prisc., *GL* II, p, 250. 9–11.

3　Macrob. *Sat.* 6. 3. 2–4②

玛克若比乌斯：荷马曾描写埃阿斯的一场激烈战斗（Il., XVI, 102）……在第十五卷③中，恩尼乌斯化用这一片段，描写护民官盖乌斯·埃阿里乌斯的战斗场面：

391　长枪如雨，从各方射向护民官，

---

①　W 本并没有给出这个片段的背景。S 本认为，这个片段和 384 行相同，依然是关于围攻阿姆布拉基亚的描写。根据史家的记载，阿姆布拉基亚并没有被攻陷，而是主动投降（参 Polyb. 21. 29. 14; Livy. 38. 9. 9.），但是，波利比乌斯与李维的记载中，都没有类似于这一片段中的关于战斗激烈场面的描写；类似的描写仅见于李维记载中的富维乌斯演说中，参 Livy. 39. 4. 10。

②　护民官埃阿里乌斯的身份存在争议，部分人认为，他是根据普林尼记载，恩尼乌斯在第十六卷中想要赞扬的双胞胎兄弟中的一位；但是，有人认为，这位埃阿里乌斯应该是另一位单独出现的英雄，并质疑将这一片段归入第十六卷的合理性。S 本依据荷马与维吉尔诗文的前后背景，提供了一种解释，猜测这一片段并不是关于公元前 178 年前后与伊斯特利亚人战争的记述，而是一场埃阿里乌斯个人与两位伊斯特利亚人的单打独斗。

③　在李维的记载中，阿埃里乌斯兄弟的故事并不是发生在阿姆布拉基亚战役中，而是发生在伊斯特利亚战役中，因此，W 本将这个片段放入第十六卷。

刺入圆盾，① 盾心的饰扣②在枪杆下叮当作响，
铜质头盔的声音回荡着；但无人能
在自各方的攻击中，以铁撕碎［他的］身体；
395　他总是震动并打碎汹涌的③长枪；
汗水覆盖全身，他用尽全力，
来不及喘息；铁器飞过，④
伊斯特利亚人自手中掷出长枪攻击。

4　GL II, pp. 258.20–59.10⑤

普瑞斯奇阿努斯：其他所有阳性拉丁词汇……都采用第二变格……arcus［弯曲］是一个例外，出于多种原因，有一部分人在使用这个词时既采用第二变格，也用第四变格。关于一位神祇［伊利斯］，西塞罗说……"为何一种彩虹……"在古人那里，甚至能找到这个词的阴性形式，它采用第四变

---

① parmam［圆盾］：一种轻便的小型盾牌。护民官通常骑马伴随将军，在战场上随局势移动，因此并不执沉重的大盾，而执轻盾。
② umbo［盾心的饰扣］：有人依据维吉尔的诗句（Virg. Aen. 9.810），猜测 umbo 为头盔的某个部件；据 S 本注，此处应指盾牌中心的饰扣；W 本则模糊译为"装饰雕刻"。译者认为，此处若指头盔，则与后文含义严重重复，有行文冗余之嫌，因此不取"头盔"意，直接译为"盾心饰扣"。
③ abundantes［汹涌的］：这个词的拉丁文原文还有 adundantes 与 obundantes 两个版本，相比较 abundantes，在语言表达上更为生动。
④ praepete［飞过］：praepes 作名词时是"鸟"的意思；此处为形容词，意为"朝前飞行的"；据 S 本注，此处 praepete 与 volans 同意，同时，W 本也译为"飞行"。
⑤ ［S本注］这个残篇很可能描写朱诺的使者伊莉丝女神，她前来请罗马人结束与伊斯特利亚人的战争，属于第十六卷。类似的情节，参 Virg. Aen. 9.803 ff.。

格法。恩尼乌斯在第十五卷中：

399　他们观看这弧状物，① 凡人们称之为②
［伊利斯］

---

①　arcus［弧状物］：据 S 本注，在公元前 174 年一个晴朗无云的日子里，罗马广场的萨图恩神庙前曾出现过彩虹（Livy. 41.21.12）；因此，如果这个片段属于第十七卷或第十八卷，而非人们一贯认为的第十五卷，那么此处的 arcus 可能指彩虹。

②　或译为：他们观看这些被凡人称为 arcus 的东西。

第十六卷　新序言

残篇1-5：序言

1　Non., p. 219. 14–15 M. = 324 L.①

诺尼乌斯：Pigret［不情愿，勉强］。恩尼乌斯在第十六卷中：

401　年老后，他不情愿承担这一劳作

2　Charis., *GL* I, p. 132. 4–6 = p. 168. 15–17B.

卡瑞西乌斯：卡埃西利乌斯②在《替代之子》(*Hypobolimaeus*) 中曾使用 hebem［虚弱］，"这些事实会很快令他虚

---

① ［S本注］这个句子也可能属于恩尼乌斯将自己与年老骏马类比的片段。
② ［FRL本注］卡埃西利乌斯·斯塔提乌斯的戏剧是谐剧的典范（Varro, Rust. 2. 11. 11; Cic. Rose. Am. 46），常被后世语法家引用。

弱"[Com. 81 R.]。弗拉维乌斯·卡佩①评论恩尼乌斯的第十六卷说:"他用这个词作名词,而非作形容词":

402 虚弱者

3 Fest., p. 306. 21–25 L.

斐斯图斯:quippe[确然]即 quidni[为何不],这在恩尼乌斯那里被证明。在第十一卷中[11.1]……在第十六卷中:

403 因为什么原因,勇士们的古代战争②被处理得并非不③充分?

4 Macrob, *Sat.* 6. 1. 17;ad Verg. *Aen.* 12. 552

玛克若比乌斯:"他们竭力抗争":恩尼乌斯在第四卷中[4.2]……第十六卷中:

---

① [FRL 本注]公元 2 世纪的文法学家,因高水准的拉丁语法和拉丁词语形态学而著名,但没有作品传世。

② vetusta virum bella[勇士们的古代战争]:指恩尼乌斯在前面十五卷中已述的那些战争。这句残篇属于第十六卷的序言部分,这句话应是诗人明知故问,认为自己已经完美地完成了那些过去战争的叙述,它们"被处理得并非不充分",因此,从这一卷开始,他将转而叙述最近发生的战争。

③ Quippe…non[因为什么原因……并非不]:根据斐斯图斯的注解,此处 quippe 与 quidni 同为否定意义,询问事物的原因,与后文的 non 构成双重否定结构,使肯定的语气强烈;S 本认为,这里的 quippe 应取"确然"的意思。译者认为,如果采纳这个观点,将无法解释后文 non 的意味。W 本结合两种观点,将双重否定的疑问结构略去,并将疑问句转译为陈述句。此处仍应保留原文结构,供读者理解。

404　国王们在统治中①建造②雕像和陵墓，
寻求声名，竭尽全力

5　Gell. *NA* 9. 14. 5

格里乌斯：恩尼乌斯在第十六卷中用 dies 替代了 diei，在这个句子中：

406　最终，那漫长的时日将碾碎③

6　Fest., p. 348. l5–18 L.

斐斯图斯：诗人们使用 Regimen 替代 regimentum。恩尼乌斯在第十六卷中：

407　［W 本］④ 最初，这位老人迟于⑤统治，却精于战争

---

①　per regnum［在统治中］：我们很难设想某个国王在一个统治地区中建造多个陵墓，因此，从后文看，此处 regnum 强调的应当是统治的时期而不是统治的区域。
②　quaerunt…edificant…［建造……寻求……］：据 S 本注，这是有记载的最早的动词换置。此处，诗人刻意调换了两个动词的位置。
③　［S 本注］这句话很可能接续前文，表达了现存的丰碑不可能永续长存的思想，与诗歌能带来的长久声名形成对比。这句残篇通常被归于第十六卷赞美卡埃希里乌斯兄弟的片段，通过这句话，诗人表现了自己重新开始写作史诗记录近时战争功绩的必要性。
④　这一残篇损毁严重，故分别采用 W 本与 S 本的注释，给出两版翻译。
⑤　bradyn［迟于］：W 本的拉丁文原文中，bradyn 意为"缓慢、迟缓"，是希腊文的拉丁文转写；这一版本强调"迟于统治"和"精于战争"之间的对比。S 本反对这一版本，理由为，恩尼乌斯并不使用希腊文表达在最初的拉丁文中已有的含义。

[S本] 最初，这位老人卜剌底利斯①统治，他的战争技艺高超

7　Fest., p. 446. 2–5 L.

斐斯图斯：古代作家不带介词前缀使用 Spicit [侦查，探查]……和 spexit。恩尼乌斯在第十六卷中：

408　当埃普罗国王②从高耸的岩峭③上探查
Cf. Varro, *Ling.* 6. 82.

8　Fest., p. 514. 2–3 L.

斐斯图斯：vagor 即 vagitus [哭号]。恩尼乌斯在第十六卷中：

409　呼喊声　围攻者　漫飞的呼号④

---

①　Bradylis [卜拉底利斯]：S 本结合第十六卷中伊斯特利亚战争的背景，认为此处原文可能是 Bradylis，一个伊利里亚人名，并认为这个名字属于当时伊斯特利亚的一位长官。
②　[FRL 本注] 一位伊斯特利亚部落首领，公元前 178 年—前 177 年曾与罗马人战斗（参 Livy. 41. 11. 1）。
③　cautibus celsis [高耸的岩峭]：据 S 本注，可能指位于大型淡水湖边的那些一千米高的平台的岩石边缘。
④　此处动词缺失，"呼喊声"为主语，"围攻者"为直接宾语。

9 Prisc., *GL* II, p. 518. 13–18

普瑞斯奇阿努斯：最古老的作者们在次音节中同等频率地使用长音和短音。恩尼乌斯在第十四卷中［14.8］……此处他使用短音。同样，在第十六卷中：

410 ［W 本］坚定勇敢的长枪刺穿了右侧
　　［S 本］① 令人钦佩地，勇敢的右手将长枪深深刺入

10 Macrob, *Sat.* 6. 1. 24; ad Verg. *Aen.* 10. 488

玛克若比乌斯："他朝着伤口倒下，他的武器在他身上发出声响"：恩尼乌斯在第十六卷中：

411 他倒在地上，装甲在他身上响动。

11 Fest., p. 168. 3–7 L. ②

斐斯图斯：Navus 指"迅速"而"精力充沛"，似乎源自船只的速度。恩尼乌斯在第六卷［6.2］……和第十六卷中：

---

① W 本将这句话判为战争场面的描述。与 W 本不同，S 本认为，此处描写的是一位勇士，甚至很可能是一位国王或高级将领自杀的场景。从这两种观点出发，得到的译文差距较大，因此，译者在此处给出两版译文。两版译文的主要区别有以下几处：在 W 本译文中，Ingenio forti 被认为是 hasta 的定语，而 dextrum 被直译为"右侧"。但是，根据 S 本的注释，ngenio 是副词性短语，forti 修饰 dextrum，hasta 并非战争中的武器，而是主人公自杀的工具。

② 据 S 本注，古代的编者们通常将第 412 行与第 413 行联系起来理解，认为它们属于同一发言；W 本并不采纳这个观点。近代的一些编者将这一残篇归于公元前 178 年的战争，W 本的编排顺序也符合这一时间点；但是，斯库奇并不赞同这个看法。

412　勤勉的长官要遵守命令①

12　Fest., p. 254. 30–33 L.

斐斯图斯：Prodit［前进］："搁置记忆"和"被弄错"；类似地，"从内部的某个地方被取出"；还有"毁灭"，恩尼乌斯在第十六卷中：

413　不要在急切的期望中毁掉最高的事物

13　Fest., p. 310. 28–33 L.②

斐斯图斯：恩尼乌斯在第十六卷中：

414　在身穿一袭星袍③的黑夜女神④将要飞过⑤的时候

---

① imperium［规则］：此处原文为 imperium，在翻译上比较棘手。W 本译为"纪律"；S 本认为，此处并不指政治统治，而是指军事上的命令，即"军令"。

② ［S 本注］此处，一位发言人宣布在午夜时分发动进攻。由此，这一残篇描写的并非埃普罗国王袭击罗马营地一事，根据李维的记载，这一突袭发生在日出之后（Livy. 41.2）；并且，这种较为雅致的描述，不应是对蛮族的描写。

③ mediis signis praecincta［身穿一袭星袍］：古罗马曾将星星视为诺克斯女神黑色长袍上闪烁的装饰品；人们还曾想象，诺克斯女神通过黑袍上星星位置的变化来指示时间的推移。

④ Nox［黑夜女神］：W 本将 nox 直译为"夜晚"，并不取其为人格化的黑夜女神；S 本则取女神之意。若将此处理解为"黑夜"本身，与谓语动词"飞行"难以匹配。

⑤ uolabit［将要飞过］：关于诺克斯女神经过天空的方式，有两种观点，一说她自己飞行而过，一说她驱车而过；若采取后者，那群星则应点缀在马车之上。

14 Macrob, *Sat.* 6.4.19; ad Verg. *Aen.* 3.585-586①

玛克若比乌斯:"天空的穹顶无璀璨星光闪烁":先前,恩尼乌斯在第十六卷中曾说:

415　这时,光②
　　　熄灭了,粉红的霞光摇曳着③笼罩了大海

15 Macrob, *Sat.* 6.1.50; ad Verg. *Aen.* 3.175

玛克若比乌斯:"接着,一股冷汗流遍他全身":恩尼乌斯在第十六卷中:

417　此刻,恐惧的汗水从他全身流过

16 Serv. Dan. ad Verg. *G.* 1.18④

达尼埃利斯的色尔维乌斯:古代作家曾将 Farere [支持]

---

① W 本认为,这一残篇描写的是黎明时分的场面;S 本认为,此处描写日落场景。这一分歧是由对 fax 理解的不同造成,参下注。

② fax[光]:据 W 本注,fax 指月光;S 本反对这一说法,认为 fax 指太阳,并给出了以下理由:(1)fax 的谓语 occidlt 从未用于描写月落,甚至,在拉丁语文学中几乎找不到描写月落的例子;(2)在恩尼乌斯和荷马的作品中,有多个与此句相似的,描写日落场面的例句,参 Enn. scen. 280; Hom. Il. 8. 485。

③ tractim[摇曳着]:据 S 本注,tractim 形容霞光缓慢出现,久留不去。

④ W 本认为 这一残篇与塞琉古三世围攻帕加马一事有关,参 Livy. 37.20.14。

当作 velle［想要，希望］使用。恩尼乌斯在第十六卷中：

418　夫人们挤满城墙，想要观看
Cf. Serv. Dan. ad Verg. *G.* 4. 230.

17　Fest.，p. 210. 11–14 L.

斐斯图斯：Obstipum［弯曲］是 obliquum［倾斜的］的意思。恩尼乌斯在第十六卷中：

419　歪斜的群山遮挡了夜色升起之处

18　Prisc.，*GL* II，pp. 152. 17–153. 10①

普瑞斯奇阿努斯：在大部分情况中，Acer、alacer、saluber 与 celeber 由同一阴性词尾构成 acris、alacris、salubris 与 celebris，尽管两种词尾中他们都以相同的方式变形……恩尼乌斯在第十六卷中说：

420　夏去秋来，凛冬随后降临
Cf. Serv. ad Verg. *Aen.* 6. 685; Explan. in Donat.，*GL* IV，p. 491. 26–27.

---

①　[S本注] 关于诗人描写季节轮换的目的，有以下两种猜测：(1) 和前文中对老迈骏马的描写一样，是为与人的年龄做类比；(2) 描写伊斯特利亚战争中恶劣的气候条件。后一种猜测并不十分恰当，因为，相比起战争的严酷来说，这句话显得更有一种天真感。

19　Fest., p. 446. 12–15 L. ①

斐斯图斯：古人常用 speres 这个复数形式，恩尼乌斯在第二卷中有［2.17］……第十六卷中：

421　我希望，如果希望能够有任何用处

20　Fest., p. 432. 20–34 L.

斐斯图斯：同样，当他说 sapsam 时，他用它代替 ipsa nec alia［仅此而无其他］，在第十六卷中：

422　在此，这事物②本身显现自身并发出命令。

21　Prisc., *GL* II, p. 278. 10–15

普瑞斯奇阿努斯：在他们［希腊人］那儿，如果以 x 结尾的名词有 g 开头的动词，名词的属格会随 g 变形……由此，frux［果实］的属格为 frugis，因为它源自希腊文动词

---

①　从内容看，这个句子的发言人表达了对当前处境的绝望感。然而，我们很难想象一位高级将领或国王公开做出这样的发言。W 本将其归于阿埃里乌斯，并把它与第 408 行放在同一场景中，可能是出于 spero 这个词的重复考虑。

②　res［事物］：依据 W 本的编排顺序，此处结合前句可译为"职责"。然而，此句的背景和顺序存在争议，并不一定属于阿埃里乌斯的讲话。

φρυγω [烘烤]。恩尼乌斯在《编年纪》第十六卷中有：

423　无论昼夜，无论稍后还是立即，我们必会获益

22　Diom., *GL* I, p. 382. 21-26①

迪欧梅得斯：古人用 Horitur 来表示我们通常所说的 hortatur，例如恩尼乌斯在《编年纪》第十六卷中：

424　他命令[他们]享宴，并鼓励②

23　Serv. ad Verg. *G.* 4. 230.

色尔维乌斯：ore fave："尊敬且沉默地接近"。在恩尼乌斯的第十六卷中：

425　他们在这儿埋伏着观察，一部分人正在休息，
　　　以剑护卫，③ 在盾④下静默

---

　① S 本认为这个场景中发出命令的应当是一位罗马将领，W 本则理解为一位国王。
　② horiturque [鼓励]：S 本认为 horiturque 应当是下一行的开头；W 本则认为 horiturque 与 iubet 并列，后接不定式。译者认为，S 本的看法更合理，"鼓励"并不与"宴饮"相称，且两个动词如果是并列关系，不应当按此处原文顺序排列。
　③ 在第 527 行中，诗人采用了同样的开头。
　④ scutis [盾]：罗马军队使用的一种盾牌，从这个词可以判断，这句话描述的是罗马军队的情况。

24　Fest., p. 444. 2–7 L.

斐斯图斯：诗人常用 scitae 表示"美人"或"装扮很好的女子"……恩尼乌斯在第［十］六卷中说：①

427　光线　熟练的马夫

---

① S本认为这个残篇属于第十六卷而非第六卷，罗马数字 X 佚失，但并没有给出具体理由。

第十七卷　歌颂当代战争

1　Macrob，*Sat.* 6.1.21；ad Verg. *Aen.* 11.745[1]

玛克若比乌斯："叫喊声直冲天宇，所有拉丁人"，恩尼乌斯在第十七卷中：

428　四面八方响起震天的喊叫声

2　Fest.，p. 462.16–20 L.

斐斯图斯：Specus［洞穴］是阳性……恩尼乌斯在《编年纪》第十七卷中［用作］阴性：

429　山下，凹陷的洞穴向内大开

Cf. Prisc.，*GL* II，p. 260.1–3；Non.，pp. 222.25–23.1M. = 329 L.；Serv. ad Verg. *Aen.* 7.568.

---

[1]　有编者认为这个残篇属于第十卷。类似的场景还见于第465行。

3 Prisc., *GL* II, pp. 198.6–199.6①

普瑞斯奇阿努斯：最古老的作家们习惯用-as做第一变格阴性名词的属格词尾，希腊的方式是……恩尼乌斯在第十七卷中：

430　他自己［是］领路者

［如今］写作 viae。

4 Macrob, *Sat.* 6.1.22; ad Verg. *Aen.* 8.596

玛克若比乌斯："四足铁蹄的拍打震动着颤抖的平原"；恩尼乌斯在第十七卷中：

431　骑兵行进，中空的马蹄哐哐②敲击大地

5 Macrob, *Sat.* 6.2.28; ad Verg. *Aen.* 2.416–418③

玛克若比乌斯："如同一个气旋中，不同方向的风相互

---

①　这个残篇损坏严重，背景模糊。据 S 本注，关于这个残篇的背景有以下两种猜测：(1) 弗拉米尼努斯在维约萨河（Livy. 32.1），这个想法由瓦伦提出；(2) 公元前 169 年，执政官马西乌斯·菲利普斯的冒险行军（Livy. 44.5.8）。

②　plausu［哐哐］：plausu 指击打的声音，而不指击打的动作本身。此处为夺格状语，指击打大地时发出撞击声，故意译为拟声词。

③　［S本注］恩尼乌斯继承荷马，将两军的交汇比喻为两风的交汇，并修改了风向。

冲突，西风，南风，还有东风乘着马，为黎明而喜悦"：恩尼乌斯在第十七卷中：

432　他们就像那带来降雨的①南风的气息
　　　与北风交汇一般碰撞，用各自的气流相抵，
　　　在大海上搏斗着翻起巨浪

6　Serv. Dan. ad Verg. G. 4. 188②

　　达尼埃利斯的色尔维乌斯：mussant 在这里是 murmorant [低声说话、窃窃私语] 的意思；这个词也被用来表示"沉默"，例如，在第十七卷中：

435　优秀的士兵不应沉默，③ 他们在战争的痛苦辛劳中
　　　已有所建树

Cf. Fest., p. 131. 9–11；Serv. Dan. ad Verg. Aen. 12. 657.

7–8　Non., p. 134. 18–23 M. = 195 L.

　　诺尼乌斯：Longiscere："使变长"或"使破碎"，恩尼

----

① imbricitor [带来降雨的]：imbricitor 为名词，指带来降雨的事物，在语法上与"气息"是同位语；此处为语序上的方便，译为形容词，特此注明。

② W 本认为这一片段描写了罗马军队的涣散；S 本则认为，这可能是一个将军鼓励士兵发言的演说，因为，在古罗马有让士兵参与、讨论政治的传统。两种观点之所以有如此大的差异，是因为编者们对 Mussare 的理解不同，参下注。

③ Mussare [沉默]：W 本的英译文将这个词按通常的含义翻译为"窃窃私语"，S 本则根据古代编者的说法，将其理解为"沉默"。由此，这句话在不同的编者处就有了两种完全不同的含义。

乌斯在第十七卷中：

437　那些强健的身体，并非
任何人使其生长

　　同一个诗人：

439　当阳光使它们变长

第十八卷　歌颂当代战争

1　Gell. *NA* 13. 21. 14

格里乌斯：另一方面，恩尼乌斯在《编年纪》的第十八卷中同样有：

440　黄褐色的尘雾①

fulva［阴性］而不是 fulvo［阳性］，不仅是受了荷马影响，也是因为前者的-a 听起来更有乐感，令人愉悦。

Cf. Gell. *NA* 2. 26. 11.

2　Non.，p. 63. 4–10 M. 87 L.②

诺尼乌斯：gruma 也是一种测量工具，由它确定位置

---

① fulua［尘雾］：指满是沙尘的空气。一说 fulua 指空中的乌云。
② 关于此句的背景，有搭建军营与建设殖民地两种猜测。

后，道路会被修成直线，就像土地测量员或类似的人使用的那样。恩尼乌斯在第十八卷中，将 gruma 作为"划定标记"使用：

441　划定①广场的标记

---

①　degrumare［划定标记］：gruma 与希腊文 γνωμων 有关，类似于现在的经纬仪。根据诺尼乌斯的说法，这个词的含义是"用测量杆划定"；W 本将其译为"整平"，是受 V 本 degruman ferrum 的影响。为使诗句和引言贴合，此处译者采纳诺尼乌斯的观点，仍译为"划定"。

不定残篇

[FRL 本说明] 在古代文献中明确被归于恩尼乌斯的以 * 标注，明确被归于《编年纪》的以 ** 标注。

*1　Serv. ad Verg. *Aen*. 2. 274−275

色尔维乌斯：

442　于我，他曾是什么样子，有多少变化自那赫克托尔始

这是恩尼乌斯的诗文。

*2　Non., p. 64. 29 M., 90 L.

诺尼乌斯：propages 指一系列的、连续的或衍生的结合，因为 pages 是一个连接在一起的东西，从其中诞生出一个 conpages［结构］。而 propagare［传播］就是长期传递一个连续的种类……恩尼乌斯：

443　对我们来说，欢乐①与生命的延长将会发生，
Cf. Non., p. 221. 8 M. -326 L.

3　Prisc., *GL* III, p. 205. 17−25

普瑞斯奇阿努斯：［讨论表达占有的各种方式］实际上，

---

①　fructus［欢乐］：S 本认为这句话与第一卷中的台伯河水泛滥有关，是河水退去，庄稼丰收的场景。

第三人称所有格,尽管它可以直接用作呼格……我们甚至可以用来表达对另一人的占有,比如:

444　我们的父亲啊,萨图恩之子,众神中的至高者

尽管这个用法已经过时了。

* 4　Prisc., *GL* III, p. 192. 14–17

普瑞斯奇阿努斯:[关于作家使用的五种变形]例如,恩尼乌斯说:

445　天空中最尊贵的,萨图恩神的女儿,众女神中最伟大的

他用 magna[伟大]替换 maxima[最伟大],用原级替代最高级,是因为前文中他刚使用过"天空中最尊贵的"。

* 5　Serv. Dan. ad Verg. *Aen.* 1. 254①

达尼埃利斯的色尔维乌斯:subridens[微笑]:他展现出的朱庇特很快乐,这是他在使天空宁静时常有的心情……

---

① 据 S 本注,这段话很可能属于第一卷,可能是在决定双生子的命运时,朱庇特向维纳斯作出。

恩尼乌斯有：

446 朱庇特这样笑着，所有时节都变得晴朗①
它们因这全能者的笑容②而笑

*6 Iul. Roman. ap. Charis., *GL* I, p. 128. 30−32＝p. 163B.

尤里乌斯·罗马努斯：③ 因而，[老]普林尼说，这[ficu，第四变格]是这棵树的正确称呼；果实则以字母 o 为标记[fico，第二变格]。fici[主格复数]，在恩尼乌斯的作品中有：

448 那些甜美的无花果，用整个乳房来哺育

7 Non., p. 418. 3−12 M. ＝674 L.

诺尼乌斯：urguere 的意思是挤压、压迫……瓦罗④有：

449 在他希望有一道墙之处，我们被挤在了一起

----

① serenae[晴朗]：此处形容词作表语。
② risu Iovis omnipotentis[因这全能者的笑容]：risu 的语法性质比较模糊，可能是工具夺格、原因夺格或随境夺格。
③ 盖乌斯·尤里乌斯·罗马努斯（Gaius Iulius Romanus）是于公元 3 世纪前后活跃于意大利地区的语法作家。
④ 一般认为瓦罗所引用的这句六步韵诗文是恩尼乌斯所写，有人认为它描写了瑞姆斯抱怨罗慕路斯的场景，但 W 本将其归于恩尼乌斯的另外作品。

* 8　Varro, *Ling.* 7. 46

瓦罗：恩尼乌斯说：

450　此时，尖锐的信号声①正准备发出

cata 是尖锐的意思。

* 9　Prisc. *G. L* II, 450. 2-8

普瑞斯奇阿努斯：在拟声词中，对于那些有着不常见的结构的名词或动词，我们不能够找到他们的所有变形……例如 taratantara，恩尼乌斯有：

451　可怕的号角嘶吼着，发出"塔拉坦塔拉"的声音

* 10　Serv. Dan. ad Verg. *Aen.* 3. 333

达尼埃利斯的色尔维乌斯：reddita［被赠予］在古代用法中有 data［被给予］的意思，因此，前缀 re- 是多余的。恩尼乌斯在《编年纪》中有"而伊利亚被送入婚姻"［1.33］；另一处有：

---

①　signa［信号］：这个词既可以指发声的工具，也可以指声音本身；此处并没有发声器具的相关信息，故译为"信号"。

452　这一日，在安古斯·马奇鲁斯接收了统治之后

此处，recepit 即 accepit［被归还］，因为统治权本属于赫勒努斯。

* 11　Macrob，*Sat.* 6. 4. 3；ad Verg. *G.* 2. 462

玛克若比乌斯："呕吐的波浪"是维吉尔最有趣的表达之一，这个表达也十分古老，恩尼乌斯说：

453　台伯河将它的水流呕入咸津津的大海

* 12　Plin. *HN* 18. 84

老普林尼：不仅如此，罗马人显然曾长期生活在 puls ［监禁］中无法维生，甚至现在，我们还在用 pulmentaria ［食物］一词。古老的诗人恩尼乌斯曾记述了一场围城中父亲从自己哭泣的孩子那里抢走食物的场景：

454　父亲们从他们哭泣的孩子们那里［抢走］一口吃的

** 13　Charis.，*GL* I，p. 240. 5–8 = p. 313 B. ①

卡利西乌斯：euax［好哇，欢呼声］……恩尼乌斯在《编年纪》的某卷中：

---

① 与拉丁人的战争属于《编年纪》第五卷。V 本认为，这句话是卡米里乌斯演说的一部分，参 Livy. 8. 13. 10 ff.。

455　好哇！拉丁人重整旗鼓①

14 Cic. *Rep*. 3. 6

西塞罗：在这样的［政治家的］一生中，出自最高等级的人获得荣誉，例如，马尼乌斯·库里乌斯·登塔图斯：②

456　无人能够用铁或黄金征服他

＊＊15　Gell，*NA* 7. 6. 6③

格里乌斯：此外，为何他不指出恩尼乌斯的错误，后者在《编年纪》中并不像维吉尔这样，用 praepes［好评的，顺利的］形容代达罗斯的翅膀，而是完全不同：

457　布林迪西姆被一个美丽且吉祥④的港口环绕
Cf. Gell.，*NA* 9. 4. 1

---

①　aquast aspersa［重整旗鼓］：一个比喻说法，直译为"对拉丁人来说，水已被喷洒"。

②　［FRL 本注］马尼乌斯·库里乌斯·登塔图斯（Manius Curius Dentatus）是公元前 290 年、前 275 年和前 274 年的执政官，皮洛士的征服者，由此，这个残篇常被归于第六卷。

③　［S 本注］这个残篇的内容可能与公元前 267 年布林迪西姆的陷落有关，参 Flor. I. 15. I.；还有人认为它可能与伊斯特利亚战争有关，或与第一次布匿战争期间此地罗马殖民地的建立有关，但这些观点都只是猜测，并无实际证据。

④　pulchro…praepete［美丽且吉祥］：这两个形容词的并列往往与神明和占卜有关。

* 16　Serv. Dan. ad Verg. *Aen.* 8. 361

达尼埃利斯的色尔维乌斯：一些人说，carinae 是一座山的名字，是一个令人称羡的郊外地区；还有人说，这是一个专供使节居住的优美区域……还有人说，这里居住着萨宾贵族，一个善妒且爱辱骂的阶级。carinare 是"羞辱、糟蹋"的意思，恩尼乌斯［INC. 111］……另一处有：

458　这于我并不适宜，去将它发表在被糟蹋的纸张上

* 17　Fest., p. 362. 9–13 L.

斐斯图斯：[在第十一卷中,] 恩尼乌斯[将罗马人称为希腊]人:①

459　[残缺]②

* 18　Fest., p. 386. 20–24 L.③

斐斯图斯：Solum 即"大地"。恩尼乌斯在第三卷中曾有［3.2］……另一处中：

---

① 斐斯图斯的文本本身已经残缺，恩尼乌斯的原文更是无法补全，FRL 本因此并未给出译文，这一残篇按 W 本译出。
② 原文为>cos Grai memo/li>ngua longos per，残缺严重，无法把握含义。
③ ［S 本注］关于这一残篇的背景，主要有两种猜测：(1) 描写哺育罗慕路斯与瑞姆斯的母狼；(2) 描写狄多穿过大海的场景，参 Justin. 18. 4. 12; 5. 17。

461　一时之间,① 她穿过大地的表面
Cf. Varro, Ling. 5. 22.

*19　G. Valla ad *Juv.* 7. 134②

瓦拉：普若布斯将 stlataria 解释为"诱人的"。恩尼乌斯有：

462　比装载着外国货的商船更好的那艘船

*20　Schol. Bern. ad Verg. G. 1. 512③

伯尔尼注释："当战车从起跑门后冲出"；Carceribus 即"从起跑门"，恩尼乌斯曾说：

463　从起跑门后倾泻而出,
赛车争抢着通过，伴着一阵嘈杂声

21　Charis., *GL* I, p. 272. 22–27 p. 359 B.

卡利西乌斯：一些比喻，希腊人称之为 acoluthoi，彼此

---

① parumper［一时之间］：据 S 本注，这个词在此处的含义并非"迅速"，而是表示"在一时之间"。
② 瓦拉（Giorgio Valla）是一位 15 世纪的人文主义者，收藏有众多古希腊罗马手稿。
③ 有关赛车开始时的场景的描写。由 fusi［倾泻］一词可见，诗人在此处刻意将其与赛船的场景形成对照，参第 445 行。

之间可以互换，例如"他们让提菲斯做快船的车夫"，我们可以说船只中的人是"车夫"，同样，也可以说战车中的人是"舵手"，例如：

465　当舵手大力调转他的马匹

Cf. Diom., *GL* I, p. 457. 27-29; Quint. *Inst.* 8. 6. 9; Sacerd., *GL* VI, p. 466. 27-29.

*22　Fest., p. 498. 1-4 L.

斐斯图斯：恩尼乌斯跟随希腊的用法，将 Termo 用作我们现在通常所说的 terminus［转向柱］：

466　用极快的速度，① 它冲过转向柱点

以及

467　转向柱前的鼓励者②

**23　Prisc., *GL* II, p. 482. 2-5③

普瑞斯奇阿努斯：Detondeo, detondi［剪，已经剪了］。

---

① lngenti cursu［极快的速度］：这个词组一般用于形容船只，参 Livy. 36. 21. 6; Curt. 9. 9. 25。

② 可能指为桨手打节拍的人。

③ ［S本注］关于这一片段的背景，有以下几种猜测：(1) 这句话属于第七卷中对第一次布匿战争的概述；(2) 属于汉尼拔批评法比乌斯的行为的发言；(3) 对扎马战役前斯基皮奥取得的一系列胜利的总结，参 Livy. 30. 9. 10.；(4) 皮洛士在希腊的活动。

最古老的作家们也曾用过 detotondi［重复词首的完成式］这一形式。恩尼乌斯在《编年纪》中说：

468　他掠夺肥沃的田野，夺取城镇

*24　Brev. Expos. ad Verg. *G.* 2. 43①

维吉尔注疏：②"除非我有一百只舌头……"这是希腊诗人荷马的幻想，恩尼乌斯由此有：

469　除非舌头擅长说出不计其数的③话，嘴有十张，心与胸同铁绑在一起，

**25　Charis., *GL* I, p. 200. 22–23＝p. 260 B. ④

卡利西乌斯：恩尼乌斯在《编年纪》的某卷中曾使用过 Hispane：

---

①　[S本注] 关于这个残篇的背景，有两种猜测：（1）属于《编年纪》开篇序言中，缪斯的祈祷的一部分；（2）属于那些对罗马人来说极为重要的大战，譬如汉尼拔战争的单独的序言。

②　参维吉尔："我不寻求在我的诗句中包含一切，除非我有一百种语言，一百张嘴巴和铁一般的声音。"（Georg., II, 42–44）

③　innumerum［不计其数的］：W本拉丁文原文为 innumerum，S本则采用 in me, tum, 此处依照前者翻译。

④　部分编者认为，这一片段可能发生于与迦太基的战争开始之后，罗马人寻求与西班牙人结盟的，参 Livy. 21. 19. 6 ff.；还有编者认为，这一片段描写的是加图在西班牙的活动，W本正是采纳了后一观点。

471　你要这样告诉他们：① 我不是为罗马［的利益］，② 而是为西班牙［的利益］说话

Cf. Fest. p. 362. 13-14 L. .

* 26　　［Probus］ad Verg. *G.* 2. 506③

［普若布斯］：他想要将"萨拉紫"理解为提尔人的紫色，因为，荷马④曾说提尔人被称为萨拉；恩尼乌斯继承了他这一说法：

472　布匿人发源自萨拉

* 27　Paul. Fest. , p. 51. 3 L.

执事保罗：

---

① memoretis［你要这样告诉他们］：根据 S 本注，这个词可能是一个具有讽刺意味的建议——西班牙人建议罗马的来使告知其他人，自己是为西班牙的利益，而非罗马的利益行事。

② Romane［为罗马］：有编者理解为"用罗马语言"或"用罗马的方式"，W 本的翻译采纳了这一个看法；译者认为，"用罗马的方式"与前文"你要这样告知"不太相符，也不符合这一片段可能发生的背景，故采 S 本的观点，译为"为罗马［的利益］"。

③ 根据 W 本，这一片段与迦太基人的摩洛克（Moloch）崇拜有关。摩洛克在希伯来圣经中出现过七次，最早出现在《利未记》中，并因献祭儿童等行为受强烈谴责。传统观点认为，摩洛克是迦太基人崇拜的神祇，但近年来，这一观点受到了挑战。

④ ［S 本注］古希腊的循环式主题诗歌常常被谬认为荷马所作，因此，这一说法并不十分可靠。

473　他们陷入沉默

恩尼乌斯用 consiluere［他们沉默］替换了 conticuere。

*28　Glossator ad Oros. *Hist.* 4. 14. 13

欧若西乌斯的一位注释者："［汉尼拔］完全忠实于他对'罗马'这个名字的仇恨……在其他事情上完全是个骗子"；在战争这一他惯于欺骗的场合中，据说，他比皮洛士更变化无常，关于后者，恩尼乌斯说：

474　他不是这种两面三刀的敌人
埃阿库斯的后代布鲁斯①

*29　Fest., p. 516. 8-11 L. ②

斐斯图斯：古人们说的这种药水，它的颜色在掺假时会变化，正如恩尼乌斯所说：

---

① S本认为，恩尼乌斯在描写汉尼拔与迦太基人的行为时，插入了一段有关皮洛士人物形象的概述，以后者的正直与前者的狡诈对比。这种将罗马的两个伟大敌人放在一起比较的写作方法，在罗马史家的作品中常常出现。同时，这也和这一残篇的出处相符合。因此，这个解释是合理的，W本在编排时也采纳了这一观点。

② 据S本注，这一残篇的背景是马里乌斯·托库阿图斯发表演说，说服元老院拒绝接受赎金，释放坎尼战役的囚犯一事（参 Livy. 22. 60. 6-27）。W本将其归于无所属的残篇，原因不明，译者依W本顺序，依然将这一片段放在此处，特此注明。

476　它①曾被这种药水浸透

＊30　Porph. ad Hor. Sat. 1. 10. 30②

珀尔菲瑞奥："以使用两种语言的卡努西乌姆人的方式"；他之所以说 bilinguis［双语的］，是因为他们使用两种语言……恩尼乌斯和卢西里乌斯都曾说过：③

477　说两种语言的布鲁迪亚人
Cf. PauL Fest., p. 31. 25-27 L..

＊31　Fest., p. 362. l9-24 L.

斐斯图斯：

478　由严酷的卡洛④

恩尼乌斯在说双关语。

---

① S 本认为这里主语是羊毛，故事背景则是坎尼战役后雷古鲁斯的故事，参 Hor. Cann. 3. 5. 27-28。
② 有人认为这一残篇的背景是发生在公元前 216 年的布鲁迪亚人的反抗。
③ 珀姆珀尼乌斯·珀尔菲瑞奥（Pomponius Porphyrio）是公元 3 世纪前后的贺拉斯注疏家。
④ ［FRL 本注］Calor 既是河流的名字，也有"热度"的含义。

* 32　Paul. Fest., p. 453. 20–21 L. ①

执事保罗：Siciles 指长枪的宽尖头。恩尼乌斯有：

479　轻装步兵常拿着宽尖枪一齐往前冲

* 33　Bell. Hisp. 23. 2

佚名：我们正在忙碌时，一些敌人从高地冲了下来，投掷长矛，弄伤了我们许多人，使他们无法阻挡敌人。正如恩尼乌斯所说：

480　这会儿，我方撤退

* 34　Varro, *L.*, VII, 103

瓦罗：许多动物的叫声被转用于人，一些很明显，另一些则比较含混。有的词汇比较清楚，例如恩尼乌斯的：

481　他胸腔中的内心吠叫着

---

① ［S本注］这句话的背景可能是公元前211年的卡普阿战役，参 Livy. 26. 4. 4–8。

* 35　Macrob. exc. Bob. *GL* V, p. 651. 34-36①

玛克若比乌斯：Eructo [喷出，冒出来] 的来源也被找到。它由 erogo [汩汩流动] 变化而来，恩尼乌斯有：

482　他蔑视那些喷水②的泉
Cf. Macrob. exc. Par., *GL* V, p. 626. 20-21.

* 36　Serv. ad Verg. *Aen.* 10. 396

色尔维乌斯："半死的手指抽搐着握紧了剑"；这是恩尼乌斯的创意：

483　平原上，一颗头颅被从脖子上扯下来，张 [着口]③
　　半死的眼睛抽搐着渴求光明。④

---

① [S本注] 关于这一片段的背景，有以下几种说法：（1）瓦伦认为它属于汉尼拔建议安提俄克在意大利本土向罗马宣战的发言的一部分（参 Justin 31. 5. 7）；（2）这里的发言者是奈维乌斯等诗人，泉水指缪斯之泉（参 Timpanaro, IV 20 ff.）；（3）伯格提出，这里的背景是塔提图斯与萨宾人的战争（参 Ov. *fast.* 1. 267 f.），或是塔尔皮亚警示塔提图斯的发言（参 Prop. 4. 4. 49f.），泉水指的是卡皮托山脚下的那些山泉。
② aquae uis [水]：名词属格后跟 uis，是古希腊诗歌中名词主格的一种迂回表达。
③ Oscitat [张着口]：Oscito 本意是"打开"；据 S 本注，此处被撕扯下来的头颅可能试图对敌人说话，参 Virg. Aen. 10. 554 的场景，故译为"张口"。
④ lucemque requirunt [渴求光明]：在恩尼乌斯笔下，人的死亡常被表达为离开光明、陷入黑暗。此处"渴求光明"意味着，这颗被砍下的头颅依然有求生的意志，但不能阻止自己的死亡。

* **37　Lactant. ad Stat. *Theb*. 11. 56**①

拉克坦提乌斯:"小号独自完成了它的曲调";恩尼乌斯有:

485　当头颅将要坠落,号角独奏;
战士将死时,黄铜嘶哑的声音划过[天空]

38　Varro, *Ling*. 7. 25–26

瓦罗:cornua[号角]从 curvor[弯曲]变化而来,因为大多数号角是弯曲的:

487　我们学到,那些他们称为缪斯的,就是卡梅纳

Casmenae 是其早期起源时的名字,被书写在别处。Carmenae 与前者同源。在许多词汇中,古人将后来的发音为 s 的地方发音为 r。

* **39　Serv. Dan. ad *Aen*., XI, 19**

达尼埃利斯的色尔维乌斯:其他人用 vellere 表示"移动"。恩尼乌斯:

---

① 拉克坦提乌斯(Lactantius)是公元3世纪的基督教护教士。

488 国王随后被唤醒
并自己终止了①

* 40　Non., p. 370. 19−24 M. = 589 L.

诺尼乌斯：Passum 是"伸展、张开"的意思。由此，passus 衍生出"脚步"的含义；因为，在行走时两脚之间会张开。恩尼乌斯有：

490 大大张开双手，② 这父亲……

passis 修饰 palmis，是"极大程度地张开、伸展"的意思。

** 41　Prisc., *GL* II, pp. 334. 18−335. 1③

普瑞斯奇阿努斯：他们制造出最高级 Celerissimus 来替代 celerrimus……恩尼乌斯在《编年纪》中：

491 之后，传言以最快的速度传遍整个大地

---

① convellit sese［自己终止了］：此处指国王从沉浸于某件事的状态中抽离出来。
② passis late palmis［大大张开双手］：这个句式常常被用来形容祈祷者，参 Virg. Aen. 3. 263; Cic. Sest. 117。
③ ［S 本注］这句很可能属于第一卷，传遍整个大地的传言可能是新王国建立的消息，或是特洛伊的陷落，或狄多的故事等。

* **42 Varro, *Ling.* 7. 12**①

瓦罗：Tueri［注视，保卫］有两种含义，一种取自"注视"这一概念，恩尼乌斯曾使用过……还有：

492 有哪位父亲或血亲想从敌对方注视我们

* **43 Non., p. 230. 15-16 M. = 341 L.**

诺尼乌斯：Vultus［脸，面容］是中性名词……恩尼乌斯有：

493 你们和你们的面容②将被永远驱逐

* **44 Porph. ad Hor. *Sat.* 1. 2. 37**

珀尔菲瑞欧："这是值得你们这些希望奸人没有坦途之人去做的，去听一听他们是如何四面拼搏"；他机智地模仿了恩尼乌斯的诗句：

494 听听是值得的，你们这些希望罗马
　　走上坦途，拉丁姆变得更强的人

---

① M本猜测，这句话可能是罗慕路斯或艾希莉娅向想要返回家乡的萨宾妇女所说。这句话从血缘而非公民的角度讨论问题，因此，这里的"你们"更可能是女性。

② ［S本注］"注视面容"意味着在一起，面容被驱逐意味着分离。

Cf. Varro, *Men*, 542 B., ap. Non., p. 478. 16 M. =767 L.；Mart. *Cap.* 3. 272；Mar. Viet., *GL* VI, p. 67. 4-7.

* 45　Charis.，*GL* I，p. 201. 10-16=p. 261 B.

卡利西乌斯：In mundo 即"开放地、就绪地、迅速地"……恩尼乌斯：

496　对你，生
　　　或是死已经准备就绪

46　*Rhet. Her.* 4. 18

［西塞罗？］：如果我们不连续使用具有相似结尾的词汇，比如下面这种方式：

498　抽泣，恳求，哭泣，抗议

* 47　Lactant. ad Stat. *Theb.* 6. 27

拉克坦提乌斯："睡眠随着空空的角器飞走"；画家们也将睡眠表现为一种从角器中倒在睡眠者身上的液体。由此，恩尼乌斯有：

499　当罗马青年自睡眠中干涸①

---

①　[S本注] 诗人在此处将从睡梦中醒来比作一个干枯的过程，这是恩尼乌斯独创。

*48　Donat. ad Ter. *Plwrm.* 1028

多纳图斯:"我将以这种方式折磨他";此处的 sum 即 eum……这一用法常见于古代作家。恩尼乌斯有:

500　他们的父亲都应用爱和善意
　　　围绕他

*49　Serv. ad Verg. *Aen.* 4. 404①

色尔维乌斯:

502　平原中,黑色的圆柱正在前进

这半句是恩尼乌斯形容大象的话。在维吉尔之前,阿基乌斯曾用它来形容印度人。

*50　Paul. Fest., p. 363. 1 L.

执事保罗:redinunt 即 redeunt [回归]……恩尼乌斯有:

503　他们回归

---

① [S本注]皮洛士、汉尼拔与安提俄克都在战争中使用过大象,因此,这个残篇的位置无法确定。

*51　Serv. Dan. ad Verg. *Aen.* 11. 326

色尔维乌斯：有人坚持认为 texamus［我们建造］用得恰当，因为在希腊语中，制作船只的地方被称为 ναυπηγια，而在拉丁语中，它被称为 textrina。恩尼乌斯说：

504　在他们这儿，这片土地有长长的船只的工坊
Cf. Cic. *Orat.* 157.

*52　Isid. *Orig.* 19. 1. 22

伊西多卢斯：Celoces 就是希腊人所说的 κελητας，是一种迅速的两列或三列桨座的战船，灵活而适合服务于舰队。恩尼乌斯曾有：

505　快船那抹油的龙骨划过泛白的水面

*53　Fest., p. 356. 32−33 L. ①

斐斯图斯：维里乌斯说，恩尼乌斯用 Restat［停止］替代 distat［站在远处］，他说：

---

①　这句话中有两处有争议之处。首先，关于冲击究竟在何处停止，在语义上存在分歧。有两种可能：（1）在离目标不远的地方；（2）在离中心不远的地方；这一分歧是由 mediis 的语法位置决定，参下注。其次，V 本将 haud 解为 aut，这意味着，这句话有肯否两种可能性。

506　［1］在路途正中，冲击在［离目标］不远处停滞
　　　　［2］冲击在路途中停止，离中心不远①

* 54　Serv. Dan. ad Verg. *Aen.* 9. 327

色尔维乌斯：Temere［鲁莽轻率地］是"无缘由"的意思。恩尼乌斯曾说：

507　在掌舵时你内心悲伤，这并非毫无缘由

* 55　Isid. *Orig.* 19. 2. 12

伊西多卢斯：Clavus 指用来控制船舵之物，关于它，恩尼乌斯曾说：

508　我将舵柄放正，驾船前行
Cf. Quint. *Inst.* 2. 17. 24.

* 56　Fest. , p. 138. 13−21 L. ②

斐斯图斯：Metonymia 是一种写作手法，通常用于……用更宽含义的词表达较窄的意思；例如，恩尼乌斯有：

---

①　mediis［中心］：若将 mediis 视为修饰 regionibus 的定语，则为"路途的正中"；若将 mediis 视为同 longe 并列的状语，含义则为"离中心不远"。
②　［S本注］可能是指西斯法克与哈斯杜鲁巴军营中的著名的大火，尽管在现有的历史记载中并未提到当天的风况。

509　伴着炸裂声，风将火苗①吹得更旺了

** 57　Charis., *GL* I, p. 19. 1-2 = p. 16 B.

卡利西乌斯：有人说，古代作者习惯将名词与格以-i结尾……之后的作家在与格上仍保持这个习惯，例如，维吉尔曾写过 aulai medio［大堂中部］，恩尼乌斯有：

510　果实丰盈的大地

在《编年纪》中。

Cf. Charis., *GL* I, p. 538. 26-28 = p. 16 B.；Sacerd., *GL* VI, p. 449. 1-3；Fragm. Bob., *GL* V, p. 555. 1-3；Mart. 11. 90. 5.

* 58　Gell. *NA* 13. 21. 13②

格里乌斯：恩尼乌斯也说 rectos cupressos，与这个词常用的性不符，在下面的句子中：

511　松树晃着脑袋，柏树笔直
Cf. Non., p. 195. 21M. = 287L.

---

① Volcanum［火苗］：原文含义为"属于火神的"，此处用"火神的"指代火焰，用更大的事物指代小的事物，用的正是斐斯图斯所说的 Metonymia 这一写作手法。

② 这是一个较为明显的有关伐木场景的描写；这一主题也见于维吉尔《埃涅阿斯纪》中（参见 Aen. 6. 179 ff.）。

* 59　Isid. *Orig.* 19. 2. 4

伊西多卢斯：Agea 指船只中为水手长走向桨手留下的过道；关于它，恩尼乌斯曾说：

512　他在甲板上放了许多东西，① 长长的过道被堆满。

* 60　Serv. Dan. ad Verg. *Aen.* 11. 306

达尼埃利斯的色尔维乌斯：恩尼乌斯曾说：

513　征服②之人并非征服者，除非他受被征服者承认

瓦罗和一些人称特洛伊人为"未被征服者"，是因为他们是由于受欺骗而战败。他们坚称，唯有那些自愿投降的人才算被征服。

* 61　Fest., p. 394. 6-9 L.

斐斯图斯：Superescit 即 Superescit［将存活］。恩尼乌斯有：

---

① ［S 本注］可能是战利品。
② vicit［征服］：W 本的拉丁原文为 vicit，其他一些版本写作 vincit。这两种写法有时态上的区别，但并不十分影响语义；从严格的语言逻辑看，完成时更为精确，但现在时也有它独特的意味。

514　当一个穿着托加袍①的罗马人幸存下来
Cf. Paul. Fest. , p. 395. 1-2L. .

* 62　Serv. Dan. ad Verg. *Aen.* **1. 123**

达尼埃利斯的色尔维乌斯：imber 这个词可以被用来泛指所有类型的降水……古代作者曾用 imber 指所有类型的水。恩尼乌斯用 imber 指海水：

515　海水哗哗作响
　　　冲击着航船
Cf. Serv. Dan. ad Verg. *Aen.* 11. 299; *G.* 1. 12.

* 63　Isid. *Orig.* 19. 2. 14

伊西多卢斯：Tonsilla 是一种铁质或木质的钩子，它被固定在海岸上，船的系船索系在其上。关于它，恩尼乌斯曾说：

517　他们穿过海滩，将船系在弯桩上

* 64　Serv. ad Verg. *Aen.* **6. 545**②

色尔维乌斯：Explebo 的意思是"将减少"，恩尼乌斯

---

① 此处的夺格 toga 十分突兀，S 本认为它可能属于另一行的开头。
② V 本认为这个残篇描写斯基皮奥登陆非洲的场景，属于第九卷，但是这仅限于猜测。

曾说：

518　他们下了船，挤满陆地

* 65　Serv. ad Verg. *Aen.* 9. 678

色尔维乌斯：armati ferro 可能是"很好地用武器装备"的意思，或，根据阿斯佩尔①的说法，也可能是"有铁一般的心脏"的意思……他的依据似乎是恩尼乌斯的诗句，后者曾说——

519　用宽刀环绕心脏②

** 66　Prisc., *GL* II, pp. 517. 22-518. 22③

普瑞斯奇阿努斯：tundo, Tutudi：次音节经常缩短，有时也延长……最古老的作家们使用上述词汇时，短音和长音都很常见……恩尼乌斯……在《编年纪》中还有：

520　强力

---

①　阿埃米里乌斯·阿斯佩尔（Aemilius Asper）是公元 2 世纪的维吉尔注释家。

②　succincti corda［环绕心脏］：色尔维乌斯将此处视看作比喻；S 本认为，这里是简单的物理位置上的接近，因为士兵一般用左手持刀，而心脏也在身体的左侧。

③　［S 本注］关于这一残篇的背景，有两种猜测：(1) 在一个历史时期，由于严冬，战士们减员严重；(2) 在某一卷的序言中，诗人用四季来类比人的年龄。

碾碎严冬

在这里他延长了次音。

*67 Cic. *Sen.* 14

西塞罗：愚人将自己的污点和罪行归咎于年老，我刚刚提到的这人却不这样做，恩尼乌斯：

522　就像一匹英勇的骏马，曾常在最后一圈中
获胜于奥林匹亚，如今他①因年迈而准备休息

他将自己的年迈与一匹勇敢胜利的骏马的年迈作比较。

*68 Serv. ad Verg. *Aen.* 7. 691

色尔维乌斯："驯马师梅萨普斯是海神的后代"；这位梅萨普斯跨过海洋来到意大利……恩尼乌斯宣称要从他这里追溯他［自己］的起源，并且，从这里，他［维吉尔］介绍了他［梅萨普斯］那些唱歌的同伴，并将他们比作天鹅［Cf. Aen. 7. 698-7. 670］：

---

① 副词 nunc 单独出现时表达写作者自己的时间；因此，这里描写的是诗人自己的年迈与休息，上文中的骏马仅是一个连带的类比，故此处译为"他"。

524　梅萨普[斯]

69　Cic. *De or*. 3. 168

　　西塞罗：无疑，你了解这一整类[修辞方式]，通过改编和转换词汇，同样的事物被表述得更加华丽。与此类似……要么将单数理解为复数……要么将复数理解为单数整体：

525　我们是罗马人，从前曾是鲁迪亚人

*70　Paul. Fest.，p. 453. 10-11 L.

　　执事保罗：sibyna 是伊利里亚人的一种打猎用的长矛标枪。恩尼乌斯有：

526　伊利里亚人坚定地站着，用弯刀和猎枪突刺

*71　Paul. Fest.，p. 46. 16-17 L. ①

　　执事保罗：Cracentes 是"纤细"的意思。恩尼乌斯有：

527　被剑围绕，腰身细长

---

① 可能是某一特殊的士兵类型，或是执行某个特定任务的士兵，由于装备轻便而体格纤细。

* 72　Serv. Dan. ad Verg. *Aen.* 5. 37

达尼埃利斯的色尔维乌斯：in iaculis 的意思是"带着长枪"。恩尼乌斯有：

528　轻装兵带着长枪跟随①

* 73　Non. , p. 223. 32 M. = 331 L.

诺尼乌斯：Sagum［斗篷］通常是中性，恩尼乌斯用作阳性：

529　因此，一件厚斗篷盖住了背

* 74　Charis. , *GL* I, p. 105. 17-18 = p. 134 B.

卡瑞西乌斯：sagum 被认为是中性，但是阿非利加努斯在《投降者》(*Deditione*) 中使用阳性形式构成短句 quia quadrati sunt sagi［斗篷是方形的］，恩尼乌斯也有：

530　一件蓝色斗篷

* 75　Fest. , p. 444. 23-29 L. .

斐斯图斯：Spira 指有一条至两条嵌线的柱基，也指一

---

① 据 S 本注，只有骑兵会在轻装步兵之前行进。因此，此句中的 in hastis 应该理解为地点状语。

种磨石，或绕成一圈的船缆，所有这些都有类似之处……实际上，恩尼乌斯用它指一大群人，他说：

531　他将军队环绕成圈①

* 76　Serv. Dan. ad Verg. *Aen.* 9. 163

达尼埃利斯的色尔维乌斯：他们沉醉于美酒，

532　歪了铜碗

他们边喝边洒；这里也用了恩尼乌斯的半句话。

* 77　Serv. Dan. ad Verg. *Aen.* 1. 69②

色尔维乌斯：incute vim ventis［向你的风中投掷愤怒］：……恩尼乌斯说：

533　他用言辞向罗马人投掷愤怒

* 78　Serv. ad Verg. *Aen.* 12. 499

色尔维乌斯：irarum habenas［愤怒的缰绳］；此处他的

---

①　spira［环绕成圈］：据 S 本注，此处描写的是罗马的敌军，spira 在此处有喧闹的含义，表现出靠近罗马军队的敌军之混乱。

②　［S 本注］可能是一个罗马将领在煽动士兵的战斗热情，或是敌军将领在用嘲弄激怒罗马人。

表达很节制,而恩尼乌斯曾说:

534　松开这愤怒的战车吧

* 79　Macrob,*Sat.* 6. 3. 7-8①

玛克若比乌斯:荷马曾用这些话描述一匹战马[Il., 6. 506-11 = 15. 263-68];恩尼乌斯仿写:

535　当这匹骏马饱腹于马厩,
　　　它精神饱满,② 在此③挣脱缰绳,
　　　行走在平原中那灰蓝的肥沃草场,
　　　昂首挺胸;常常高甩鬃毛;
　　　从火热的脾性④中呼出打着白沫的气。

* 80　Fest., p. 362. 26-28 L.

斐斯图斯:类似地,[恩尼乌斯有]:

---

①　这一片段描写一位杰出的战士前往战场的场景;在荷马的文段中,这位勇士是赫克托耳,在维吉尔处则是图努斯;关于恩尼乌斯文段中勇士的身份,有许多猜测,但都不十分契合。

②　suis magnis animis[它精神饱满]:形容这匹马能量充足,具有旺盛的生命力;据 S 本注,magnis animi 通常用来形容人。在《编年纪》中,常见马与人的类比。

③　inde[在此]:关于 inde 的语法性质,有两种可能:(1) 与 tum 呼应,作时间状语;(2) 作地点状语,指前文中的马厩。此处译文取第二种观点。

④　anima calida[火热的脾性]:据 S 本注,在古代哲学的推断中,性情与体温有所关联。

540　一个叙利亚人带着棍子，① 仍能够防御

suri 指木棍，它的小词是 surculi。

Cf. Test., 424, 7, Paul., ex F., 425, 1.

* 81　Cic. *Div*. 2. 82②

西塞罗：这与我们的鸟占体系有关，恩尼乌斯曾说：

541　接着，在左边，他轰隆着给出吉兆，③ 在明朗的天气中
Cf. Varro, *Men*. 103 B..

* 82　Varro, *Ling*. 7. 32

瓦罗：值得怀疑……最初，"母狗"的单数是 canis 还是 canes，因为，在古代作者那里，单数都是 canes。恩尼乌斯写道：

542　就像一个怀孕的，没有牙齿的母狗一样吠叫

---

① surum［叙利亚人］：据 S 本注，"surum"有"叙利亚人"的意思，也有"大象""象牙"等含义。

② ［S 本注］这一片段可能属于第一卷中决定罗马名称的鸟占场景，尤其可能与十二只飞鸟有关。

③ bene［吉兆］：此处 bene 也可能修饰后文"天气"；但从全句的语境看，此处宙斯给出的理应是好的预兆。

* 83　Varro, *Ling.* 7. 46

瓦罗：在恩尼乌斯的作品中有"尖锐的号声环绕着他们……"［INC. 8］，其中，cata 是"尖锐"的意思，萨宾人使用这个词。这也是 catus Aelius Sextus ［精明的阿埃里乌斯·塞克斯图斯］意味着 acutus ［精明］而不是 sapiens ［智慧］的原因：

543　同时，他开始回忆起那些 cata dicta ［精明的话语］

［这］应该理解为"精明的话"。

* 84　Paul. Fest., p. 103. 26-28 L.

执事保罗：litnus 指的是一场 lis ［冲突］的见证。它本意是一种弯曲的号角，吹奏这种号角的人被称为 liticen。恩尼乌斯有：

544　此刻，① 战斗的号角倾倒出尖锐的声音

* 85　Varro, *Ling.* 7. 103-104②

瓦罗：有许多形容动物的拟声词曾被转用于人……恩尼

---

① inde loci ［此刻］：S 本认为这个状语完全是时间性的。
② 关于这一战役的具体情况，参 Livy. 41. 11. 5。

乌斯……从山羊身上化用：

545 喧嚣声在空中嚎叫①着，直冲向天宇。②

* 86　Fest., p. 462. 5–10 L.

斐斯图斯：Sultis 即 si vultis［如果你乐意］……恩尼乌斯有：

546 你得睁开眼皮，如果你想，就要让心离开睡眠。
Cf. Paul. Fest., pp. 463. 1–2；83. 15–16 L..

87　Fest., p. 426. 5–14 L.

斐斯图斯：非常狡黠的人被称为 sagaces……［恩尼乌斯这样称呼一只敏捷的猎］犬：

547 一只不可战胜的猎犬，嗅觉灵敏而有力

* 88　Paul. Fest., p. 504. 14–16 L. ③

执事保罗：Trifax 是一种三厄尔长的长矛，从一种发射

---

① vagit［嚎叫］：根据 FRL 本，这个词实际上通常被用于形容婴儿。
② ad caelum volvendus［直冲向天宇］：据 S 本注，战场上的喧闹声"冲向天宇"是古希腊罗马的惯用表达，由此可以看出，这句残篇描写的是战争的场面。
③ 对这个残篇的内容，学界有所争议。有人认为，此处描写的是战争中攻城的场景，另一些人则认为，此处是用墙壁来暗指卡普阿战役中汉尼拔军队士兵心气的溃散。译者认为，后一种观点更合理，理由参下注。

器中射出。恩尼乌斯有：

548　受长矛击打的墙壁①将要崩溃②

**89　Gell. *NA* 3. 14. 5

格里乌斯：瓦罗……最为精确地讨论并区分了 dimidium 与 dimidiato；他说，昆图斯·恩尼乌斯在《编年纪》中十分机敏地说：

549　就像一个人拿着半杯酒

缺失了部分的杯子应该被称为 dimidia，而非 dimidiata。

**90　Gell. *NA* 10. 29. 2–3

格里乌斯：小品词 atque……如果这个词连用两次，就能增强它所对应的事物，正如我们在昆图斯·恩尼乌斯《编年纪》中看到的，除非我的记忆出错：

550　紧接着，罗马的年轻士兵们到达城墙
　　Cf. Non. , p. 530. 2 M. = 850 L. .

---

① paries［墙壁］：S 本认为，此处如果描述战争场面，这里的墙壁应是城墙，使用 murus；因此，他认为，这里的"墙壁"应当是住宅的墙壁。
② permarceret［崩溃］：permarco 一般用来形容人，这里形容墙壁，是一种暗喻的手法。

* 91　Non. , pp. 134. 29-34 M. = 195-196 L.

诺尼乌斯：Latrocinari 指士兵的酬劳……恩尼乌斯有：

551　雇佣兵们之间开始
讨论他们的命运

* 92　Serv. ad Verg. *G.* 2. 424①

色尔维乌斯：cum［当……时］是多余的……恩尼乌斯有：

553　他从神圣的内心中倾倒出声音

93　Varro, *Ling.* 7. 7

瓦罗：最初，眼睛注视到的任何东西都被称为 templum［区域］，这源 tueri［注视］；因此，当我们注视天空时，它也被称为 templum，由此：

554　高贵的雷鸣者朱庇特的神域颤抖着

* 94

a. Serv. Dan. ad Verg. *Aen.* 1. 31

色尔维乌斯：Arcebat 是"避开"的意思。然而，它也

---

①　W 本将此句归类于政治事务中，S 本则认为这是某个神明独白的开场。

有"包含"的意思。恩尼乌斯：

555 伴着一道明亮的闪电，
　　他用轰鸣声包围了一切。

b. [Probus] ad Verg. *Eel.* 6. 3

普若布斯：在另一处，"他用轰鸣声包围了一切"，

大地，海洋，天空

* 95　Non., p. 555. 14 M. = 891 L.

诺尼乌斯：Falarica 是一种大型长矛……恩尼乌斯有：

557 ［他们］猛烈来袭，长矛①被投掷

* 96　Isid. *Nat. rer.* 12. 3②

伊西多卢斯：天空由这些部分组成：天洞、枢纽、拱顶、极点与两个半球。所谓的"天洞"支撑着天空。正如恩尼乌斯所说：

558　炙热的太阳难以填满空中的天洞

---

① falarica［长矛］：这种长矛从词源上看，来自名词 fala［塔楼］；这是一种从高处往下射的重矛。
② 此句损毁严重，争议较多，译者仅取其中一种相对合理的解释；其余观点可参 S 本的相关注释。

* 97　Non., p. 197. 2-8 M. = 289 L. ①

诺尼乌斯：Caelum［天空］是阳性……恩尼乌斯有：

559　罗马人的勇气像深邃的天空
Cf. Charis., GL I, p. 72. 12-14 = p. 91 B..

98　Cic. *De or.* 3. 168

西塞罗：或是使用复数称呼一个整体：

560　尽管事情正在变好，这些罗马人
　　　内心颤抖

* 99　Non., p. 214. 7-10 M. = 315 L.

诺尼乌斯：Metus［恐惧］是阳性。奈维乌斯将其用作阴性［BP, F. 53 Strzelecki］……恩尼乌斯有：

562　没有被任何恐惧抓住；信赖［自己］德能的他们休息了

* **100　Donat. ad Ter. *Phorm.* 465**

多纳图斯："伴着如此微弱的精神"；恩尼乌斯说：

---

① S本认为，这句话可能属于第一卷开头的序言，诗人解释写作《编年纪》的理由：歌颂罗马人的战争德能，赞美罗马人的勇气。

563 最优秀的罗马青年有最美的精神

*101　Serv. Dan. ad. Verg. *Aen.* 1. 81①

达尼埃利斯的色尔维乌斯：一部分人认为 in latus［在这侧］即 latus［这侧］。恩尼乌斯说：

564　死神的重击
　　　落向我方

*102　Non. , p. 211. 10–13 M. = 311 L.

诺尼乌斯：Lapides［石头］甚至可以被用作阴性，例如，恩尼乌斯有：

566　如此大的［圆柱］,②
　　　接着，石头被举起

这继承了荷马的写法，后者曾将这个词用作阴性［Il. 12. 287；Od. 19. 494］。

*103　Serv. Dan. ad Verg. *Aen.* 9. 327

达尼埃利斯的色尔维乌斯：Temere［轻率地］有"容

---

①　［S本注］此处的"死神的重击"并不指战争中的负伤，而是指疾病之类的天灾。

②　agmine［圆柱］：此处原文损毁，有所争议，一说为 augmine。

易地"的意思……它也有"突然地"的意思。恩尼乌斯曾说：

568　你仓促前往哪里？

* **104**　Serv. ad Verg. *Aen.* 12. 709

色尔维乌斯："用剑来决定"；这种用法古老且正当。他跟随恩尼乌斯，后者说：

569　忙于最大的事务，他们作出决定

* **105**　Serv. ad Verg. *G.* 3. 76①

色尔维乌斯："一匹良种马在田野上高步前进，迈着柔韧的腿"；恩尼乌斯曾这样描写鹤：

570　它们缓步②穿过豆田，柔软的腿一抬一落③

---

①　此句是一个明喻，但我们很难从喻体回推出本体。斯库奇认为，此句可能是在描写士兵伏击敌军的场景。
②　repunt［缓步］：鹤类不可能爬行，只能直立行走，因此，此处 repunt 指的并不是走路的姿势，W 本采 repunt 的本意，翻译为"爬行"，译者不采。S 本认为，诗人用 repunt 描写鹤行的场景，是为了强调鹤行走速度缓慢，故此处译为"缓步"。
③　reponunt［抬落］：前缀"re-"强调鹤在放腿之前有一个抬腿的动作，故此处译为"抬落"。

**106　Prisc., *GL* II, p. 170. 6-9

普瑞斯奇阿努斯：他们将 iubar［晨星］用作阳性和中性变格。恩尼乌斯在《编年纪》中说：

571　此刻，暗淡的晨星沿许珀利翁的轨道飞走

*107　Isid. *Orig.* 18. 36. 3

伊西多卢斯：他们说，这些驷马队用"轮子"去"跑动"，因为我们的宇宙凭其轨道的快速在它的路线上跑动，或因为太阳，它的"轮子"处于一个圆形的轮转之中；例如，恩尼乌斯曾说：

572　此刻，闪耀的白轮①用光线揭开天空

*108　Prisc., *GL* II, p. 470. 21-23

普瑞斯奇阿努斯：necatus 指一个被剑杀死的人，但 nectus 指经受其他暴力而死的人。恩尼乌斯有：

573　瘟疫杀死了这些人，另一些人在战争中坠落

---

①　rota candida［闪耀的白轮］：古罗马诗歌中常见的关于太阳的比喻。

*109　August. *Ep.* 231. 3①

奥古斯丁：另一方面，至于我，我想到恩尼乌斯曾说：

574　所有凡人皆渴望自己受赞美

这话需要被部分地采纳和否定。

Cf. August. *De Trin.* 13. 3. 6.

110　Sen. *Ep.* 102. 16

塞涅卡：他［奈维乌斯］认为自己值得赞美，当同时代诗人恩尼乌斯说：

575　赞美哺育文艺

他说的并非 laudationem ［颂词］，后者毁灭文艺。

*111　Serv. Dan. ad Verg. *Aen.* 8. 361

达尼埃利斯的色尔维乌斯：实际上，carinare 是辱骂的

---

① 奥古斯丁并没有阅读过恩尼乌斯的作品，他很可能是从西塞罗的作品中读到这句话（D. Ohlmann, *de S. Aug. dial.*, Diss. Argentor. 1897, 60）。关于这个残篇的背景，有以下两种猜测：（1）属于第十六卷的序言部分；（2）与第 393 行相关联。然而，这两个猜测都仅从诗句内容出发，没有较为充分的依据。

意思。恩尼乌斯有：

576 对那些说脏话的人说出不雅之词

*112 Cassiod., *GL* VII, p. 207.1-3

卡西多里乌斯：作为介词的 cum 在书写时必须有字母 c；作时间副词时，quum 与 quando 同义，加字母 q 以作区分。恩尼乌斯曾说：

577 这时，将领与军队一同行进

*113 Schol. Bemb. ad Ter. *Haut.* 257①

贝姆比内注疏：interea loci 中，loci 是多余的……恩尼乌斯有：

578 那里的火焰②被暴烈的飓风吹打后

*114 Consent., *GL* V, p. 400.2-11③

康塞提乌斯：当诗人们刻意不修改一个错误的拼写时，

―――――――――

① 贝姆比内铜板（Bembine table）于公元 16 世纪出土于罗马，上刻有众多古代作家的注疏。

② Flamma loci ［那里的火焰］：S 本认为，此处的 loci 并非多余，而是作地点状语。句子中的火焰并不是随处的火焰，而是某个特定的、永不熄灭的火焰，类似于维斯塔之火。

③ 康塞提乌斯（Consentius）是公元 5 世纪前后元老阶级的语法学权威。

他们制造了词的异态……恩尼乌斯曾说：

579　　［悲痛中］，① 我在雅典立下先辈的雕像

他拿走了字母 r 以变异词形。

* 115　　Ps. -Acro ad Hor. *Epist.* 1. 13. 10

［伪］阿克罗：lamae［池沼］是一种装雨水的大池子。恩尼乌斯说：

580　　林间空地，偏远的地方和泥泞的池沼

* 116　　Schol. Veron. ad Verg. *Aen.* 5. 241②

维罗纳注疏："父亲波图努斯用有力的双手引领他的道路"；恩尼乌斯有：

581　　而河流用巨手托起罗马人

* 117　　Comm. Bern. in *Lucan.* 1. 6

伯尔尼注疏："以何水平对抗敌人的水平，老鹰如何匹

---

① obatus［悲痛中］：原文残缺严重，此处根据 W 本提供的拉丁原文，译为"在悲痛中"，但这一补词无法与前后文中所提的词形变异现象相符合，并不十分恰当。

② ［S 本注］有学者认为这个残篇记述的是罗慕路斯与瑞姆斯被台伯河冲上岸一事，amnis［河流］指台伯河。

敌,长矛如何威胁长矛":恩尼乌斯有:

582 发钝的长矛击退来袭的长矛①

* 118 Varro, *Ling.* 100②

瓦罗:恩尼乌斯有:

583 决定站立,并用矛穿刺躯体

在恩尼乌斯这里,fossari 由 fodio[挖]而来,后者衍生出 fossa[沟渠]一词。

* 119 *Bell. Hisp.* 31. 6-7

佚名:喊声与呻吟声混在一起,武器在耳边击打,恐惧困扰了受伤的军队。正如恩尼乌斯所说:

584 随即,脚步相接,兵器相撞

* 120 Auson. *Technop.* 13. 3③

阿乌索尼乌斯:正如恩尼乌斯所说,让

---

① pilis[长矛]:这句话中两处"长矛"的原文相同,是同一种武器;这可能意味着,这场战斗是罗马与一个较为相近的民族,甚至罗马人之间的战斗。

② 据 S 本注,这句诗描写了在极端的劣势中依然坚持战斗的场景,例如,希腊人阿涅斯达摩斯在阿格斯的战斗(参 Livy. 32. 25. 9-10)。

③ 阿乌索尼乌斯(Ausonius)是公元 4 世纪的语法和修辞学教师,曾为罗马宫廷服务。

585　玩笑的欢乐

充满你。让男人充满偏见的大脑混制脓液……那位鲁迪亚人是这样说的：

586　众神的住所，奢夸的天空

这句话极具他的风格：

587　在他的住所中

当谈起一片叶子时，他为何说：

588　杨树叶

因为他曾赞许过"玩笑的欢乐"。

*121　Cic. *Att.* 6. 2. 8①

西塞罗：你当真是这个意思吗，阿提卡人啊，你赞美了我行为的高尚：

589　你冒险从你口中

正如恩尼乌斯所说……

---

① ［S本注］由于西塞罗从未引用过《编年纪》第十二卷之后的内容，这一残篇应该属于前十二卷。

* 122　Cic. *Rep.* 1. 3

西塞罗：由于同样的原因：

590　伟大且强盛的那些城市

* 123　Varro, *Ling.* 5. 65

瓦罗：恩尼乌斯……称呼这位神为：

591　众神与众人的父亲与君王

* 124　Cic. *Nat. D.* 2. 4

西塞罗：诚然，人们不仅称呼他为朱庇特，而且称他为宇宙之王，万物之主，以及正如恩尼乌斯所说：

592　众神与众人之父

* 125　Varro, *Ling.* 7. 41

瓦罗：orator［使节，演说家］源自 oratione［演说］，因为，一个常常在他被派遣的对象前作公共演说的人由于其演说而被称为"演说者"。当某个严肃的事务需要一场演说时，这些人尤其会被挑选出来，他们能够最有力地为事件辩护。恩尼乌斯也说：

593 使节们精于演说

*126　Varro, *Ling.* 7. 103–104

瓦罗：恩尼乌斯取用牛犊的叫声……这位诗人也借用了母牛的声音：

594 吵闹地哞哞叫

他还使用狮子的声音：

595 使怒吼停顿

*127　Paul. Fest., p. 6. 4–6 L.

执事保罗：adgretus：恩尼乌斯曾说：

596 走上前说话

*128　Paul. Fest., p. 317. 11–12 L.

执事保罗：Runa 是一种长矛。恩尼乌斯曾说：

597 已加入战斗的人撤退

这里的 runata 是"已被投入战斗"的意思。

﹡﹡129　Paul. Fest.，p. 388. 25-36 L.

执事保罗：恩尼乌斯［似乎指一位救助者］，当他说到，朱庇特：

598　［救助者］　自由
Cf. Paul. Fest.，p. 389. 6-7 L..

﹡130　Charis.，*GL* I，p. 83. 21-25 = p. 105 B.

卡利西乌斯：恩尼乌斯使用 celerissimus：

599　就像最快的骑兵

这是一种不规范的表达。

﹡131　Charis.，*GL* I，p. 141. 24-27 = p. 179 B[①]

卡利西乌斯：Partum……恩尼乌斯曾说：

600　就在此刻，[②] 这四部分的

---

① V 本猜测，此句描述的是夜间值守被分为四个部分的情况。
② iamque fere［就在此刻］：据 S 本注，这一时间状语表示一个动作将要发生的时刻。

* **132　Serv. ad Verg. *Aen.* 1. 51**

色尔维乌斯："一个充满了暴怒南风的地方"；Austris 是维吉尔常用的诗歌意象，特用于将领。他曾在恩尼乌斯那里读到：

601　狂暴的风

但他［维吉尔］刻意避免了这一表达的粗糙，用 austris 表示"风"。

* **133　Serv. ad Verg. *Aen.* 6. 705**

色尔维乌斯："遗忘河在安静的住宅前流泳"；Praenatat 是沿着某物流泳的意思，这也是一种反写，因为水本身并不会游泳，是我们在水中游泳。这是模仿恩尼乌斯的写法，他曾说：

602　水流涌动

* **134　Serv. ad Verg. *Aen.* 9. 37**

色尔维乌斯："敌人正在此处，喊着'嘿呀'"；我们不得不在 Hostis adest 后加上句号，因为 heia 指的是枪兵的喊声。这是恩尼乌斯的创意，他曾说：

603　嘿呀！单刃剑

因此，在喊出"嘿呀"的同时，他们喧闹着冲出大门。也有一些人［把这句话］读作 hostis adest，heia［敌人在这儿，嘿！］。

* 135　Non. , p. 190. 20−21 M. = 280 L.

诺尼乌斯：armenta 大多是中性，恩尼乌斯使用阴性：

604　他自己朝着牛，同一个人

* 136　Serv. ad Verg. *Aen.* 11. 27−28

色尔维乌斯：

605　这人并不缺少德能，

这个句子取自恩尼乌斯。

* 137　Serv. ad Verg. *Aen.* 12. 115

色尔维乌斯："他们从鼓起的鼻翼中射出光线"；这是恩尼乌斯的句子，仅仅在词序上有调整。恩尼乌斯曾说：

606　［太阳之马］① 从鼓起的鼻翼中倾泻出光线

Cf. Mar. Victorin.，GL VI, p. 28. 3-7.

* 138　Serv. ad Verg. *Aen.* 12. 294

色尔维乌斯："他用粗壮如柱的长矛击打，一次次祈祷"；恩尼乌斯曾说：

607　拿着粗柱子似的长矛

* 139　Gloss. Philox. *AP* 7

一个词汇表：aplustra 指船翼，正如恩尼乌斯所说：

608　船艄柱

* 140　Serv. ad Verg. *Aen.* 7. 683

色尔维乌斯：阿尼奥（Anio）是一条离城市不远的河，他在此处玩乐，正如恩尼乌斯所说：

609　阿尼奥

遵守着这一规则。

---

① "太阳之马"这一古老的印欧形象在古希腊诗歌中曾多次出现，参 Herm. 69；Dem. 63；Hel. 9；15；Apoll. Rhod. 3. 233；Eur. lph. Aul. 159；Ol. 7. 71。

* 141　Fest., p. 4. 20−23 L.

执事保罗：在恩尼乌斯的作品中，ambactus 是高卢语中的奴隶……例如，一个人驾车围绕着：

610　一位阿姆巴克图斯

* 142　Isid. *Orig*. 10. 270

伊西多卢斯：Taeterrimus 的意思是极其残暴……恩尼乌斯曾说：

611　那些可憎的①大象

* 143　Porph. ad Hor. *Carm*. 1. 9. 1

珀尔菲瑞欧："你可曾见［他］如何积满厚雪……" Stet［站立］是"装满"的意思，例如，恩尼乌斯：

612　平原积满②灰尘

维吉尔有："如今你看到天空蒙着厚厚的灰尘。"（Aen. 12. 407-408）

---

① "可憎的"（taetros）：这个词在恩尼乌斯处的用法，参第 258 行残篇。
② "积满"（stant）：这里的"sto"有"静止不动"与"布满"两层含义。

* 144　Diom., *GL* I, p. 385. 15–30

迪欧梅得斯：类似的，我们在恩尼乌斯的作品中看见 potestur：

613　他不能……通过命令被带回

* 145　Schol. Bern. ad Verg. *G.* 4. 7①

伯尔尼注释：Laeva［在左侧］意味着繁荣有益……正如恩尼乌斯所说：

615　在左侧［意味着］神意的支持。

** 146　Schol. Veron. ad Verg. *Aen.* 10. 8

维罗纳注释：恩尼乌斯在《编年纪》中说：

616　［我已经］拒绝了这些事

147　Sacerd. *GL* VI, p. 468. 1–6

一位修士：如此，下面的事可以被理解：

---

① W 本认为这个句子说的是塔纳奎尔的故事。塔纳奎尔是国王塔克文尼乌斯·普利斯库斯的妻子，她在老塔克文尼乌斯被杀的事件中起到了关键作用，确保了色尔维乌斯·图里乌斯顺利即位。她的故事在李维、狄奥尼索斯等人的作品中都有记载。

617　这位国王开始通过战壕延展

148　Pomp.，*GL* V，p. 291. 3-5①

珀姆培伊乌斯：如果你在本该用主动态的地方使用被动态，就像：

618　他们掠夺这些人，将他们赤身裸体留在那儿

149　Chans.，*GL* I，p. 267. 9-10＝p. 352 B.

卡瑞西乌斯：

619　而你们，家庭的众神——他们关心着我们，从地基直至房顶

150　Diom.，*GL* I p. 447. 3-4

迪欧梅得斯：开头相似的词汇，例如：

620　许多来势汹汹的机器威胁着很多城市

151　Fragm. de metr.，*GL* Ⅵ，P. 615. 17-18

佚名：

---

①　珀姆培伊乌斯（Pompeius）是活跃于罗马共和国晚期的文法学家。

621　他们离了金碗

* 152　Serv. ad Verg. *Aen.* 6. 779

色尔维乌斯：它自然而然改变了，现在，短音随处可见：

622　你是否看见

* 153　Paul. Fest.，p. 51. 21-22 L.

执事保罗：在恩尼乌斯的作品中，crebrisuro 指带桩的厚城墙，例如，由杆子加固：

623　有桩的厚［残缺］

文本、翻译与评注参考文献

Fragmentary Republican Latin, *Volume I*: *Ennius*, *Testimonia. Epic Fragments*. Harvard Harvard University Press, 2017.

E. H. Warmington, M. A., *Remains of Old Latin*, Vol. I, Harvard University Press, 1935.

Otto Skutsch, *The Annals of Q. Ennius*, Oxford University Press, 2003.

The Annals of Q. Ennius, edited by E. M. Steuart, Cambridge, 1925.

Joseph Farrell, "The Gods in Ennius", in *Ennius' Annals*: *Poetry and History*, ed, Cynthia Damon, Joseph Farrell, Cambridge University Press, 2020.

Jackie Elliott, *Ennius and the architecture of the Annale*, Cambridge University Press, 2013.

Nita Krevans, "Ilia's Dream: Ennius, Virgil, and the Mythology of Seduction", *Harvard Studies in Classical Philology*, 1993, Vol. 95, 1993.

C. O. Brink, "Ennius and the Hellenistic Worship of Homer", *The American Journal of Philology*, Oct. 1972, Vol. 93, No. 4.

Enrico Livrea, "A New Pythagorean Fragment and Homer's Tears in Ennius", *The Classical Quarterly*, 1998, Vol. 48, No. 2.

W. R. Hardie, "The Dream of Ennius", *The Classical Quarterly*, Jul. 1913, Vol. 7, No. 3.

Peter Aicher, "Ennius' Dream of Homer", *The American Journal of Philology*, Vol. 110, No. 2, 1989, pp. 227-232.

Cynthia Damon, "Looking for auctoritas in Ennius' Annals", in *Ennius'Annals: Poetry and History*, ed., Cynthia Damon, Joseph Farrell, Cambridge University Press, 2020.

John F. Miller, "Ennius and the Elegists", *Ilinois Classical Studies*, 1983, Vol. 8, No. 2.

Patrick Glauthier, *Hybrid Ennius: Cultural and Poetic Multiplicity in the Annals*.

Boyle, Anthony J., ed., *Roman Epic*, London/New York, 1993.

Dominik, William J., "From Greece to Rome: Ennius' Annales", In *"Boyle"*, 1993, pp. 37-58.

Sander M. Goldberg, "Poetry, Politics, and Ennius", *Tapha 119*, 1989, pp. 247-261.

Sander M. Goldberg, *Epic in Republican Rome*, New York, Oxford, 1995.

Sander M. Goldberg, "Constructing Literature in the Roman Republic", *Poetry and Its Reception*, Cambridge, 2005.

Sander M. Goldberg, "Early Republican Epic", In *A Companionto Ancient Epic*, edited by John Miles Foley, 429-439, Malden, MA/ Oxford, 2005b.

P. Wiseman, "Fauns, Prophets, and Ennius' Annales", In *Rossi and Breed*, 2006, pp. 513-529.

E. M. Steuart, "Ennivs and the Punic Wars [Ennius and the Punic Wars]", *The Classical Quarterly*, 1919, 13 (3/4), pp. 113-117.

P. Colaclides, "On the Verb Vero in Ennius", *Harvard Studies in Classical Philology*, 1967; 71: 121-123.

J. D. Mikalson, "Ennius' Usage of Is Ea Id", *Harvard Studies in Classical Philology*, 1976; 80: 171-177.

Richardson, L. J. D. (1942), "Direct Citation of Ennius in Virgil", *The Classical Quarterly*, 36 (1/2), 40-42.

N. Krevans, "Ilia's Dream: Ennius, Virgil, and the Mythology of Seduction", *Harvard Studies in Classical Philology*, 1993; 95: 257-271.

Jackie Elliott, *Imperium sine fine: the Annales and universal history*, 2013.

L. Spielberg, "Ennius' Annals as Source and Model for Historical Speech", In C. Damon & J. Farrell, *Ennius' Annals: Poetry and History*, Cambridge: Cambridge University Press, 2020, pp. 147-166.

A. T. Nice, "Ennius or Cicero? The Disreputable Diviners at Cic." "De Div." 1.132, *Acta Classica*, 44, 2001, pp. 153-166.

C. Damon, "Looking for auctoritas in Ennius' Annals", In C. Damon & J. Farrell, *Ennius' Annals: Poetry and History*, Cambridge: Cambridge University Press, 2020, pp. 125-146.

Virginia Fabrizi, "History, Philosophy, and the Annals", *Ennius' Annals: Poetry and History*, ed., Cynthia Damon, Joseph Farrell, Cambridge University Press, 2020.

Livrea, Enrico, "A New Pythagorean Fragment and Homer's Tears in Ennius", *The Classical Quarterly*, Vol. 48, No. 2, 1998, pp. 559-561.

N. Goldschmidt, *Shaggy crowns: Ennius' Annales and Virgil's Aeneid*, 2013.

埃里克·沃格林:《政治观念史稿》卷1,上海:华东师范大学出版社，2019。

娄林主编：《罗马的建国叙述》，北京：华夏出版社，2020。

王焕生：《古罗马文学史》，北京：中央编译出版社，2008。

刘小枫主编：《西方古代的天下观》，杨志诚等译，北京：华夏出版社，2018。

特奥多尔·蒙森：《罗马史》第1册，李稼年译，北京：商务印书馆，2017。

特奥多尔·蒙森：《罗马史》第2册，李稼年译，北京：商务印书馆，2017。

施特劳斯：《柏拉图〈法义〉的论辩与情节》，北京：华夏出版社，2011。

施米特：《陆地与海洋：古今之"法"变》，林国基、周敏译，上海：华东师范大学出版社，2006。

柏拉图：《法义》，林志猛译，北京：华夏出版社，2023。

娄林：《维吉尔的罗马重构》，《国际比较文学》，2020，第3卷。

普鲁塔克：《希腊罗马名人传》（上），黄宏煦主编，陆永庭、吴彭鹏等译，北京：商务印书馆，1990。

附 录

恩尼乌斯的梦

哈 代

在恩尼乌斯的《编年纪》第一卷中，梦境中荷马的鬼魂曾经显现，这一情节已成为许多讨论的焦点。关于这一梦境，现存许多证据，它们引发了多种推测；我认为这些推测有时太过繁杂，有时又显得不足。在这篇文章中，我的主要目标是探讨恩尼乌斯对灵魂本质及幽灵现身的看法。他对此持有什么样的观点？我计划首先审视这梦境的众多证据，并将这个梦境看作一篇在诗歌历史中有重要地位，并与其他作家的类似文段具有相似性的诗作。

诗歌序言中的梦境可以溯源至赫西俄德的《神谱》。不过，这一场景是否是梦境，这一点并不十分明确（除非我们考虑 1.10 中的"走在夜里"[ἐννύχιαι] 的暗示）。尽管如此，这一场景被自然地理解为梦境。梦境被视为神明或鬼魂显现的常见媒介（Pl. *Most.* 493，这实在令人惊讶，一个死去的人如何能够出现并说话，除非是在梦中？）赫西俄德的读者可以将缪斯的出现解读为梦境，这并不会损害其真实性。古人能够明确区分梦境与现实（例如"并非梦境，而是真实"[οὐκ ὄναρ, ἀλλ' ὕπαρ] 的说法），但诗学传统及普遍的观念认为，梦中的神明或鬼魂是真实存在的。

梦境并非完全是"虚构",也不仅仅是幻象或不安心灵的产物。①

几位被称为"亚历山大里亚学派"的诗人对赫西俄德表现出浓厚的兴趣,并特别在赫西俄德的缪斯场景方面进行了仿作。卡里马库斯(Callimachus)② 在他的《诸因》(Aitía) 开篇中就这样做了。关于他的梦境,我们在《诗集》(Anthology) 中找到了一首相关的讽刺诗作为证据(Anth. Pal. VII, 42):③

> 多么伟大啊,巴托斯智慧之子的著名梦境!
> 必然地,你装扮着兽角而非象牙;
> 向我们揭示这些我们凡人迄今不知之事,
> 既关于凡人,也关于半神之人,
> 何时你将他从利比亚带往赫利孔
> 将他安置于缪斯所在之地。
> 而她们回答他的疑问,告知他诸事之因,
> 关于最初那些英雄,也关于万福的诸神。

我们可以推测,卡里马库斯是在昔兰尼(Cyrene)做了这个

---

① 因此,我不认为这些理论能带来什么实际的成果或显著的区别,即便已故的维拉尔博士(Dr. Verrall)成功提出了他的精巧理论,认为在《赫拉克勒斯》(Heracles) 中,当伊莉丝(Iris)和丽萨(Lyssa)的鬼魂出现时,合唱团陷入了沉睡。指出合唱团陷入沉睡这一点并不具有决定性。即使忒拜的长老们在宫殿的台阶上沉睡,观众或其中最有见识的人会将伊莉丝和丽萨在神话中的现身,仅仅看作合唱团成员或领袖的一场梦吗?(Four Plays of Euripides, pp. 168-174)。

② [译按]此处应指西兰尼的卡里马库斯,古希腊诗人与学者,活跃于托勒密二世统治时期,与亚历山大王庭交往甚密。

③ [译按]本文引用的希腊罗马诗歌原文,若无注释给出译稿出处,即为译者自译。

梦。这个梦境将他"从利比亚"带到了赫利孔山——缪斯的传统居所,赫西俄德曾在此地见到过她们。欧福里翁(Euphorion)① 在一首诗中也曾引入过类似赫西俄德的梦境。对此我没有直接证据,只能通过他在罗马的追随者加鲁斯(Cornelius Gallus)的诗作进行推测。

从时间上看,恩尼乌斯紧随这些人之后。但让我们暂时撇开恩尼乌斯不谈,继续前进到维吉尔的第六首《牧歌》(*Eclogue*)。在这首诗中,以下几行诗句(64-73)属于西勒努斯之歌的一部分:②

> 他歌唱着,在珀麦苏斯河畔游荡,
> 一位神女带领他登上阿奥尼的圣山,
> 福玻斯的歌队全体起立向此人致敬;
> 还有牧人林努斯,那神圣的歌者,
> 鬓发上缀满鲜花和簇簇苦芹,也朗声
> 言道:"缪斯赐汝一管芦笛,速来领取。
> 她们曾以此馈赠年迈的阿斯科拉人,其后他便
> 高奏笛曲,屡屡将僵立的花楸引领至山下。
> 你可用此笛讲述格里尼森林的起源,
> 世间别无一片林地令阿波罗更感荣耀。"

斯库奇合理地提出,西勒努斯的整首诗歌很可能暗中模仿加鲁斯。就这些诗句而言,几乎不会有什么疑问。塞尔维鲁斯在对

---

① [译按]欧福里翁(Euphorion)是公元前3世纪的希腊诗人和文法学家,他的诗歌在古希腊文学圈和公元1世纪的罗马诗人中影响很大。

② [译按]维吉尔:《牧歌》,党晟译注,桂林:广西师范大学出版社,2017。

这段引文作注释时提到，欧福里翁曾歌颂格里尼安森林（Grynean grove）的起源，以及在此发生的两位旗鼓相当的先知——卡尔卡斯（Calchas）和墨普苏斯（Mopsus）——之间的竞赛，结果卡尔卡斯落败并去世。① 这个故事可能来自赫西俄德或受其教导的某位诗人，很可能出自《梅勒普迪亚》（Μελαμποδία，cf. Strabo XIV, p. 642）。欧福里翁很可能以梦境作为其诗歌的开篇，加鲁斯几乎肯定也采用了这一手法，这个场景应该是这样的："看起来，我正沿着帕麦苏斯河游荡"（大概位于赫利孔山的矮坡，或是帕麦苏斯河流向克帕伊克湖经过的平原）——"当缪斯中的一位"——加鲁斯无疑提到了她的名字：

引导我去更高处，前往河流的源头，阿伽尼佩（Aganippe）之泉；在此，我看见缪斯的歌队，里努斯（Linus）给我一支曾属赫西俄德的笛，让我为格里尼安森林奏乐。

加鲁斯不太可能描写所有缪斯起身与他相会的场景；我们有理由假设，这是维吉尔为了赞美他的友人而在这一场景中添加的点缀。

[附释] 通常认为，"在珀麦苏斯河畔游荡"象征着哀歌体诗歌，即情感化的"挽歌"（elegi）。这种类型的挽歌以其精致和严谨著称，但往往被视为较为低级的文体，与史诗相比处于较低的层次。普罗佩提乌斯在其作品中也有类似的表达（II，X，25，26）：

---

① [译按] 卡尔卡斯（Calchas）是《伊利亚特》中的重要角色，阿波罗祭司之子，也是特洛伊战争时期希腊最著名的占卜者，在阿基琉斯和阿伽门农的斗争中扮演重要角色。卡尔卡斯与墨普苏斯（Mopsus）——阿波罗与忒拜盲眼先知特蕾西亚之女曼托之子——在大战结束后会面，并比赛占卜，前者失败而死。

我的歌唱还未知晓阿斯卡拉的源泉，
爱仅仅将它们浸入珀麦苏斯的水流。

斯库奇在《始于维吉尔早期》（*Aus Vergils Frühzeit*）中将其视为明确的证据；然而，后来在《加鲁斯与维吉尔》（*Gallus und Vergil*）中，他开始对此产生怀疑，并在尼坎德（Nicander）的作品中找到了这些句子的出处（*Theriaca* 12）：

如果他所说为真，
阿斯克拉的赫西俄德在僻静的梅里瑟埃伊斯的斜坡上，
沿着帕麦苏斯的河水。

此处，赫西俄德所代表的史诗的更高脉络与珀麦苏斯河相关联。然而，这样的怀疑似乎有些过度了。我们必须承认，在尼坎德的时代，珀麦苏斯河并未被视为哀歌体诗歌的象征。加鲁斯在说"我在珀麦苏斯河畔游荡"时，可能并没有明确的概念。然而，普罗佩提乌斯很可能理解维吉尔"在珀麦苏斯河畔游荡"的含义。加鲁斯曾写作挽歌，而维吉尔（如果不是加鲁斯本人）使用"珀麦苏斯河畔"这一表达来表明这一点。

加鲁斯在说"我在珀麦苏斯河畔游荡"时，脑中可能并没有一个十分明确的概念。但是，普罗佩提乌斯很可能知晓维吉尔的"在珀麦苏斯河畔游荡"（errantem Permessi ad flumina）的意味。加鲁斯曾写作挽歌，而维吉尔（如果并非加鲁斯本人）采用"珀麦苏斯河畔"来表明这一点。

接下来，让我们来看普罗佩提乌斯，他在一首挽歌的开篇（III，3）中使用了一场梦作为引言：

> 我躺在赫利孔山柔和的阴影之中，
> 柏勒罗丰的战马的源泉在此流淌，
> 如果我能够以我这般的力量
> 歌唱国王们，阿尔巴啊，还有你们的
> 王者之行，这项重任！我已将我微小的唇
> 置于这些伟大的泉中，父亲恩尼乌斯
> 曾在此解渴，并歌唱①库里乌斯兄弟。

阿波罗严厉地批评了诗人的意图，并将他引导到赫利孔山的另一片地区，这里的环境更加适合一位抒情诗人，它是维纳斯女神的鸽鸟和淳朴的缪斯们的居所。

任何关于恩尼乌斯之梦的讨论都必须涉及卢克莱修提到它的段落。现在，我将全文引用这一段落（I，112-126）：

> 因为他们不知晓灵魂的本性，
> 它是被生的呢，还是相反，[人] 出生时它就进入？
> 当我们死去时它是和我们同死，
> 还是落入奥尔库斯的幽暗和那些空凉的洞穴，
> 抑或听从神而进入其他家畜中，
> 像我们的诗人恩尼乌斯所歌唱，他第一个
> 从可爱的赫利孔山上带来恒青的花冠，
> 在意大利各族中间注定享有盛名。
> 而甚至，冥河之所的存在，
> 恩尼乌斯也在他那不朽的诗篇中表明，他提出

---

① 布特勒（Butler）在他的评注中为用"cecinit"替代"cecini"提供了有力的理由，这一观点也得到了菲力默教授（Prof. Phillimore）的认可。

> 我们的灵魂和躯体都不能在那里持存,
> 而只有那些奇异的苍白的魂影;
> 他还说,伟大的荷马的形影曾从那里走来
> 流着咸咸的泪回忆,
> 并用言辞揭露事物的本性。

恩尼乌斯的梦境场景是怎样的?他在何处见到荷马?通常的回答是"在赫利孔山上"。但我们不妨从一个简单的问题开始:荷马在此处做什么?他与赫利孔山和珀麦苏斯河并没有直接的联系。荷马的出现甚至可以被视为一种外来插入;赫西俄德可能会说:"回到梅勒斯(Meles)河畔去吧。"虽然"卢克莱修和普罗佩提乌斯都证明了这一点,他们的证据的一致性是决定性的",但如果这两段证据单独不能证明什么,那么它们的一致性也不能证明更多。普罗佩提乌斯在梦中见到自己身处赫利孔山——这是他的前辈卡里马库斯曾经历过的。他提到恩尼乌斯饮用了更高处的泉水;但这只是一个比喻或寓言,是每位伟大的史诗诗人都会做的事情。卢克莱修的情况也是如此,他完全可以写出赞词"他第一个从可爱的赫利孔山带来……"即便他从未读过《编年纪》的第一卷。这一点在第七卷开篇的段落中已得到了印证(如果需要用恩尼乌斯的作品来加以证明的话):

> 还有人记述了这件事
> 在那类诗文中,那时,弗恩神和先知们曾歌唱
> 没有[人]在缪斯的坚固山岩

此处,"这件事"指的是第一次布匿战争,"还有人"指的是奈维乌斯。在这里,恩尼乌斯声称自己曾登上赫利孔山的高

处；但这只是一个比喻或寓言，与梦境毫无关系。此外，如果一位诗人想要拜见缪斯，他必然会前往她们的居所；女神们或许不会屈尊接见他，但一个鬼魂则可以轻易从"冥河之所"来到人间的任何地方。那么，恩尼乌斯见到荷马时身处何地？他可能在家中，也可能在阿文庭的住处，斯基皮奥·纳西卡曾发现他"并不在家"；这就如同卡里马库斯在昔兰尼时，梦境将他带到了赫利孔山一样。但我们还没有用完所有的证据。以下是佩尔西乌斯及其注释者的相关证言（*Prol.* 1-3）：

> 我从未将双唇浸入马儿的泉水；
> 我记得不曾梦见过双峰的帕纳苏斯山，
> 我就这样突然地像诗人一样出现。

注释者写道："关于恩尼乌斯，他说自己在梦中看见荷马在帕纳苏斯山上对他说话，并且荷马的灵魂进入了他的身体。"我认为"关于恩尼乌斯"是很有可能的，尽管这位注释者了解恩尼乌斯之梦的性质，但他只是简单地从佩尔西乌斯的文本中复述了"在帕纳苏斯山"。我认为，佩尔西乌斯的想法可能与此不同。卡里马库斯和普罗佩提乌斯都并非在赫利孔山上做梦；他们梦见自己在赫利孔山上（即梦见他们在赫利孔山上，而不是在那里入梦）。与此不同，佩尔西乌斯想到的可能是某种在神庙（如阿斯克勒庇俄斯神庙）中睡眠的行为，这种行为旨在获得该神庙所属神灵的启示与帮助。目前，瓦伦（Vahlen）也同意我的观点，他尝试通过佩尔西乌斯的另一个文段（*Satire* VI. 9-11）推断出恩尼乌斯梦境的具体地点：

> "这是值得的，公民们啊，去知晓月的港口"；

恩尼乌斯的内心说出这句话，在他不再做梦去做
马埃恩①之子，毕达哥拉斯的孔雀的第五代后裔之后。

　　瓦伦认为，"月的港口"紧接着《编年纪》第一卷中的梦境叙述出现，暗示恩尼乌斯是在月亮上。然而，穆勒（Lucian Müller）对此持怀疑态度，并提出了有力的理由，认为这仅仅是诗歌后文中出现的月亮颂词。关于此观点，可参见他所整理的恩尼乌斯版本，页139—140。更有可能的是，这段描述出现在另一首诗中，或许是一首讽刺诗，而佩尔西乌斯可能是受毕达哥拉斯之梦的影响而将其与《编年纪》联系在了一起。

　　我们剩下的部分由两个独立的事实组成：（1）恩尼乌斯描述了一个梦境，在梦中荷马向他现身；（2）与奈维乌斯不同的是，恩尼乌斯声称自己曾登上希腊的诗歌之山。那么，《编年纪》的第一卷究竟是如何开篇的呢？我们知道，恩尼乌斯在其中提到了众缪斯：

　　缪斯们用脚沉沉拍打着奥林匹斯

　　"启发我吧，"他会接着说道："让我在史诗中歌颂罗马及其子民的伟大事迹；让我接近并饮用你们圣泉的水。"（据说，"水流自卡斯塔利亚的泉中涌出"）。"我并非毫无价值的恳求者。因为，最近荷马的影子在我的梦中现身。"在此，瓦伦会补充说，"显得极为悲伤和绝望"，这是他从《埃涅阿斯纪》第二卷中赫克托耳的幽灵形象推断出来的（*Aen.* II, 274）：

---

　　① ［译按］马埃恩（Maeon）是忒拜的阿波罗祭司。

> 这于我是怎样一幅景象，他相比从前那人，变化是多么的大！

色尔维乌斯在这里提到，"这是恩尼乌斯的诗句"。但这并不意味着恩尼乌斯在描述他的梦境时写下了这个句子、其中的一部分，或类似的话语。这个句子可能出现在《编年纪》的其他部分，甚至很可能与梦境无关。"他流下咸的泪水"（Lucr. I, 125），"他向我现身，不尽流泪"（Aen. II, 271），这些句子可能都是对恩尼乌斯的某种追忆和致敬。"现在已经去除了愚昧的，没有了身体的他，同情人类的无知和诸多麻烦"，这个句子与恩培多克勒的这些话在字面上相似（Καθαρμοί, 1. 400）：

> 可怜不幸的凡俗的物种啊，
> 你们是在怎样的斗争和哀哭中诞生。

恩尼乌斯可能非常熟悉恩培多克勒的这些诗句，并将其作为灵魂转移理论的诗歌来源之一。"接着，他向我揭示了宇宙的整个系统。"他解释了灵魂如何在不同的身体之间移动。母鸡下了一个蛋，但它并没有诞生出一个灵魂；灵魂是由诸神送来的，并进入鸡的体内：

> 有羽的种族习惯于从卵中，而不是从灵魂中诞生，
> 这之后，自天上降临到幼崽身上的，
> 是灵魂自身。

他说，他自己的灵魂曾居住在一只孔雀的身体中：

我记得我曾成为一只孔雀。

而现在它进入了我，恩尼乌斯，我注定要成为罗马的荷马。[①]恩培多克勒也曾在他的诗中描述自己化作一只鸟（Καθαρμοί，380-381）：

从前，我有时曾是男孩和女孩，
灌木，飞鸟和一条不能言的海中之鱼

现在，我面临这样一个问题，其所有背景在讨论中已被阐明：恩尼乌斯对灵魂和鬼魂本质的理解是什么？问题的关键在于，如果荷马的灵魂已经进入了恩尼乌斯，他又是如何能够作为一个独立的荷马形象出现在恩尼乌斯的视野中？

答案隐藏在卢克莱修的文段中；我们需要做的是认真对待并仔细阅读它。出现在恩尼乌斯面前的并不是荷马的灵魂，而是他的一个魂影、一个幽灵或幻影，来自冥河之地。关于冥河之地，它被明确描述为我们的灵魂和身体都无法抵达的地方。在死亡之后，世俗的身体元素仍留在大地之上：

那以她自己给予身体的大地
又将所给收回，一点儿也不浪费

有两个事物留存：灵魂会进入另一个活物中，而魂影则前往

[①] 穆勒认为，这里的孔雀是在6世纪从东方引入萨默斯，即毕达哥拉斯的出生地，同时也被一些人认为是荷马的出生地。孔雀被视为最美丽的鸟类，并象征着星空。因此，将其作为一位诗人灵魂的化身，是贴切的选择。

哈德斯或奥尔库斯。这是一个奇特的教义,但其来源和演变是可以理解的。荷马的哈德斯为这种单薄无形的幽灵提供了概念,这些幽灵没有真正的生命或思想(*Il.* xxiii, 103-104):①

> 啊,这是说在哈德斯的宫殿里还存在
> 某种魂灵和幽影,只是没有生命。

只有提瑞希阿斯被允许拥有理智或智慧(*Od.* x, 495),②

> 其他人则成为飘忽的魂影。

一些类似的信念被保留下来,以解释死者在梦中的再次现身。另一种选择是接受原子论者和伊壁鸠鲁学派的怀疑论与唯物论的解释,这种解释是他们关于视觉的唯物主义理论的一部分。该理论认为,这些人物和事物的单薄"影像"会从它们自身投射出来,这些"影像"是由极其细微的、无法想象的小原子组成的。它们可能会飘荡很长时间,最终撞击到存活者的感官或思想(Lucretius, Book IV)。这种观点的问题在于,如何解释这些"影像"机械的飘荡,以及它们如何能够选择性地找到死者的亲人或朋友。我未能找到伊壁鸠鲁对此问题的解释。③

有什么证据可以证明幽灵或魂影能从真正的自我或灵魂中分

---

① 荷马:《伊利亚特》,罗念生、王焕生译,北京:人民文学出版社,2003。

② 荷马:《奥德赛》,王焕生译,上海:上海人民出版社,2014。

③ 如果他了解无线电视的原理,他或许会说,这种选择是由接收者完成的。无数的"影像"在空中不断飘荡,而拥有相同或相似原子排列的思想会捕捉到与自己相关或相近的"影像"。

离？在荷马的作品中有一个明确的例子。在《奥德赛》第 11 卷第 601 行及以下部分，奥德修斯看见了死者中的赫拉克勒斯，但那仅仅是他的魂影：①

> 我又认出力大无穷的赫拉克勒斯，
> 一团魂影，他正在不死的神明们中间
> 尽情饮宴，身边有美足的赫柏陪伴，
> 伟大的宙斯和脚蹬金鞋的赫拉的爱女。

古代评注者将最后一行或后三行归于奥诺马克里托斯②（Onomacritus）。虽然很难相信这三行属于这首诗的原始文本，但无论它们是否原属于其中，这显然与赫拉克勒斯故事的多样性有关。在某些地方和传说中，他被送往奥林匹斯，成为神明。这些句子的作者试图解释这位英雄之神（ἥρως θεός）如何既是半神（ἥρως）又是神明（θεός）。

另一个著名的魂影早在奥诺马克里托斯的时代之前就被写作出来，那就是海伦的幻影。赫拉将这个幻影送往特洛伊。这几乎可以肯定是斯特西克鲁斯（Stesichorus）③的写作。他收回了早先的说法，转而宣称"她不在大地上，而是在精良的船只中"，这不仅仅是简单的否认，还需要解释希腊人和特洛伊人为何会持续战争。阿提卡戏剧中的许多情节都可以追溯到斯特西克鲁斯的

---

① ［译按］此处所采译文出处与前引文相同。
② ［译按］奥诺马克里托斯（Onomacritus）是公元前 5 世纪前后的希腊编纂者和预言家。
③ ［译按］斯特西克鲁斯（Stesichorus）是公元前 6 世纪的古希腊抒情诗人，他最著名的诗是《颂歌》，在该作中他将海伦由特洛伊改编至埃及。

写作，其中可能包括《海伦》(*Helena*) 中赫拉的神圣魂影（第 1136 行）。它还在这部戏剧的另外两个段落中被提及，分别是第 683 行和更明确的第 33—34 行：

> 这不会束缚我，反而会与我相合
> 活的魂影自天上聚集

后一个文段直接引向了我的下一个例句，即《埃涅阿斯纪》第 5 卷第 722 行及以下部分，安喀塞斯的幽灵向埃涅阿斯显现：

> 父亲安喀塞斯的形象从天而降，
> 突然现身对他倾吐了这些话。

这个幽灵来自天上，是诸神派遣的魂影，而不是安喀塞斯的真正灵魂，后者依然留在地下。维吉尔作品中的死后乐土被设定在地底，无论具体位置是靠近月球轨道还是更高的地方，这种设定体现了廊下派或柏拉图主义的观点。维吉尔的某些描写正是基于这些哲学观念。然而，这些来自天上的魂影却能够如真正的灵魂般说话（第 731 行）：

> 但你要先
> 前往地下的神圣之所，穿过纵深的阿维尔努斯深渊
> 和我相会，寻找并奔向我。

因此，在恩尼乌斯的作品中，荷马的鬼魂就如同真正的灵魂一样，它说："我记得我曾成为一只孔雀。"但它实际上只是一个魂影，是留下来的幽灵，或者是灵魂的具体化的影像。

在《埃涅阿斯纪》的另一个片段中（第 10 卷第 636 行及以下），朱诺用埃涅阿斯的一个魂影引诱图尔努斯离开战场。这是一个活人的魂影，能够像真正的人一样说话和行动，就像斯特西克鲁斯的海伦一样。另一个例子是神明的魂影，即普罗塞耳皮娜的幽灵向刻瑞斯显现，出自克劳迪安（Claudian）的《普罗塞耳皮娜的强暴》（*De Raptu Proserpinae*）第 3 卷第 81 行：

这形象向沉睡的母亲呈现

维吉尔曾在其作品中用"形象"一词来指代安喀塞斯的幽灵。坦尼森（Tennyson）在他的《得墨忒耳》（*Demeter*）中对此作了正确的诠释，他明确地将刻瑞斯所见之物定义为与普罗塞耳皮娜本体分离的"相似之物"或魂影。

这一类例子较为罕见，而且可能说服力不强。不过，本来就不太可能找到很多这样的例子；我指的是明确区分于灵魂的魂影或幻象的例子。毕达哥拉斯学派关于灵魂轮回的信念使这一假设成为必要。然而，通常情况下，毕达哥拉斯学派的理论认为，灵魂在鬼魂的世界中会长时间停留，而不会立即被送去占据新的身体。灵魂可能在长时间内保持分离状态，以经历净化的过程，"在漫长的日子里……去除分离出的污秽"。如果灵魂在鬼魂的世界中，就不需要重复显现。它本身可以回归，并向活着的人显现，尤其是当它有重要信息要传达，或需要纠正严重错误时（Val. *Fl. Argon.* iv. 386–387）：

死亡之门为他们打开
而他们可能再次回归。

这并非全无希望，赫库兰尼姆或埃及可能向我们重建波西多尼（Posidonius）① 的文章《论预言》或其他类似的作品，那时，新的光芒将会被投射到这些问题上。

---

① ［译按］波西多尼（Posidonius）是公元前 1 世纪前后古希腊斯多葛学派哲学家。

瓦伦的恩尼乌斯

查里斯·克纳普

［编译者按］查里斯·克纳普是美国古典学家（Charles Knapp，1868-1936），本文是他对德国古典学家约翰内斯·瓦伦（Johannes Vahlen，1830—1911）的恩尼乌斯研究的检讨。1852年，瓦伦以研究恩尼乌斯的论文在波恩大学古典学系获得博士学位，此后任教于弗莱堡大学、维也纳大学，1874年起执掌柏林大学古典学系，直到1906年，长达32年之久，是19世纪末德国古典学界德高望重的泰斗级学者——他的继任者即著名的维拉莫维茨。

本文细致地讨论了瓦伦的恩尼乌斯研究，我们得以看到，20世纪初的美国古典学与德国古典学的连带关系。

在刚刚过去的九月二十七日（［译按］即1910年9月27日），约翰内斯·瓦伦庆祝了他的80岁生日。为了表达对他的敬意，他的"友人，学生和仰慕者"在德国成立了一个委员会，并邀请全球的古典学爱好者为此基金捐款。

我早就计划探讨瓦伦的《恩尼乌斯》第二版中的至少一个

部分,但各种事务拖延了这个计划的实现。我希望此时此刻这一研究的及时性——如果我能借用这个来自新闻界的词汇——能弥补这本书出版与当前评论之间的漫长时间差。此外,本文所讨论的大部分内容,应该会引起对古罗马研究有深入兴趣的学者的持续关注。①

1854 年,年仅 24 岁的瓦伦出版了恩尼乌斯残篇的合集。到 1903 年,年事已高的他推出了对恩尼乌斯耗时近半个世纪研究的成熟成果,即《恩尼乌斯诗歌残篇》。② 无须赘言,新版本绝不仅仅是旧版的扩展,而是一本全然不同的书。③

1854 年,瓦伦在他的前言中公正地写道:"恩尼乌斯的任何版本几乎都不能在较为严肃的需求上令人满意。"在此之前,学者们仅有三次试图将恩尼乌斯的所有残篇编订在一起。1564 年,斯蒂芬尼(Stephani)发表了一本包括恩尼乌斯、帕库维乌斯(Pacuvius)、阿克齐乌斯(Accius)等人的残篇合编。1590 年,克鲁姆纳(Hieronymus Columna)发布了恩尼乌斯的个人残篇合集。这部作品展现了编者的勤奋、对恩尼乌斯语言的深入了解以及解释单个诗句的技巧。但由于缺乏真正的研究支撑(subsidia,

---

① 我尚未发现任何关于这本书的英文或德文研究评论。斯库奇(Skutsch)在《德国古典学术百科全书》第五卷(*Pauly-Wissowa* 5,2589-2628)中所撰写的关于恩尼乌斯的文章确实涉及瓦伦的作品;然而,我的文章在许多方面与那篇文章没有交集,甚至在这些方面完全独立于它。

② *Ennianae Poesis Reliquiae*, Iteratis curis recensuit Iohannes Vahlen. Leipzig: B. G. Teubner (1903). pp. ccxxiv + 306.

③ 比较新版本的术语索引(Index Sermonis)和旧版本的词汇索引(Index Verborum),是认识这两个版本之间巨大差异的最佳方式。通过这种比较,可以清楚地看到瓦伦在后一版中对残篇分组的调整有多频繁地不同于前一版。这些关于分组的观点变化,与他在新版本序言中提出的一些重大修改密切相关。

见下文），这个文本不可避免地存在许多缺陷。最终，克鲁姆纳并未尝试将这些残篇组合成连贯的诗篇，这在瓦伦看来是一个严重的不足。1707 年，赫塞尔（Hessel）对克鲁姆纳的版本进行了注释、修订和扩充。瓦伦在初版的页 5—7 讨论了这些作品及不同学者在恩尼乌斯残篇研究上的贡献；而在第二版中，瓦伦对此进行了更详细的讨论（页 131—135）。特别有趣的是，在后一版（页 134），他提到了里彻尔（Ritschl）对恩尼乌斯研究的推动作用。这对于一位备受赞誉的学者来说，是合乎情理的：波恩大学理事会曾多次赞美瓦伦在恩尼乌斯《编年纪》研究中的成就，这项研究参加了 1852 年的一场竞赛，旨在获得该校在里彻尔建议下设立的奖项。而在同一年，里贝克（Ribbeck）的《古罗马悲剧残篇》(*Fragmenta Tragicorum Romanorum*) 也参加了这场竞赛。

这些就是瓦伦在 1854 年所能掌握的与恩尼乌斯直接相关的［全部］稀少材料。他的恩尼乌斯研究迫使他不得不涉及许多其他作家的作品，但因缺乏这些作家的可用版本而面临困难。自 1854 年以来，瓦伦曾多次撰写关于恩尼乌斯残篇的文章（参见页 136 的表格）。1884 年，穆勒（L. Muller）发表了《古罗马诗歌研究导论》(*Einleitung in das Studium der romischen Poesie*)；1885 年，他又出版了《恩尼乌斯诗歌残篇》(*Q. Ennii Carminum Reliquiae*)。瓦伦对这些作品评价不高；我同意瓦伦对其中文本处理方面的批评，但在其他方面，我认为瓦伦低估了穆勒的贡献。1897 年，里贝克的作品第三版问世。这些作品及其他许多相关研究极大丰富了与恩尼乌斯有关的直接材料，我们可以在这本书中看到这些成果的体现。

同样，正如前文所述，在 1854 年，瓦伦手头并没有［现在］那些对恩尼乌斯进行考据研究的学者们所依赖的权威书籍。在 1854 年之后，关于拉丁语语法、费斯图斯（Festus）、格里乌斯

（Gellius）、玛克若比乌斯（Macrobius）、诺尼乌斯（Nonius）、色尔维乌斯（Servius）以及西塞罗本人的文本研究逐渐涌现，这对瓦伦后来的研究具有重大意义。1854年时，瓦伦几乎是独自承担了这一重任。他晚年或许已经意识到，正是这些重要的研究支持（very subsidia），在某种意义上使他的恩尼乌斯研究变得更加容易和可靠。然而，由于研究材料的多样性和复杂性，这对任何人来说都是一项艰巨的任务。尽管如此，瓦伦坚持不懈地进行研究，并最终将恩尼乌斯的生平、成就，以及他从古代到现代在人类思想中扮演的角色，以及众多学者对这位伟大人物的研究成果呈现给我们。这种成就只有具有卓越的才智、坚定的投入和艰巨任务中的无畏勇气的人才能完成。

这无疑是一件令人振奋的事。而且，在阅读瓦伦关于他自己及其他学者的恩尼乌斯研究，以及第二版作品所依赖的各种文献支撑（subsidia）的阐述时，人们会经历一段长达60年的生动且引人入胜的古典学术历史。如今，很难想象六十年前的学者们在某些方面所能掌握的材料是如此稀缺，而瓦伦的叙述有力地展现了这一点。同时，它也使我们意识到，在过去的六七十年间，学术界涌现出了多么丰富而重要的研究成果。

最后，瓦伦的研究还帮助我们充分认识到早期拉丁文学残篇研究的重要性。人们往往容易认为这类研究不重要，并不可避免地觉得它枯燥乏味；然而，除了其他一些能力外，这一领域的建设性工作还需要从业者具备受良好的逻辑感控制的富有想象力的洞察能力。里贝克和瓦伦对早期拉丁文学残篇的研究清楚地表明，当务之急是提供那些在不同程度上仍不为古典学家所熟知的众多作家的权威版本。因此，瓦伦毕生对恩尼乌斯的研究成果不仅体现在我们面前这本精美的书中，还反映在对那些经常在恩尼乌斯的相关证据（testimonia）中出现的拉丁作家的大量研究中。

由于篇幅所限，我无法对瓦伦这本书的两个版本进行全面的比较或对比。关于我之前提到的内容（见本文页1），① 我想补充一到两个细节。第一版共 332 页，而第二版则扩充为 530 页；原本 94 页的序言被扩写成 224 页；正文、注释、词汇索引和两个短小的特别索引从原版的 238 页增加到 306 页的相应内容。第一版的序言几乎完全由"恩尼乌斯问题"组成，共分为八个章节，讨论了各卷的内容问题，并提供了将某一残篇分配到特定位置的合理性证明。新版不再将"恩尼乌斯问题"作为标题，但在序言中名为"论恩尼乌斯的作品"的第二部分中，瓦伦处理了类似的主题；新版还在前面新增了一部分，题为"恩尼乌斯的历史"（其内容见下文页 5—14）。第一版将残篇的文本、证据和注释放在同一页，新版延续了这一做法。

新版内容的详细说明如下：（1）序言，页 3—224；（2）《编年纪》的原文，包含保留片段的完整古代文献引用并附简要注释，正文页 1—117；（3）戏剧作品的原文，正文页 118—203；（4）讽刺诗的原文，正文页 204—211；（5）杂集的原文，包括《斯基皮奥》（*Scipio*）、《铭体诗》（*Epigrammata*）、《索塔》（*Sota*）、《普罗特雷普提库斯》（*Protrepticus*）、《赫底法格提卡》（*Hedyphagetica*）、《埃庇卡摩斯》（*Epicharmus*）、《犹希迈罗斯》（*Euhemerus*），正文页 212—229；（6）不确定所属的文本（Incerta），正文页 230—239；（7）受保卢斯·梅鲁拉（Merula）启发而被错误归类的诗句，正文页 240—242；（8）证据（Testium）索引，正文页 243—256；（9）语词（Sermonis）索引，正文页 257—299；（10）补充和修正，正文页 300—306。令人遗憾的是，由于序言涉及的内容

---

① ［译按］指瓦伦的恩尼乌斯研究前后版本差异巨大，完全是两部不同的作品。

范围较广,这一版并未提供事物(Rerum)索引。①

庞大的序言被分为两部分,其中一部分,作者致力于提供一段完整的"从恩尼乌斯自己开始,到这本书的出版为止的恩尼乌斯的历史"(页3);另一部分涉及恩尼乌斯的各个作品。前一部分(页3—149)除了简要叙述了恩尼乌斯的生平(页3—19),还考证或至少引用了自伊西多路斯(Isidorus)时代以来几乎所有值得提及的有关恩尼乌斯的记载。此外,这一部分还简要介绍了自中世纪以来的恩尼乌斯评论。读者可以从这些段落中获得一份很好的恩尼乌斯书目。如果这本书涵盖了这些内容,那么其作者理应被视为拉丁文学的杰出人物。在这个繁杂的时代,这具有极高的价值:他将这项工作完成得如此出色和准确,以至于无须再次重复。

尽管瓦伦表面上只专注于恩尼乌斯,但在研究我们对恩尼乌斯了解的各种来源时,他不仅广泛考察了许多古代作家,还提出了一系列重要的见解。虽然这些见解可能不会被其他学者完全认同,但他们依然能够在研究方法上以及事实和推论方面从中获益匪浅。

现在,让我们从细节处开始探究有关恩尼乌斯的历史(页3及以下)。在引用了有关恩尼乌斯名字的相关证据后,我们立刻面临了一个非常有趣的问题。在《讽刺诗集》的一个残篇中,恩尼乌斯

---

① 书中的互参并不多。虽然序言中页首的标题能帮助读者查找主题,但对于已经陷入繁杂研究的学习者而言,互参常常是有用的。例如,页4与页196—197的互相参照;页12底部与页56;页13关于"我将显露于他之地"的解释;页16关于"我们看见胜利……被跟从"和"西塞罗清楚地证实了奈维乌斯"的注释;页21第一行的参照;页27解释"但关于他们的事务……它将被完成";页27的第一整段及结尾,若能补充对页43的引用会更好。因此,页43回参页27是有益的。在页86,必然要参引格里乌斯(Gellius 2.29)关于残篇211的精彩讨论。我非常怀念这些有用的引证,它们常常能提供这样的帮助。

瓦伦的恩尼乌斯 | 245

对他自己的描述对这一问题有所阐明。诺尼乌斯曾两次引用过《讽刺诗集》第三卷中的这个残篇，瓦伦在页 205 中提供了该引用：①

> 你好，诗人恩尼乌斯！是你衷心地
> 将那燃烧的诗文献给凡人。

瓦伦认为，这是有人在呼唤或谈论这位诗人，但我认为也有可能是诗人在谈论自己，将自己置入这首讽刺诗中展现给我们。

如果瓦伦和穆勒（页 73）正确地将普利斯基阿努斯从恩尼乌斯引用的这句话——"若没有痛苦，我不会写作"（*Sat.* 64）②——归入《讽刺诗集》，我们将再次遇到这种现象。正如我们的作者所说，基于这一点，我们"能够更好地理解他的生平和行为"（页 3）。与此相关的是那著名的墓志铭，据说是恩尼乌斯在晚年为自己的半身像写的：

> 请看，公民们，这是老恩尼乌斯的样貌③

---

① 穆勒在《恩尼乌斯的诗歌残篇》（页 74）中也引用了这个残篇，从此处起，我将仅按穆勒的方式引用。在梅里尔的《罗马讽刺作品残篇》（*Fragments of Roman Satire*，页 7）中，这个残篇上方印有以下文字："此处呈现的是诗人与一位读者之间展开的一次对话。"

② 我引用恩尼乌斯时通常使用瓦伦的标题和诗句编号。

③ 在此处和页 42，瓦伦坚定认为恩尼乌斯亲自写下了这篇墓志铭。然而，穆勒对此表示怀疑（*Philologus* 43.104），认为恩尼乌斯并非这些诗句的作者。在他所编的残篇版本中（页 153，证据 47 下方），他将这段墓志铭归给了奥特维乌斯·拉姆帕迪奥（Octavius Lampadio）或瓦古恩忒乌斯（Q. Vargunteius）；他的注释见于页 247—248。尚茨（Schanz）也对此持怀疑态度，参见页 53 1.1、页 122（s.v. Epigramme）以及页 112（i 以下）。都甘（Dougan）则拒绝将西塞罗的《图斯库鲁姆论辩集》（*Tusc.* I.34）中的"senis"理解为形容年迈。

随后，瓦伦引用了格里乌斯的说法（17.21.43），认为瓦罗最早在讨论诗人作品时提到恩尼乌斯的生年，并回忆说，恩尼乌斯在 67 岁时已完成了 12 卷《编年纪》，并在其中提及他自己。瓦伦认为，瓦罗无疑关注过恩尼乌斯在自己作品中关于自我的描述，因为，瓦罗被后世作者视为研究恩尼乌斯的主要权威，并且，根据格里乌斯的记载，瓦罗在研究奈维乌斯时也引用了奈维乌斯关于自己的说法。

在 1886 年，瓦伦在《论恩尼乌斯的〈编年纪〉》中提出，第 12 卷具有很强的自传性质（*Ueber die Annalen des Ennius*, 10ff.）。因此，即便没有古代证据支撑，他仍将现存的各种关于恩尼乌斯生平和形象的各种残篇归入这一卷。在序言的页 196—197 中，瓦伦总结了这一论证过程，具体如下所述。

玛克若比乌斯引用了下面这个名句（6.1.23）：

我们中的这个人用拖延重建了事业

瓦伦认为，这句话出自恩尼乌斯《编年纪》第 12 卷。① 如果我对瓦伦的理解是正确的，他非常强调这句话中的"我们中"（nobis），将其视为恩尼乌斯在第 12 卷中谈论自己的一项佐证。然而，针对这一论证，我至少有两点意见。首先，我们完全没有明确的证据证明该文段确实属于第 12 卷；其次，从维吉尔对这段话的化用中可以看出，瓦伦这一推断不够谨慎。在《埃涅阿斯纪》第 6 卷第 845—846 行中，维吉尔让埃涅阿斯说：

---

① 瓦伦在页 66 中提到，萨利斯伯里手稿（*Salisb. MS*）将这句话归入第 7 卷而非第 12 卷，后来埃森哈特（Eyssenhardt, 1868; Teubner）将其归于第 12 卷。而穆勒（页 36）则将这句话归于第 8 卷。

这位马克西姆斯啊，你是
　　我们中那一位用拖延重建了事业的人

　　如果维吉尔的作品也只剩下残篇，而我们据此推测维吉尔在《埃涅阿斯纪》第6卷中无疑是在描写他自己，那将会产生多么大的偏差！即使我们承认恩尼乌斯的这一残篇确实属于《编年纪》第12卷，其中的"我们中"也未必含有瓦伦所声称的那种有力暗示。
　　那么，为使结论更加稳妥，我们只能在格里乌斯那里寻找恩尼乌斯在《编年纪》第12卷中插入了自传性材料的确切证据；由此可见，瓦伦的这种联结并不比通常的那些联结更有说服力。①
　　不过，在得出"恩尼乌斯在《编年纪》第12卷中描写了法比乌斯和他自己"这一结论后，瓦伦提出了关于这卷内容的一个理论，该理论解释了为何这两个主题在此处结合（页197）。瓦伦认为，这一卷是某个版本《编年纪》的初版终卷。② 在这样的

---

①　我发现，斯库奇（Skutsch, 2608）已经部分地提出了我的这些论据。此外，我还注意到，他预见了我的这一观点：格里乌斯对第12卷的解读（Gellius 17.21.43）不可能是正确的。从我们现有的手稿看，这个编号显然很可能是错误的。

②　穆勒在《昆图斯·恩尼乌斯》（*Quintus Ennius*）页128起的论述中提出，《编年纪》共有四个不同的版本：6卷本、15卷本、16卷本和18卷本。施瓦贝版的托伊弗尔［*Teuffel-Schwabe*，我使用的是瓦尔（Warr）1891年的译本］在第101.3条中提出了关于这些版本的理论（"分别以三册书的形式［展示的］六个系列［?］"，这句话看起来令人费解，我理解为"共六个系列，每系列三卷"），并将第12卷视为最终卷。尚茨（Schanz, 8.1.1, 第117条）也讨论了《编年纪》的不同版本，并将第12卷作为最终卷，这显然是受到瓦伦观点的影响。而斯库奇则持有不同且更为合理的看法（2607, 2610）。［译按］"施瓦贝版的托伊弗尔"指德国古典学家托伊弗尔（Wilhelm Siegmund Teuffel）所写的《罗马文学史》（*GeschichtederRömischenlit-teratur*），1891年，瓦尔（George Charles Winter Warr）将其翻译出版，即此处作者使用的译文。

一卷中，恩尼乌斯确实可能谈及他对自己及其时代的期望，并在合理范围内广泛覆盖众多年份，同时提及许多英雄的名字。

基于这一观点，瓦伦显得较为大胆地将以下文段及其他一些诗文归入第 12 卷：(1) 一行关于库里乌斯①的赞美诗；(2) 恩尼乌斯将自己的年迈与一匹退役赛马进行类比的诗句；② (3) 另一行恩尼乌斯谈论他自己的诗句：

> 我们是罗马人，从前曾是鲁迪亚人

瓦伦最初将这个句子归入第 18 卷。然而，这些文段从未被任何古代权威明确归入特定的某卷中。基于"第 12 卷包含了恩尼乌斯谈及他自己的内容"这一前提，瓦伦认为，这个句子是贺拉斯（Horace）在《书信集》（*Epistles*）1.20.19 中"当温和的太阳照耀你"等句子的原型。

这些想法非常巧妙，尤其是将第 12 卷与贺拉斯的《书信集》进行比较这点。我想补充的是，我们有可能证明这种比较的正当性，因为贺拉斯在《书信集》第一卷的结尾确实将恩尼乌斯作为榜样，用以表达他对自己成就的感受，就像他在《歌集》（*Carmina*）第 1—3 卷后记中所做的那样。然而，瓦伦并未证明

---

① ［译按］玛尼乌斯·库里乌斯·德纳图斯（Manius Curius Dentatus），古罗马政治家，曾于前 290 年、前 284 年、前 275 年和前 274 年担任执政官。他领导罗马军队取得了第三次萨莫奈战争的胜利，并在贝内文托战役中挫败了前来支援南意大利各希腊城邦的伊庇鲁斯国王皮洛士。

② 见西塞罗《论老年》（Cicero, *Cato Maior*, 14）：就像一匹英勇的骏马，曾常在最后一圈中获胜于奥林匹亚，如今他因年迈而准备休息我一直认为，从上下文来看，"我休息"（quiesco）会是一个更好的解读；这一校订应该在某处已被发表过，尽管我尚未看到有人提及它。我还想补充的是，这个观点是由我的同事厄尔教授（Earle）独自提出的。

这种比较的现实性；事实上，以我们现有的知识来看，这种证明是不可能实现的。①

让我们进一步思考这个问题。如果我们支持瓦伦和巴莱（Bailey）的立场，为瓦伦将这些特定残篇明确"分配"到《编年纪》第 12 卷寻找依据——尽管我已经否认这种"分配"有古代依据——那么，我们该如何评价格里乌斯的行为？格里乌斯在 12.4.1 及以下，将恩尼乌斯描述"某个名叫色尔维里乌斯的朋友"的著名片段归入第 7 卷。他在第 5 节明确提到，据说，阿埃里乌斯·斯蒂洛常常说，昆图斯·恩尼乌斯在此描绘的是他自己的形象，它们由恩尼乌斯的天才创造出来。我们或许可以像瓦伦一样无视格里乌斯的证据（页 43）。瓦伦声称这只表明了"瓦罗时代的古人和诗人解释者轻率而机巧"。②然而，这个说法没有依据，它只反映出了学者们的一种长期存在的奇怪倾向：当格里乌斯的意见支持他们的理论时，他们便尊重地引用他；当他成为分组的障碍时，他们就无视他。但如果要放弃格里乌斯的观点，就必须抛弃 17.21.43 中关于第 12 卷的具体陈述。这会使瓦伦费力

---

① 不过，巴莱在《古典学评论》（*The Classical Review* 18.170 中倾向于接受瓦伦的这种结合。穆勒在《昆图斯·恩尼乌斯》（*Quintus Ennius*，125）中对将《编年纪》现存诗文进行分组的困难作出了合理的评价，尽管这些评价不幸受到了个人因素的影响。对于这一普遍主题的一些精彩评论，以及证明将其与希腊谐剧（如《克拉提努斯》残篇）联系的努力无效的论据，可参见摩根教授（Morris Hickey Morgan）的《演说及论文》（*Addresses and Essays*，页 32—33）。

② 塞拉（Sellar）在《共和国的罗马诗人们》（*Roman Poets of the Republic*）页 72—74，里贝克在《罗马诗歌》（*Römische Dichtung*）第一册页 38—39，以及杜弗（Duff）在《罗马文学史》（*A Literary History of Rome*）页 140，都毫无保留地接受了格里乌斯的说法。穆勒在《昆图斯·恩尼乌斯》（*Quintus Ennius*）页 68—70 中并未明确表明自己的态度。尚茨（VIII.I.r, § 36, λ）则持怀疑态度。

构建的第 12 卷的论述完全失去基础。

我个人的看法如下。恩尼乌斯是一位强大而充满活力的诗人，他清楚地意识到自己的才能和使命。为了表达他的文学自觉，他可能在作品的任何地方谈及自己。同样地，他的后辈卢希里乌斯和贺拉斯也多次在他们的作品中谈到自己。有明确的证据显示，恩尼乌斯在《编年纪》的不同两卷中都曾这样做。这个证据至今未被推翻，也不可能被任何武断的言辞驳倒。① 如果这个证据被推翻，那么任何试图将大量的、暗中具有自传性质的表述集中到一卷中的尝试都注定会失败。②

接着，瓦伦讨论了恩尼乌斯的生年（页 5—6），卒年（页 6—7）和出生地（页 7—9）。

［附释］瓦伦在此处及其他地方（如页 210）都未提及恩尼乌斯的死因。哲罗姆记载，恩尼乌斯死于关节疾病。普利斯基阿努斯引用了恩尼乌斯的一句诗文（Vahlen, *Sat.* 64），人们认为这句诗反映了他在疾病中的痛苦："若没有痛苦，我不会写作。"许多学者由此联想到贺拉斯的诗句（Horace, *Epistles* I. 19. 7）

　　父亲恩尼乌斯若未在战争中酗酒
　　就不会喷涌出叙说

现在，对我来说非常清楚的是，贺拉斯的整个文段（1—18）并未得到足够严肃的研究。然而，尚茨对此给予了极为严肃的关

---

① 尚茨在页 110 中说过类似的话，但更简略（s. v. Biographisches）。
② 我认为这种尝试在另一种意义上是错误的；它包含了这样一种假设，或者至少是一种暗示，即每一卷都是一个完整的艺术整体，因此，凡是不完全符合该卷主题的内容都会被排除在外。我们无法确定这一假设是否有依据。

注（页110）。他将格里乌斯（Gellius 12.4，见上文，页8）所保存的《编年纪》的这一著名文段视为恩尼乌斯的"人物画像"，但他认为这并非如格里乌斯所述由恩尼乌斯本人绘制，而是由阿埃里乌斯·斯蒂洛所作。他进一步解释道：

> 有一个特征被忽略了，那就是恩尼乌斯喜欢小酌一杯，贺拉斯为我们保留了这一细节。恩尼乌斯还常常在工作前饮一杯。恩尼乌斯在公元前169年因痛风去世。

穆勒也从字面上采纳贺拉斯，将恩尼乌斯的痛风症归于他的酗酒（*Quintus Ennius*，67）。斯库奇也接受了贺拉斯的观点，并认为贺拉斯是从恩尼乌斯自己的《讽刺诗集》中获得了这个信息（2592）。泰瑞尔（Tyrrell）在《拉丁诗集》中也采纳贺拉斯的说法（*Anthology of Latin Poetry*，页206，注释14.7）；在他的《拉丁诗歌》中，他表现出了类似的谨慎（*Latin Poetry*，188，195）。塞拉在《共和国的罗马诗人们》中更加机敏地阐述了贺拉斯的"诙谐的夸张"（*Roman Poets of the Republic*，72）。穆勒在《昆图斯·恩尼乌斯》页108中遗忘了他在页67所写的内容。在阐述恩尼乌斯的诗文时，他看到了部分真相，尽管将谬误与真相混为一谈："这自然是一个玩笑般的借口，这位诗人在成为罗马公民之后，仍没有停止写诗。"

我注意到，在相关诗文中，恩尼乌斯并未提及饮酒。即便在古代，我们也不能简单地将痛风与高生活水平或过量饮酒视为因果关系。在《普劳图斯研究》（*Plautinische Forschungen*）中，利奥（Leo）曾尝试将奈维乌斯和普劳图斯的生平传统叙述部分地与古希腊作家的传统相类比。我不得不怀疑，到目前为止，还没有德国学者尝试以这样的精神去证明，哲罗姆所述有关恩尼乌斯痛风症的说法仅以历史学的文献为基础，并且，这种说法反而让臭名昭著的克拉提努斯（Cratinus）的特征成为恩尼乌斯生活的重要一部分，而贺拉斯在整篇文章中对此已有详细考虑。[译按]克拉提努斯是公元前5世纪前后的古希腊谐剧作家，以酗酒闻名。

瓦伦在这里不加筛选地讨论了所有古代证据。然而，他并未进一步探讨这些证据在最后一个主题中的内涵。恩尼乌斯属于哪个民族？阿普里阿或梅萨皮阿地区①的希腊特征对恩尼乌斯的事业有何影响？"三心"（tria corda）的问题为何在页4中被轻描淡写地带过？恩尼乌斯是以何种顺序掌握他所知的三门语言的，这一顺序又有什么意义？这些问题或许没有明确的答案，但它们至少值得被提出。②

随后，瓦伦从尼波斯的《加图》③入手（Nepos, *Cato* 1.4），继续追踪恩尼乌斯，这位加图正是将恩尼乌斯从撒丁岛带回罗马的监察官。瓦伦认为，正如贺拉斯在作品中记述了自己的活动（*Epp.* 1.20），恩尼乌斯在《编年纪》第12卷中可能提及这件

---

① [译按]阿普里阿（Apulia）位于意大利南部，东邻亚得里亚海，东南面临爱奥尼亚海，南面则邻近奥特朗托海峡及塔兰托湾；梅萨皮阿（Messapia）地处萨兰托半岛，位于意大利的最东端，是阿普里阿大区的重要组成部分。阿普里阿地区或梅萨皮阿被认为是恩尼乌斯的故乡。

② 关于这些问题的讨论，可参见里贝克《罗马悲剧》（*Römische Tragödie*）页77；穆勒《昆图斯·恩尼乌斯》页62；杜弗《罗马文学史》页136；尚茨，页101—111，第3条（δ以下），以及其中最详尽的斯库奇的说法，页2589—2590。我想引用巴莱先生在《古典学评论》中的一句评论（*The Classical Review* 18.169）："这类评价可能无法在恩尼乌斯的风格、思想或历史的具体事实方面提供新发现；但几乎每种细节上的可能性都会成为这类评价的依据。"

③ [译按]康涅利乌斯·尼波斯（Cornelius Nepos）是公元前1世纪的古罗马传记作家。

事。然而，他承认这仅是一种猜测，并指出尼波斯的故事中存在许多困难。

在页 10 中，瓦伦采纳古代的说法，认为恩尼乌斯生活在阿文丁区，处境贫困，但有一个仆人。我们仅能从哲罗姆处找到这个故事，但是瓦伦认为，我们能够在哲罗姆这里发现来自苏埃托尼乌斯①（Suetonius）、尼波斯、西塞罗、瓦罗乃至恩尼乌斯自己的自传材料，尽管他在此处仅是暗示，而没有明确提及这种自传性材料的存在。我们并没有证据表明，瓦罗熟悉恩尼乌斯的所有自传材料，所谓的证据只是前文信念的重复②而已（参见页 6）。瓦伦继续道，如果联系起费斯图斯所记载的"密涅瓦神庙被设为作家和史家会面的场所"（492.22 Th.），我们就能够理解为何传统上将阿文丁地区视为恩尼乌斯的居所。

瓦伦认为，哲罗姆描绘的是恩尼乌斯早年在罗马的生活，那时他依靠教学为生。③ 他提到，西塞罗在《论老年》第 14 节中曾说，恩尼乌斯年老时非常贫穷。然而，瓦伦再次采取了折衷主义的策略，没有倾向于接受西塞罗的证词。瓦伦追溯了关于仆人的传统说法，提到西塞罗在《论演说家》（2.276）中讲述的，纳西卡、恩尼乌斯与一位仆人的故事。他认为，这个故事可能是恩尼乌斯自己所讲述的，"在一首讽刺诗或我不知道的某首诗中"。瓦伦指出，只有一个仆人或非常少的仆人通常是贫穷的标志；他比较了塞涅卡在《致赫尔维亚的安慰信》（ad Helv. 12.4）中所

---

① ［译按］苏埃托尼乌斯（Gaius Suetonius Tranquillus）是罗马帝国时期历史学家。他最重要的现存作品是从恺撒到图密善的 12 位皇帝的传记，即《罗马十二帝王传》（De Vita Caesarum）。

② ［译按］即相信恩尼乌斯曾在作品中较多地描写自己本人的行为和形象。

③ 尚茨（页 110）也这样认为；比较斯库奇（Skutsch，页 2590）。

说的:"荷马有一个仆人,柏拉图有三个,芝诺虽然没有,但也感到满足",以及泰伦提乌斯的《自我折磨者》(*Haut.* 293)。

[附释] 我还想补充贺拉斯关于赫莫格尼斯·提格里乌斯(Hermogenes Tigellius)及他自己的说法(*Serm.* I.3. 11-12,*Serm.* I.6,116)。1895年,利奥在《普劳图斯研究》中部分赞同瓦伦对这个故事的批判。然而,尚茨并未被利奥和瓦伦的观点所说服(§36,η)。我必须强调,西塞罗在《论演说家》中并没有明确指出恩尼乌斯是贫穷的(2,276);在这样的传说中,仆人通常不会超过一个,但这并不排除恩尼乌斯可能拥有多个奴仆。从费斯图斯对密涅瓦神庙的引述所引出的论证并不可靠;我们可以合理地主张,一个希望通过文学谋生的人,自然会将自己的住所置于诗人们聚集的地方。

尚茨同样对西塞罗在《论老年》中的叙述持怀疑态度;然而,晚年的贫困显然与早年较为幸福的境遇并不矛盾。正如瓦伦在另一处注释中所提到的,恩尼乌斯是在他朋友斯基皮奥逝世多年之后去世的。我认为,如果恩尼乌斯在他在罗马生活的某个时期确实经历过贫穷,那一定是在他初到罗马、获得有力的赞助人之前,或者是在他最后的日子里,那时他的赞助人们都已去世。西勒尔(Sihler)在他的文章《罗马诗人的社会关系》(*The Collegium Poetarum at Rome*, *A. J. P.* XXVI 4 ff.)中强调了诗人和作家的贫困。考虑到恩尼乌斯从富维乌斯的儿子那里获得了公民权,有人可能会推测,在恩尼乌斯的中年,他的赞助人老富维乌斯已经去世。斯库奇(页2590)认为,关于恩尼乌斯贫困的这些故事可以追溯到恩尼乌斯自己的自传材料中。[译按] 提格里乌斯(Hermogenes Tigellius)与西塞罗同时代,后者在书信中经常提及他。

接下来要探讨的是恩尼乌斯与斯基皮奥的友谊(页12—

13)。瓦伦注意到，尽管恩尼乌斯赞赏加图，但未能与这位监察官建立亲密的关系，他忽略了西塞罗在《论老年》第 10 章中的记载。瓦伦认为，他们两人差异甚多，且加图是恩尼乌斯的朋友斯基皮奥的政敌。他进一步认为，加图曾批评富维乌斯①在埃托利亚战事中带上恩尼乌斯，这表明加图至少对恩尼乌斯不甚友好。然而，此推测并无确凿证据；加图的批评可能针对的是富维乌斯本人而非恩尼乌斯（参见 Cicero *Tusc.* 1.2）。瓦伦还提出，加图对富维乌斯的批评说明恩尼乌斯并未随军参战，否则加图不会忽略这一点。由此我们可以认为，西塞罗在《布鲁图斯》中的表述（*Brutus*, 79），远不如他在《为阿尔奇阿斯辩护》第二卷中关于阿尔奇阿斯的描述来得精准（*Pro Archia*, xix），② 因为他用"他曾从军"（militarat）来描述恩尼乌斯在埃托利亚的活动。最后，瓦伦赞同里贝克的观点，认为恩尼乌斯的《阿姆布莱西亚》（*Ambracia*）记录了富维乌斯对这座城市的征服，尽管他承认，没有任何残篇能够证实这一点。瓦伦忽视了穆勒的观点，后者认为恩尼乌斯采用"昆图斯"这一名字是为了取悦富维乌斯的儿子，并从他那里获得了公民权（*Quintus Ennius*，页 61；参见 Mommsen，*R. G.* 1. 801）。

在页 16，我们的作者认为，恩尼乌斯在罗马的整个时期都在从事写作。然而，我们几乎无法确定他的作品写作顺序。我们

---

① ［译按］富维乌斯的全名是马库斯·富维乌斯·诺比利欧（Marcus Fulvius Nobilior），他是恩尼乌斯的赞助人之一，其子昆图斯帮助恩尼乌斯获得了罗马公民权。

② 奥勒利乌斯·维克托的记载更加准确（Aurelius Victor, *De Vir.* III. 52）。一般的观点见穆勒《昆图斯·恩尼乌斯》页 66，尚茨，页 110；斯库奇，页 2591。我想要补充的是，在富维乌斯进行这一活动时，恩尼乌斯已年逾 50 岁，远远超过了一般的从军年龄。

有理由认为,恩尼乌斯在扎马战役之后完成了《斯基皮奥》(Scipio);① 因此可以推断,他大约在富维乌斯于 187 年获得胜利后写作了《阿姆布莱西亚》(Ambracia)。根据瓦罗的说法,172 年时恩尼乌斯正在撰写《编年纪》的第 12 卷(ap. Gell. 17.21.43)。基于这些材料,瓦伦在 1886 年得出结论,直到 184 年,恩尼乌斯才开始写作《编年纪》,并一直忙于此事,直到去世,就像西塞罗在《论老年》第 50 节中记载的,奈维乌斯在晚年写作《布匿战争》(Bellum Punicum)一样。瓦伦补充说,在《编年纪》第 9 卷中,恩尼乌斯赞美了执政官赛特古斯(Cethegus)。这一点暗示我们,赛特古斯的执政时间早于写作时间 25 年。赛特古斯于 194 年担任执政官,因此,这 25 年的差距会将第 9 卷的写作时间推迟至 169 年,这比瓦伦通常认为的第 12 卷写作时间晚 3 年。不过,这样的推论对我们的作者有些过于苛刻了。瓦伦接着指出,在第 12 卷中,恩尼乌斯坦言自己已年老;在他著名的墓志铭的第一行中,他直接引用了《编年纪》的原文,并用"年老的"(senex)来形容自己。我认为这一点的意义并不明显。即便我们将墓志铭视为恩尼乌斯自己写作的(见前文注释),它仍然无法单凭自身证明《编年纪》与墓志铭是同时期写作的。一位老者在撰写他自己的墓志铭时,也可能会回忆起多年前的经历和写作活动。

  瓦伦认为,在 184 年之前,恩尼乌斯曾投身于戏剧写作,因为他能够通过这种方式最为轻松地谋生。然而,我认为瓦伦忽视了几个关键点。首先,有什么证据可以证明恩尼乌斯曾是一位教

---

  ① 斯库奇的说法要更不精确一些,他仅仅说《斯基皮奥》写作于《编年纪》之前(2599)。[译按]扎马战役是第二次布匿战争的最后一场战役,在这场战役中,斯基皮奥打败了迦太基将领汉尼拔,第二次布匿战争以罗马的胜利告终。

师？他的教学活动又是在何时终止的？显然，这并不是在恩尼乌斯成为国民文学的重要人物之后才结束的。其次一点是，通过写作戏剧谋生是否真的算得上一个良好的生计？① 一个人并不能每年写作出大量戏剧，而在恩尼乌斯的人生中，他在鲁迪亚的日子并不算长。并且，泰伦提乌斯凭借《欧奴布斯》(Eunuchus)获得的奖金本身非常微薄，这表明正常支付给剧作家的酬金不可能太高。诚然，如里贝克在《罗马悲剧》中所言，第二次布匿战争结束后的那些年中，戏剧得到了很多支持（页78）。我们注意到，李维乌斯·安德罗尼库斯（Livius Andronicus）的第一部戏剧是在第一次布匿战争之后发表的。人们普遍将剧场中同心轴式座椅（gradus）追溯至公元前146年，并推测说，在庆祝科林斯和迦太基战败的时期，公众自然会给予相同甚至更好的条件来支持戏剧写作。最后一个要点在于，尽管恩尼乌斯从未停止写作戏剧——他在生命的最后一年写作了《缇厄斯特斯》(Thyestes)，瓦伦却认为他的大部分戏剧作品是在《编年纪》之前写作的。

在页18—19，瓦伦拒绝相信这个在许多作家那里以不同形式呈现的古老故事。这个故事称，恩尼乌斯的半身像是按照斯基皮奥的命令立于他的坟墓中。瓦伦以几个理由驳斥了这一说法。首先，最初提及这个故事的作者并没有明确表达其内容。例如，西塞罗在《为阿尔奇阿斯辩护》(Pro Archia, 22) 中说是"他被认为"(putatur)，而李维则使用"被传言"(dicuntur, Livy. 38.56.4)这个表述。其次，恩尼乌斯在斯基皮奥去世18年后才去世。② 不过，后一个论据并不十分明确。虽然斯基皮奥无法预见恩尼乌斯

---

① 我承认，在考虑恩尼乌斯当时是否能通过教学活动谋生的问题时，类似的疑问也是合理的。

② 比较斯库奇的说法（Skutsch, 2590-2591）。

会比他多活多少年，但他完全可以要求将一些关于他与恩尼乌斯友谊的纪念物放入坟墓中。斯基皮奥的家族重视记忆和传统，因此我们不难相信，即使斯基皮奥去世已有18年，他曾表达的愿望在家族中依然具有重要意义——不过，我认为这个说法更有过度沉迷猜测的嫌疑。瓦伦认为，这一传说仅基于恩尼乌斯与斯基皮奥是同时代人，并且曾赞美过他。瓦伦依据哲罗姆记载的另一个故事，更倾向于相信恩尼乌斯被埋葬在加尼可罗山（Janiculum），① 而他的遗骨则被送往鲁迪亚。这几页中还提到恩尼乌斯与卡艾希里乌斯（Caecilius）之间的一些私交。

有关恩尼乌斯生平的叙述在此处结束。现在，瓦伦转向大量细节，探讨其他作家对恩尼乌斯的态度。他关注的问题包括：其他作家在多大程度上引用了恩尼乌斯？他们是以何种方式引用他的作品？这些引用的价值何在？他们对恩尼乌斯的尊敬如何体现？他们在多大程度上帮助我们重建他的作品，或在讨论中形成对他的概念？这些问题以及相关的议题都曾在瓦伦的思考中浮现（页19—131）。②

瓦伦认为，恩尼乌斯可能并不认识李维乌斯·安德洛尼库斯或奈维乌斯（页19—20）。没有明确证据表明，李维乌斯在公元前207年，即他获得朱诺奖后仍在世；而奈维乌斯虽然在公元前204年后依然健在，但已远离罗马。在奈维乌斯去世后的那些年中，恩尼乌斯开始记述第一次布匿战争。他对奈维乌斯的用词十分严厉，这引起了西塞罗的愤怒（*Brutus*, 75）。然而，恩尼乌斯的真正意图在于展示李维乌斯与奈维乌斯所用的粗糙的萨图尔努斯诗行与他自己的六步韵之间的巨大差异，因此他更加雄心勃

---

① ［译按］意大利罗马西部的一个山丘，位于台伯河以西，在古代城市的城墙以外，并不是罗马七丘之一。

② 比较斯库奇的说法（Skutsch，页2613及以下）。

勃地努力写作精致的作品。

［附释］我想在这里插入我长久以来的一个想法。在《古罗马悲剧残篇》（页 5）中，里贝克将泰伦提阿努斯·玛鲁斯（Terentianus Maurus）以希腊人的名义引用自李维乌斯的四行诗文，置于他所收集的李维乌斯·安德罗尼库斯残篇的末尾。这几行诗文中，第一行和第三行采用六步韵，第二行和第四行则采用抑扬格六步韵。马里乌斯·维克托里努斯（Marius Victorinus）支持泰伦提阿努斯的观点。里贝克在他的残篇版本中并没有质疑这一证据。在对这几行的评论中，他在书的最后几句话中提到：" 斯卡利格（Scaliger）［将其］归给拉埃维乌斯"（cf. *mea hist. trag. Rom.*, p. 34 adn.）；但问题是，脚注的内容与斯卡利格无关。在《罗马悲剧》第 34 页中，里贝克讨论了他对李维乌斯·安德罗尼库斯诗文的处理，这些注释充满了怀疑，正如下文所述：" 李维乌斯·安德罗尼库斯的《伊诺》，*如果有这样的一个残篇的话，它也一定涉及这些被处理的材料*。" 在我用斜体表示的这个从句的脚注中，里贝克认为，我们必须在这一点上永远保持怀疑，因为拉埃维乌斯（Laevius）也写了一本《伊诺》。对此，他除了指出讨论的这些诗句是 "明显的当代形式" 之外，并没有任何进一步的补充。托伊弗尔（Teuffel, §§ 13.5；94.5）和克鲁特维尔（Cruttwell, 页 38）则无条件地相信这些句子是安德罗尼库斯所写。

不论其他人持何观点，我长期以来一直认为，这些诗句看起来像是更晚期的作品。我很难相信李维乌斯能够写出如此流畅的诗句，或者被迫使用这样的格律。不同学者的所有论证都表明，在必要的改动后，普劳图斯戏剧中的离合诗（acrostic argumenta）与我们所依据的诗句在形式上正相对应，而前者必定会被归类为晚期和成熟期的作品。

现在，大约在公元前 64 年，一位名叫拉埃维乌斯的诗人出现了。在古代，他常常被与"李维乌斯，奈维乌斯，莱比杜斯（Lepidus），拉埃维努斯（Laevinus），甚至帕库维乌斯（Pacuvius）"等人混为一谈（Teuffel, §I 50.4; Schanz, VIII.1.2, §91）。人们认为，这位拉埃维乌斯使用多种不同的韵律，托伊弗尔将它们称为"抑扬格二步韵""扬抑格""跛脚抑扬格""抑抑扬格""六步韵""七音韵"等（cf. Schanz, I. c., p. 34）。他似乎还写过一部名叫《伊诺》的作品。在我看来，里贝克引用的这些据说属于李维乌斯的《伊诺》的句子，完全可以归于拉埃维乌斯。我还想补充的是，在我们讨论的诗的第四行，"追随着气味"（odorisequus）这个词确是拉埃维乌斯喜欢的那类复合词（见 Gellius 19.7.2 ff.; Schanz, p. 37）。在李维乌斯无争议的残篇中，没有出现过明显的复合词。我现在还发现，近期还有其他一些人质疑李维乌斯是否为这些句子的作者；见杜弗，《罗马文学史》（125, 2）。

西塞罗指控说，恩尼乌斯一定借鉴了奈维乌斯，但是现有的残篇无法显明这一点。然而，我们必须牢记（页 20），奈维乌斯和恩尼乌斯都以埃涅阿斯开篇，并且恩尼乌斯关于他的主题的这个部分的描述"并不少见"；确定的事物提供了一个可能：既然我们的两位诗人都具有完整性，我们应当去寻找后者借用的更多证据（见 Vahlen *on Ann*, 35-51, 证据部分）。我还想要补充的是，我们对拉丁作者写作方式的所有了解，都使得古代关于恩尼乌斯在有机会时借鉴前人的说法更加可信。

普劳图斯和恩尼乌斯在罗马同时生活了超过 20 年，但我们对他们之间的关系一无所知。《波埃努鲁斯》（*Poenulus*）的前言引用了《阿利斯塔克斯的阿基琉斯》（*Achilles Aristarchi*，这是恩尼乌斯的作品），然而即使这个前言确实是普劳图斯所作，这也并不能证明两人的任何私人关系。① 这只能表明，在这篇前言写作时，恩尼乌斯的名声已经稳固；尽管作者并未署名，观众也能辨认出这是谁的戏剧。瓦伦相信他发现了普劳图斯和恩尼乌斯语言的确切相似性（页21，页尾）。

［附释］瓦伦补充道："我毫不怀疑，其他人因勤奋会发现更多的内容，但我们更愿意认为，这两者不是互相借用，而是源于共同语言的使用。"瓦伦自己也承认，他所指出的这些相似之处并没有实际意义。

我希望我目前进行的研究能使这一主题更加明确，其中包括对普劳图斯与特拉斯的绘画和文学的探讨。现在，我想请读者比较普劳图斯所有模仿中最精彩的部分（*Bacchides*, 925-978）和恩尼乌斯的诗文，尤其比较普劳图斯的：

哦，特洛亚！祖国，帕加姆，已逝的老普里阿姆斯啊！（933）

与恩尼乌斯的：

哦，父亲！祖国，普里阿姆斯的故土！（*Scen.* 92 ff.）

---

① 瓦伦并不怀疑这一点。他在页21提道："无人质疑普劳图斯的这篇序言。"然而，普劳图斯的研究者们有多个理由至少在一定程度上怀疑其真伪。比较：Palmer, *Amphitruo*, pp. 127-128（在关于剧院中固定座位的论述中），莫里斯（Morris），*Captivi* 68，页8，尤参见里彻尔，*Parerga*, 219-220，225。我不得不遗憾地指出，瓦伦所作的与恩尼乌斯无关的无意义的宣言大多只是一种附带意见，这些意见存在一些致命缺陷，这些缺陷常常压倒权威，见下文。更受关注的是他在两行诗中展现的戏剧性讽刺诗的安排方式（页214）；我的评论见 *A. J. P.* XXIX, 468-469。

我的研究清晰地表明，普劳图斯对他同时代以及更早期的悲剧有深刻的了解，并且多次围绕这些作品进行写作。他几乎不可能遗漏恩尼乌斯，后者是他所知范围内最成功的悲剧作家。有关详细讨论，请参见 American Philological Association, 41。

卡艾希里乌斯和恩尼乌斯私交甚笃（页17—18）。瓦伦提到，帕库维乌斯常年"从事绘画"；他开始写作悲剧时年事已高（页22—23）。在此，瓦伦引用了下面的著名诗句：

> 有人说，我是帕库维乌斯的学生，而他是恩尼乌斯的，
> 恩尼乌斯是缪斯们的［学生］，我名为波姆庇里乌斯。

瓦伦写道："但这个自称是帕库维乌斯的学生的人，如果他想说帕库维乌斯是恩尼乌斯的学生，恩尼乌斯以精神的方式是缪斯的学生，因此，我们并不认为帕库维乌斯受恩尼乌斯的日常教诲学习悲剧技艺。"（页24）我承认我不理解这一点。瓦伦进一步指出，有人认为，帕库维乌斯在晚期"不仅仅在悲剧方面"胜于恩尼乌斯。他随即引用了帕库维乌斯的讽刺诗中的证据；这一并置似乎暗示，他希望我们认为帕库维乌斯在这一领域也超越了恩尼乌斯。然而，他所引用的内容并不能支持这个观点。帕库维乌斯的讽刺诗已经完全佚失，这也使得这个观点站不住脚。

在与恩尼乌斯不同辈的作者中，泰伦提乌斯是第一个提及恩尼乌斯的人。他在《安德利亚》（Andria, 18 ff.）中提到了恩尼乌斯的名字，将他列为那些使用"污染"（contaminatio）这一写作方法的人之一，这也证实了泰伦提乌斯［在污染法上］的实践。泰伦提乌斯写作这篇文章的背景使我们不太可能怀疑他的证词。然而，瓦伦坚持认为，恩尼乌斯现存的残篇中没有"污染"的线索（页24）。他拒绝相信一些人声称的，在《伊菲格尼亚》

(*Iphigenia*)中存在"污染"的痕迹。①

瓦伦认为,泰伦提乌斯的思想中似乎很少有恩尼乌斯的痕迹。不过,瓦伦让我们比较《两兄弟》(*Adelphoe*, 386 ff.)中塞卢斯(Syrus)②的发言:

> 这才是智慧,不仅仅看着脚前的东西
> 而是展望着的那些将要发生的,

与《伊菲格尼亚》中(*Scen.* 244):

> 没有人观看脚前的事物,他们探究天空的区域。

瓦伦注意到,多纳图斯(Donatus)在为此处作注时说,"诗人引用了那位女仆关于自然的名言",然后引用了恩尼乌斯的诗句。我认为两位作者可能在使用同一个谚语,它在精神上类似于梁柱和尘埃的寓言。同样,在《阉奴》中(*Eunuchus*, 590):

---

① 我注意到,尽管泰伦提乌斯承认自己使用污染法,但现代学术界无法在他的任何剧中找到证明。我想顺便评论,这一现象恰恰是对他精湛技艺的最好赞颂。意料之中,恩尼乌斯的残篇中没有任何关于"污染"的确凿证据。从残篇的本质、保存方式以及它们一般被古代作者引用以证明独立观点的事实来看,恩尼乌斯的作品本身并未受到广泛关注。这整件事再次提醒我们,在仅凭一个作者的作品残篇来作出关于他的一般性断言时,我们需要多么慎重。参前文,页8。[译按]关于泰伦提乌斯的"污染",一般的理解是,将两部不同的戏剧拼接成一部;参Kujọrẹ, Ọbafẹm, "A Note on Contaminatio in Terence", *Classical Philology*, 69, No.1, 1974, pp. 39-42.

② [译按]塞卢斯(Syrus)是泰伦提乌斯谐剧《两兄弟》主人公之一米西奥(Micio)的仆从。

> 神啊！你用声音震撼着天空中至高的庙宇！

在恩尼乌斯那里，多纳图斯发现了类似的诗句（*Scen.* 380）：

> 他用声音震撼着天空中至高的庙宇。

在前言中，瓦伦认为"泰伦提乌斯……以这样的方式引用这一诗句……以至于他似乎在使用别人的诗句"（页24），但我自己完全看不出这一点；然而，在引用恩尼乌斯的诗句时，瓦伦提道："关于恩尼乌斯的诗句是否真如泰伦提乌斯所呈现的那样，多纳图斯在注释中提出了疑问。"朱庇特的雷鸣被众多诗人提及，这是很自然的事情，这些引文之间很难没有相似之处。最后，我们的作者指出，弗尔米奥（Phormio）确实模仿了《讽刺诗集》第六卷中极具争议的六行残篇（vss. 14-19）。①

瓦伦接着讨论了瓦尔古特乌斯（Vargunteius）通过在特定日子公开诵读的方式来提高恩尼乌斯《编年纪》知名度的努力。随后，他引用了弗洛托的说法，指出卡埃里乌斯·安提帕特②（L. Caelius Antipater）模仿恩尼乌斯（页26）。瓦伦从弗洛托的言论中推断出：（1）卡埃里乌斯勤奋地阅读恩尼乌斯的作品；

---

① 前文页16注释2中的探究已经很清晰地向读者说明，比起普劳图斯，泰伦提乌斯在关联性上提供的材料更少；我们大概可以确定，他高超的艺术感使他免于引入看似不相关的事物。我想引用我关于泰伦提乌斯将他的地理参考资料严格限制在希腊地理之中这一情况的观察，参我的论文："Travel in Ancient Times as seen in Plautus and Terence", *Classical Philology*, 2.5, N.2.

② ［译按］卡埃里乌斯·安提帕特（L. Caelius Antipater）是恩尼乌斯同时代作家，从他的希腊文姓氏可以推测出他原本的奴隶身份；他的史学作品常常被后世罗马史家引用。

（2）根据西塞罗的说法，卡埃里乌斯在风格上非常讲究，"他参照恩尼乌斯的范例进行这些安排"（*De Legg.* 1.6；*De Orat.* 2.54）。不过，瓦伦认为，我们不应对弗洛托的话过度解读，因为后者主要是从选择词汇的角度来考虑这件事。① 由此，瓦伦与其他研究恩尼乌斯的学者拉开了距离。这些学者因为李维将卡埃里乌斯视为汉尼拔战争的权威，一旦在李维的作品中发现与《编年纪》存在明显差异的地方，就立即将其归给卡埃里乌斯，并视其为卡埃里乌斯对恩尼乌斯的模仿，认为自己借此增加了恩尼乌斯残篇的数量。②

我不得不跳过瓦伦关于阿埃利乌斯·斯蒂洛（页27）、卢西里乌斯（从页27起）、卢克莱修（页30）与恩尼乌斯之间关系的讨论。现在，让我们转向同时代的瓦罗和西塞罗，他们是保存了最多恩尼乌斯诗句的人。

瓦罗多次将恩尼乌斯与荷马相提并论；他甚至在《论农业》（*De Re Rustica*）中也提到过恩尼乌斯。瓦罗在他的讽刺诗中不止一次引用恩尼乌斯（页31），显然是希望通过这些引用来扩大其讽刺诗的影响。瓦罗引用恩尼乌斯的诗句时没有标注出处，这恰恰说明恩尼乌斯的作品在当时已经广为人知。不过，瓦罗的《论拉丁语言》（*De Lingua Latina*）则提供了更多与恩尼乌斯作品相关的材料，尤其是在涉及"语言的使用"的第5至第7卷；而第8卷则包含了更多关于"诗人在特定场合的表达习惯"的内容。然而，即便是像瓦罗这样对我们的研究有所贡献的人也存在缺陷：他在引用时并未注明出处的作品名称和卷号；相反，他会写道

---

① 在一个脚注里，瓦伦宣称他无法从卡埃里乌斯和恩尼乌斯的残篇中寻找到相似之处。参见 Skutsch，2618。

② 瓦伦提到，他将在后文讨论李维的相关内容。因此，我只能说，我对此完全同意。见下文，页24。

"一个有教养的人……他以无尽的养分滋养有识之士"（页32）。

此外，瓦罗的措辞也常常不够精确，这一点可以通过对比他引用的完整作品来验证。而且，他从未明确提到过"编年纪"这个名字；当然，他也没有将任何残篇明确归入《编年纪》的任何一卷。他偶尔会提到悲剧作品的名字（页31—34）；有时，他提到的甚至不是戏剧的名字，而是剧中某个角色的名字（页35）。这些因素都使得瓦罗所保存的恩尼乌斯残篇难以被归类到正确的位置。

从页39起，西塞罗"以独特的偏爱追随恩尼乌斯，他的追忆无法表现出恩尼乌斯对他的影响之大"。我们需要用更长的篇幅来集中讨论西塞罗（还有我想补充的格里乌斯）。西塞罗的引用也主要涉及事物和思想，而非音节和形式；在引用时，西塞罗常常解释引用内容的关联和背景，这对于理解论述的观点及戏剧中的情节行为有很大帮助。

在此处，瓦伦认为，西塞罗是一位受到众人倾听的演说家，也是一位希望被广泛阅读的作家。因此，西塞罗对恩尼乌斯的引用证明了恩尼乌斯是一位受欢迎的诗人——我们知道，在西塞罗的时代，恩尼乌斯的悲剧作品依然流行，详见页49。西塞罗让这些"受过良好教育的人们"通过他们自己的阅读和观剧，回忆起那些他们已经非常熟悉的事件和思想。

接着，瓦伦进入细节，指出西塞罗在演说中并未大量引用恩尼乌斯的作品。我不禁停下来思考，这一事实在多大程度上符合瓦伦试图证明的观点，即恩尼乌斯是一位著名、被广泛阅读和受欢迎的诗人。正如瓦伦提醒我们的，西塞罗在《为阿尔奇阿斯辩护》（*Pro Archia*）中引用恩尼乌斯确实值得关注（页39—40）。但我要提醒读者，《为阿尔奇阿斯辩护》是独特的演讲，它并非面向大众，而是对一小群法官，即被挑选出来的人们发言，其中包括一位具有明确文化背景的审判长。然而，即便是在这种情况下，西塞罗的辩护始终表现出对文化和纯粹的文学的敬意。

我们可以从以下事实中领会这一点：西塞罗在讨论某些特定主题时，会根据是面对露天场所中的公众还是在元老院中对少数人发言而改变说话方式。在《为穆热纳辩护》（*Pro Murena*，30）中，西塞罗提到恩尼乌斯，却未提及他的名字；但我还想提醒读者，这时他是在对陪审团发言。和其他场合一样，西塞罗在这里也将恩尼乌斯的言辞转化为自己的表达，"以显示西塞罗对听众的理解能力的要求"（页41）。瓦伦在《证据索引》（*Index Testium*，页244）中的检查不能表明，西塞罗在如《卡提林演说》（*Catiline Orations*）或《玛尼利乌斯法律》（*Manilian Law*）等面向公众的演讲中引用过恩尼乌斯。我们还可以推测，演说中对诗人的引用完全是西塞罗在出版前修订时加入的。在我看来，西塞罗在演讲中关于恩尼乌斯的引用清晰地证明了西塞罗本人非常熟悉恩尼乌斯，并且他认为法官等听众也熟悉这位诗人，但这些引用并不能证明恩尼乌斯在普通大众中同样广为人知。

我认为，在西塞罗的修辞作品中，《论演说家》（*De Oratore*）最为精美。在这部作品中，特别是在其中的第3卷中，西塞罗多次引用恩尼乌斯。受这部作品结构的限制，这些引用通常较为简短，西塞罗理所当然地认为，他的读者熟悉这些引文的其他部分（页42—43）。《演说家》（*Orator*）中的引用与此类似，其中还包括一些对恩尼乌斯的总体评价，以及他与荷马的比较。《布鲁图斯》（*Brutus*）则为我们提供了恩尼乌斯的重要残篇。我认为所有这些都证实了我前面所说的，在西塞罗的演说辞中，对恩尼乌斯的引用相对较少。当西塞罗为那些有闲暇、能够按照自己意愿阅读的少数人进行更精细的写作时，他的引用比他对公众发言时更多；在后种情况下，听众听到的主要是演说者自己的言辞。①

西塞罗的哲学作品为我们提供了"丰富的证据材料"（页46）。西塞罗几乎没有提到过《编年纪》的名字，"尽管他提到的许多诗句显然应当出自《编年纪》"。在引用时，西塞罗有时会标明恩尼乌斯的名字，有时则提到恩尼乌斯笔下角色的名字，有时仅引用诗句而不提及诗人和作品的名字，"尽管他无疑希望这些被人们正确地理解"。"他提到诗人而非具体诗句，用几段互不关联的诗句来谈论一个熟悉的事物。"（页47）②

西塞罗的哲学作品中都包含了恩尼乌斯的残篇，其中《图斯库路姆论辩集》（the Tusculans）的贡献最大。在这部作品中，西塞罗还为将诗歌引入哲学讨论进行了辩护，引用了同时代希腊人的做法。这些引文多出自悲剧作品；关于西塞罗引用的悲剧作品，详见页50。③ 西塞罗在引用一些显然源于悲剧的诗句时，没有标明其出处。但瓦伦指出，西塞罗没有必要指明这些"每个人都从舞台上熟知的"戏剧。相反，西塞罗常常标明他所引句子的发言角色。他也并不总是引用原文（页50—51）。

［附释］页48—49提出的一个问题长期以来吸引着我的兴趣。在这些页面中引用了两个文段，一个出自《论边界》（De Finibus

---

① 内特尔西普（Nettleship）曾很好地指出，恺撒和西塞罗实际上都是受过训练的演说家，他们的目标是迅速将信息传递到听众的耳中。［有必要］考虑他们风格中的某些特定特征，例如，他们的句式远不如李维的作品那样精致，因为李维是为［文字的］读者［而非演说的听众］写作的。（Nettleship, Lectures and Essays, Second Series, 105, 109）。

② 《编年纪》现存最长的残篇都收录在《论预言》（De Divinatione）第1卷中；它们都仅仅作为恩尼乌斯的作品而被引用。

③ 霍登（Holden）在他关于西塞罗的《论义务》的注释中，已经列出了西塞罗所引用的恩尼乌斯悲剧作品的列表（De Officiis 1.114）。

1.4），另一个出自《学园派》(*Academica* 1.10)。在这些段落中，西塞罗呈现了恩尼乌斯、帕库维乌斯和阿克齐乌斯（Accius）在呈现希腊原文时不同的处理方式。在《论边界》中，西塞罗暗示他们在写作寓言故事时，将希腊表达融入了句子；而在《学园派》中，西塞罗则认为他们表达的不是希腊诗歌的语言，而是其力量。

瓦伦并未讨论这些文段。我忍不住提出这样一个观点：恩尼乌斯的这两个残篇与它们的希腊起源的比较起码表明，西塞罗在《学园派》中所说的内容非常接近事实。这不仅仅是个学术问题，一个人在这件事上的态度可能会深刻影响他对一些重要问题的看法。例如，厄尔教授在题为《索福克勒斯〈特拉基斯妇女〉研究》的文章中，用很长的篇幅探讨了西塞罗在《图斯库鲁姆论辩集》中对索福克勒斯《特拉基斯妇女》1046-1102 的翻译（*Tusc.* 2.20-22）。厄尔假设西塞罗以他的希腊文知识为基础，试图尽可能进行字面翻译，并由此推测西塞罗引用的可能希腊原文，将这些原文与被认为是索福克勒斯的文本进行比较或对照（M. L. Earle, "Studies in Sophocles's Trachinians", *Transactions of the American Philological Association*, 33.21-29）。

在我看来，这样的做法并不合理。认为西塞罗试图尽可能接近地进行翻译，这个理论并不是解释拉丁文版与希腊原文之间差异的唯一方法；还有另一种理论能够更好地解释这些差异，即西塞罗在《学园派》中试图传达的不是索福克勒斯的具体言辞，而是其力量。这后一种理论本身更加自然，也让我们注意到厄尔教授未曾留意的一个关键因素：西塞罗是在将一种语言中的三音步抑扬格翻译成另一种非常不同的语言中的六音步抑扬格。当与《埃涅阿斯纪》的六步韵英译文联系起来时，几乎没有人会像厄尔教授那样对待这些差异。

我个人完全相信《学园派》中的说法是真实的。在《论边界》（50.100）中，西塞罗作了一个简短的总结，将自己描绘为一位被指控困扰的委托人，他对此一直非常敏感，参见瑞德（Reid）博士关于扩充版本《学园派》中作为文学家和哲学家的西塞罗的精彩讨论，页 1—10。

就恩尼乌斯的情况而言，有一个很明确的证据能够支撑我们将上述说法应用于这个普遍主题：尽管恩尼乌斯常常误解希腊文——然而，自他那个时代开始，拥有更多辅助资源的学者们难道没有更深入地学习希腊文吗？——但他也常常有意背离原文。对此，我要引用一个相对严肃的权威意见；请参见麦凯尔（Mackail）在其《拉丁文学》（*Latin Literature*）页 8 中对恩尼乌斯《伊菲格尼亚》与《奥里斯》（*Iphigenia at Aulis*）所作的评论。

西塞罗在《书信集》中几乎没有提到恩尼乌斯，尽管他偶尔会提及其名字，"这表明西塞罗熟悉恩尼乌斯的诗文，并且在写作中并未忽视它们。西塞罗引用恩尼乌斯的句子，是为了在他的演说中增添某种优雅与机智，以取悦与他交谈的人们"（页 54）。

现在，从页 55 开始，我们进入了奥古斯都的时代。在公元前最后半个世纪里，恩尼乌斯的声誉不如在西塞罗引用他作品时那般崇高。在写给提比里乌斯的信件中（*Suet. Tib.* 21；见瓦伦，页 56），奥古斯都在向提比里乌斯提出某个请求时略微改动了恩尼乌斯的名句：

　　　　我们中的一个人凭警醒重建了事业。①

----

① ［译按］参《编年纪》残篇第 363 行（FRL 本编序），"我们中的这个人用拖延重建了事业"，恩尼乌斯用这句话称赞独裁官法比乌斯·马克西姆斯的功绩。

如果玛克若比乌斯和色尔维乌斯的记载可信,维吉尔(Vergil)从恩尼乌斯的作品中借鉴了许多内容(详见下文,页32—34)。在谈到恩尼乌斯时,贺拉斯的说法之间有所不同;不过,至少在其中一处中,他以尊敬的态度提到恩尼乌斯(Sermones 1.4.60 ff.)。① 瓦伦曾指出,我们能够在贺拉斯的作品中看到恩尼乌斯诗文的痕迹。的确,贺拉斯在《讽刺诗集》中也讨论了恩尼乌斯的一些不恰当之处(Serm. 1.10.57 ff.)。② 在贺拉斯的时代,新旧文学观点之间的争论正如火如荼。③ 贺拉斯在《书信集》中强烈反对一些人对恩尼乌斯的过度赞美(Epp. 2.1.50 ff.)。然而,正是这一文段和《诗艺》(Ars Poetica)第258行证明了恩尼乌斯的流行;后者还证实了在贺拉斯的时代,恩尼乌斯的悲剧作品仍然在舞台上演出。

在页60中,瓦伦简要提及了奥维德对恩尼乌斯的态度问题;尽管奥维德批评古代诗人技艺不够精湛,这实际上也从侧面证实了恩尼乌斯的流行。接着,从页51起,在序言中一个非常有趣的部分中,瓦伦讨论了恩尼乌斯与李维之间的关系,并将此讨论与奥维德与恩尼乌斯关系问题的进一步探讨交织在一起。瓦伦"出于必要性"使这两个主题相互交错,"因为他们(即李维和奥维德)都被认为受到了恩尼乌斯的影响"。

---

① 瓦伦还引用了《颂诗》(Carm. 4.8.17-20)作为贺拉斯尊敬恩尼乌斯的证据。此处和他引用了这些诗句的页12都不能给出他质疑这首颂诗的全部或部分的作者的任何线索。见前文,页16注释1。

② 批评恩尼乌斯的不恰当之处与再创他的一些词句显然不能相容。如果在这一点上我们想要任何证据,我们需要想到,除了讽刺诗(Serm. 1.10.16-19)中的言论外,贺拉斯还再创了卡图卢斯(Catullus)的一些话。

③ 参见我关于阿卢斯·格里乌斯的古风的文章(Classical Studies in Honour of Henry Drisler, 135)。

李维仅两次提到过恩尼乌斯。① 他曾提到，斯基皮奥的墓前立着这位诗人的雕像（38.56.4）。在谈到法比乌斯·马克西姆斯之死时（30.26.9），李维引用了恩尼乌斯的话："没有什么比这更确定的了，我们中间的一个人用拖延重建了事业，恩尼乌斯这样说。"正如瓦伦所注意到的，李维不一定需要直接从《编年纪》中摘录这句名言，尤其是在"他曾无数次引用它"之后。

李维多次将恩尼乌斯的诗文用于自己的写作目的。但瓦伦拒绝接受胡格（Hug）等人的观点，这些人认为所有这些诗句都是李维本人加入其作品中的。瓦伦指出，李维非常清楚像西塞罗这样的修辞家的用词与散文作品中完整句子在形式上的差异。李维多次为自己的目的而使用恩尼乌斯的诗文。

瓦伦不接受埃瓦尔德（Ehwald）的观点，后者认为李维的作品中"不仅包含演说辞的痕迹，还有恩尼乌斯的痕迹"。埃瓦尔德比较了奥维德与李维在"罗慕路斯之死"这一主题上的不同说法，并坚持认为它们之间的相似性表明，两位作者都模仿了恩尼乌斯（页62）。

学者们还尝试通过另一种途径在李维的作品中寻找恩尼乌斯的痕迹，即将"其中那些在数量和诗歌外观上显得与众不同的部分"归因于恩尼乌斯的影响。根据西塞罗的说法，卡埃里乌斯·安提帕特十分注重文风（参见前文）；因此，这些批评者认为，从节奏或诗歌外观来看，李维作品中的这些文段并非直接来自恩尼乌斯，而是通过卡埃里乌斯间接流传下来的。对此，瓦伦激烈反驳，认为听到这些批评者的言论，人们几乎会以为卡埃里乌斯撰写了关于汉尼拔战争的诗篇（页63）。

现在的问题是，如果李维并未将卡埃里乌斯视为他唯一的权

---

① 参见斯库奇的说法（Skutsch, 2618）。

威——这一点我们是清楚的——那么我们为什么要把"我们在李维作品中发现的那些有一定数量的内容"归因于卡埃里乌斯呢？所有这些都引导瓦伦自然而然地开始思考沃弗林［Wöfflin, *Rh. Mus.* 50 (1895). 152］及其学生斯泰西（Mr. S. G. Stacey, *Archiv* 10. 17 ff.）提出的具体观点（页64）。瓦伦指出，沃弗林"将新的热望融入一种强健的激情之中，这种激情旨在凭借李维的权威，从他的作品中重新发现恩尼乌斯的诗文"。沃弗林受到李维曾使用的不同于散文的语序（9. 41. 18），以及"如果处处是斗争，盾比剑更能解决事情"这句话的启发，并联想到恩尼乌斯曾写过：

智慧被赶出视野，凡事用武力解决

他由此总结认为，李维从恩尼乌斯那里挪用了一个六音步残篇。

对此，瓦伦的看法如下：（1）如果我们的发音是正确的（gériturrés），那么此处完全没有扬抑抑格的韵律起伏；（2）在李维的作品中，有许多地方都使用了与沃弗林所识别的词序相同的结构；事实上，res 的后置是一种李维惯用的表达方式。

沃弗林的学生斯泰西接受并进一步发展了他的观点（页64）。斯泰西在其博士论文中特别关注"李维的演说词的诗歌外观"；他试图寻找李维作品与恩尼乌斯残篇之间共有的表达模式，或李维与其他诗人，尤其是维吉尔这位恩尼乌斯的模仿者之间的共同表达模式。他认为这些表达模式都源自恩尼乌斯。瓦伦认为该论断是错误的。瓦伦指出，我们首先需要以最大的关注和敏锐度将李维与他自己的作品进行比较；只有这样，我们才能确定什么是李维特有的，什么是其风格中的外来元素。在前文中，瓦伦已经针对这一错误进行了简短的讨论，尤其是沃弗林集中在"geriturres"作为李维句末用词的做法，瓦伦在此处表达了相同的观点。

此外，从两个已知事实推导出第三个未知事实或观点的过程，往往是"许多无价值且不可靠的事物的起源"——为什么仅仅因为李维和维吉尔都使用了同一个特定的表达，就能推断出他们二人都取材自恩尼乌斯呢？

[附释] 我认为，瓦伦在此处的看法或许并不完全公正。沃弗林和斯泰西细致地提醒了我们维吉尔对恩尼乌斯的模仿，这使得他们的研究远没有瓦伦所描述的那样荒谬。在我现在评论的这本书出版的同一年，诺登（Norden）里程碑式的《埃涅阿斯纪》第6卷新版也由同一出版商发行。诺登非常倾向于接受沃弗林和斯泰西的观点；他多次提到并肯定斯泰西的论文。我在为诺登的书撰写的评论中（A. J. P. XXVII, 71-83）讨论了这一问题（页76—77）。

我一度对瓦伦在前文中提出的观点感到陌生。然而，在深思熟虑之后，我决定基于与瓦伦提出的理由不同的基础，对此保持怀疑。值得注意的是，斯库奇对诺登从维吉尔作品中识别出新的恩尼乌斯语句的努力印象深刻，不过他并未提到沃弗林和斯泰西（2616）。不过，他在这方面的热情在很大程度上被页2615的一条评论削弱了，尽管他自己未必意识到这一点。这条评论的意思是，卡图卢斯（Catullus, 64）所使用的某些特定语词不能被认为受到恩尼乌斯的直接影响，因为这些语词"此时已经深深植入罗马诗歌之中，以至于恩尼乌斯作为源头已经被遗忘"。这句话非常清晰地表达了我在为诺登的书撰写的评论中所提到的观点。

现在，瓦伦开始探讨维利乌斯·弗拉库斯（Verrius Flaccus）①与恩尼乌斯的关系（页65起）。他认为，一定数量的属于恩尼乌

---

① [译按] 维利乌斯·弗拉库斯（Verrius Flaccus）是奥古斯都与提比略时期的罗马文法学家和教师。

斯的部分作品可以被归类为颂诗。然而，我们很难对此做出教条化的理解，因为当前讨论的问题不仅涉及维利乌斯的作品本身，还需要考虑与其时期相隔甚远的两位学者①对维利乌斯作品的总结。但瓦伦相信，维利乌斯本人确实曾阅读并选取了恩尼乌斯的作品。对于费斯图斯来说，许多诗句可以追溯到《编年纪》和一些悲剧作品（页66）。费斯图斯按卷号引用《编年纪》，并往往按照各卷的顺序②保存这些诗句，例如，172.1出自第6卷和第16卷；194.14出自第2卷；还有一条出自第5卷，另一条出自第8卷。唯一的例外是220.25，出自第16卷和第8卷。瓦伦认为，维利乌斯本人也可能以类似的方式引用《编年纪》。

此外，费斯图斯在引用《编年纪》后，继续引用了恩尼乌斯的悲剧作品。尽管这些引用并没有固定的顺序，但费斯图斯在引用时给出了作品的名称。他所引用的悲剧作品数量不多，约有12条或13条。在引用《编年纪》和戏剧作品时，费斯图斯经常选择一些单独的诗句，这些诗句的编号是完整的，但含义常常不太明确（页67）；他大约引用了《编年纪》50次。他的引文多为独立的从句。费斯图斯对悲剧作品的引用方式也相似（页69）。不过，瓦伦正确地批评道，这些引用的文段经过多次"修订"，因此造成了许多误解。③

---

① ［译按］此处应指费斯图斯与瓦伦。

② 我注意到，这与诺尼乌斯（Nonius Marcellus）的引用方式相同；参见我为马尔克斯（Marx）编订的卢希里乌斯［作品集］（Lucilius）所写的评论（*A. J. P.* XXIX, 478-482），尤其是页482，以及林德赛的《诺尼乌斯·马克鲁斯的共和时期拉丁语词典》（*Nonius Marcellus's Dictionary of Republican Latin*）的相关内容。

③ 诺尼乌斯·马克鲁斯的引用也是这种风格；见林德赛编订的诺尼乌斯［作品集］（1903, i. xxxviii-xxxix），以及我为诺登的《埃涅阿斯纪》卷6所写的评论（*A. J. P.* XXVII, 77）。

我认为瓦伦的做法是合理的，他假定费斯图斯从维利乌斯那里借鉴了这种引用方式。我们可以看到，维利乌斯引用恩尼乌斯的方式与西塞罗或瓦罗有很大的差异（见前文，页19—23）。相比于文学家西塞罗和瓦罗这位罗马的大教育家，后来的学者在引用上要精确得多，甚至可以说，他们在这种精确性上更符合现代的要求。

保卢斯·迪阿克努斯（Paulus Diaconus）① 的引用风格与众不同。他经常提及恩尼乌斯的名字，但从不指明引文所出自的悲剧作品或卷号。如果他的引文没有被费斯图斯收录，他往往会附上解释性的注释（页71）。

维特鲁威（Vitruvius）在第9卷第16节的前言中对恩尼乌斯表示了恭敬。瓦勒里乌斯·马克西姆斯（Valerius Maximus）、斐德卢斯（Phaedrus）② 和维利乌斯（Velleius）对这位诗人的认识并不特别深入（页72—73）。在尼禄时代，恩尼乌斯的声誉已经相当凋零，塞涅卡在很多地方流露出对他的轻蔑——不过，瓦罗也提到，塞涅卡对西塞罗的态度同样不敬。佩尔西乌斯（Persius）曾讽刺恩尼乌斯（页73—75）。老普林尼为我们提供了一些新的残篇（页76），而希里乌斯·伊塔里库斯对恩尼乌斯非常赞赏（页76；见12.393 ff.），斯塔提乌斯也同样重视他（页77）。然而，马提尔（Martial）这位"瞬息的言说者"却自然地贬低恩尼乌斯（5.10.7，11.90.5）。

昆体良（Quintilian）对恩尼乌斯的著名评价在"尊崇"和

---

① ［译按］保卢斯·迪阿克努斯（Paulus Diaconus）大约生活在公元8世纪，是本笃会修道士与历史学家。

② ［译按］维特鲁威是公元前1世纪的古罗马建筑家，瓦勒里乌斯·马克西姆斯是公元1世纪的古罗马历史学家，斐德卢斯是公元1世纪前后的古罗马寓言作家。

"轻视"之间达成了一种微妙的平衡（参见 10.1.8.8）。① 尽管昆体良不太频繁引用《编年纪》中的完整句子或部分句子，但我们通常能通过其他来源了解到这些引文。此外，他在引用时往往不注明《编年纪》或恩尼乌斯的名字，且极少引用悲剧作品。然而，在 9.3.26 中，昆体良提供了一则非常有价值的信息，涉及恩尼乌斯一首讽刺诗的主题（页 78—79）。

在昆体良的时代之后，恩尼乌斯的名声逐渐减弱。然而，在安东尼时期，尽管人们将恩尼乌斯的作品归为古风，关于他的记忆却奇迹般地复苏（页 80）。在弗朗托（Fronto），格里乌斯（Gellius）和阿普列乌斯（Apuleius）②的著作中，我们能找到许多恩尼乌斯的重要文段。在弗朗托撰写的信件及恺撒们写给弗朗托的信中，恩尼乌斯频繁被提及（页 81—83）。格里乌斯对恩尼乌斯非常推崇，并为我们现存的残篇提供了重要的补充。③ 作为一位细致的文法学家，格里乌斯在引用《编年纪》时通常会注明所属卷；他至少会指出这些引文来自《编年纪》。此外，格里乌斯也经常引用悲剧作品，并通常能够精确地提供出处。并且，在他的著作中（2.29），"关于恩尼乌斯的讽刺诗的部分尤其有价值"（页 83—86）。

瓦伦在页 211—213 对此进行了详细讨论。我认为，在某种

---

① 比较斯库奇（2618）："马蒂亚尔和昆体良违背了他的教导，与希里乌斯和斯塔提乌斯的模仿相比，这可能要更好一些。"

② ［译按］弗朗托（Marcus Cornelius Fronto）是公元 2 世纪的古罗马文法学家和修辞家，142 年的补任执政官；奥卢斯·格里乌斯（Aulus Gellius）是活跃于公元 1 世纪的古罗马作家，著有《阿提卡之夜》（*Noctes Atticae*）；阿普列乌斯（Apuleius）是公元 2 世纪的古罗马哲学家与讽刺作家，著有《金驴记》。

③ 我关于格里乌斯对恩尼乌斯态度的讨论，见 *Classical Studies in Honour of Henry Drisler*（1894），pp. 132–133。

意义上，这一段是这本精彩著作中最出色的部分。瓦伦自豪地宣称，他是最早发现我们确实掌握了许多真正属于恩尼乌斯的残篇的人（见瓦伦的第一版，页89起）。在第3至第16节中，格里乌斯给出了一篇接近散文形式的伊索寓言。表面上，这篇寓言似乎是格里乌斯自己写作的，故事内容涉及一只云雀（比较：§§1-2，17-19中的评论）。接着，格里乌斯补充道："在讽刺诗中，恩尼乌斯机智优雅地用四行诗句重写了伊索的寓言，我认为这最后两个句子是值得铭记的。"紧随其后的是两行扬抑格四步韵（§20）。

在这一整章中（即§§3-16中），没有任何证据可以自然地证明，格里乌斯拥有早于他的恩尼乌斯诗句的希腊文译文。实际上，这一章中的所有暗示都偏离了这一结论。我们很容易认为格里乌斯的说法并不真实。至少，他在陈述这些事实时并不仔细。正如瓦伦在50年前指出的，这一章节不仅具有"古代的形式"。而且，在词汇、形式和音节上也显得古风。更重要的是，在格里乌斯的语言中，我们没有发现哪怕少量的抑扬格诗句，或其他能够通过语词轻微变化得来的内容。因此，瓦伦在他的第一版中总结道：

> （格里乌斯）并不是翻译了伊索的作品，而是在追随恩尼乌斯的诗歌构建言辞。

在第一版中，瓦伦为这两类古风作品及其句子的一部分提供了例子。而在后来的版本中，他通过进一步引用这些诗句来加强他的论点。

在1894年，我发表了一篇关于格里乌斯的古风的论文。[1]

---

[1] Archaism in Aulus Gellius, in *Classical Studies in Honour of Henry Drisler*, pp. 126-171.

瓦伦的恩尼乌斯 | 279

那时，我对瓦伦的恩尼乌斯并不熟悉，因此完全没有意识到瓦伦关于格里乌斯第 2.29 节的说法所蕴含的意义。不过，我确实意识到在这个较短的篇章中有大量古风文段。在一条脚注中，我引用了我的论文，讨论了这一章中的古风文段。①

[附释] 在这章中出现了一些古风句法，虽然我在引用的文章中并未涉及句法的问题。在 §6 中，我们看到"当他去为小家伙们寻求（quaesitum）食物"。我们有理由认为，首个带有直接动作对象的动名词的使用是格里乌斯时代的一种古风（见 Schmalz，页 465；Draeger 2.857-865，尤见 §608）。此外，格里乌斯作品中的其他一些有力证据包括 3.13.2；6.3.7，44——在这章之前，格里乌斯直接或间接引用了检察官加图的一次演说；9.15.3；（10.6.2）；10.19.3；12.1.2，9；14.6.1，5；16.5.9；16.11.6；18.5.3。关于格里乌斯作品中没有施动对象的动名词使用，见 6.14.8；12.13.3。不过，值得注意的是，弗罗贝纽斯（Rodolf Frobenius）在一篇关于恩尼乌斯的句法的论文中找到了恩尼乌斯使用没有对象的动名词的三个例证：包括我们提到的这个文段，以及《编年纪》（272），348（Nördlingen，Beck，1910，页 67）。

施莫茨（Schmalz）认为，在古典时期之后，直到科莫迪阿努斯（Commodianus）时代为止，表示因果关系、对照关系和让步关系的 "cum" 通常与同谓语一起出现（Schmalz，页 565，§325，参 Draeger 2.680）。然而，我很难自然地看出除了因果关系之外的其他关系。这种因果关系体现在以下例句中："伊索被认为有智慧，因为（cum）他有先见之明，也有想法"；"他是值

---

① 参见 Drisler Studies，143-144，s. v. crastini；144，s. v. luci（primo luci）；146，s. v. fervit；159，s. v. necessum；166，s. v. nidulari，我还要补充 temperi in §II。

得称赞的,因为(cum)他天真又虔敬地说出他感受到的,转换并传达了它"。(6.3.25)——前文中我们已经注意到,在这一章中格里乌斯将检察官加图放在自己前;"你真是轻浮,因为(cum),你宁愿请求宽恕,而不是避免过失"(11.8.4);"你们是那些无法相互理解的人,因为(cum)你们无知"(12.12.4)。考虑到格里乌斯刻意使用古风,我认为并不值得去[费力]解释这些例子中明显的因果关系。在 2.29.1 中的例子可以被解释,但在其他例子中,主句的语态让解释变得困难。

在§8中有这样一句话:"他说了这些并(et)离去了"。施莫茨认为这些句子的特征在于将"atque"作为"在格里乌斯那里的一种普劳图斯式的模仿"(Schmalz,页 497,§244)。比较"这些话被读到时,并且(atque),公牛向我说话"(Gellius 17.20.4)。普劳图斯作品中的例子,见 Lodge, *Lexicon Plautinum*, s. v. atque 16,页 179。普劳图斯的例子里只有 atque;格里乌斯各有一个 atque 和 et 的例句。

在§7中我们有"你要交(fac)朋友,并(et)去请求"。此处语词的顺序值得注意:见瓦伦在 208 页的注释。最与之接近的句子是泰伦提乌斯的(Terence *Ad.* 917)"你要离开并(abi et)引导她们",以及普劳图斯的(Plautus *Am.* 32)"因此我前来并(advenio et)将和平带给你们"(不过这里的文本已经丢失)。包含有动词 ire 后接 et 和其他动词的某个形式的语句在格里乌斯这里出现了好几次,例如"我们不如前去(imus et)演说"(2.29.11;14.2.23;20.10.5)。在普劳图斯的作品中,这种用法很常见;见 Lodge, *Lexicon Plautinum*, under eo (ire), B, 2 (entire), p. 503;also ibid., 3 (entire), pp. 503–504,在这些地方我们能找到"ire"后接"atque"或"que"以及另一动词的其他形式的例句,参见页 528 β 以下,以及页 529 θ 以下。

没有人可以忽视格里乌斯的这些文段。并且，我能很清楚地看到，格里乌斯实际上将恩尼乌斯的诗文贯穿在这一章的全篇中（见页 144，s. v. crastini）。不过，正如前文所说，瓦伦坚持通过朗读格里乌斯的简单过程，来探究格里乌斯保存的恩尼乌斯的诗句。瓦伦说，不需要改动一个字母，我们就能够在下文中发现扬抑格：

> ét manus iam póstulare/méssim hanc nobis ádiuvent/státim dicto oboédiant/it diés et amici núlli eunt/fíet nunc dubió procul/nón metetur néque necessumst/hódie uti vos aúferam. ［眼下需要援手/①他们帮助我们收获/他们遵从这命令/时日流逝，友人不离/但现在无疑要发生/无法估量，也无必要/今天，我将让你们离去。］

在轻微的修改之后，瓦伦给出后文：

> vós modo hoc advértite/si quid dicetur dénuo/út iam statim próperet inque /aliúm sese asportét locum, alia. ［你们要注意这点/如果再有什么要说的/为了让他立刻行动/并将自己带去别处，其他……］

我想对这些诗句进行评论。瓦伦在两次提到恩尼乌斯作品中的"statim"时，将其"a"视为长元音。在页 212 的脚注中，瓦

---

① 我想顺便在此比较格里乌斯 §7 中的恩尼乌斯文段，"你是否看见它就要成熟，渴求着劳作之手"，与卢肯（Lucan）在 1.28-29 中的描述："如果意大利的土地荆棘丛生，年复一年无人耕种，等待着劳作之手，土地渴求着……"

伦引用了他在其他地方的一个注释（*Aiac.* 1 或 *Scen.* 17），其中引用诺尼乌斯（Nonius 393.13）对"statim"的解读："首音节在发音上持久而均衡，从'stando'上表现出来。"这个解读来自普劳图斯、泰伦尼乌斯、恩尼乌斯和阿非利加努斯的引文。瓦伦接着补充道："诺尼乌斯的错误不在于音长，而在于音调。"然而，如果诺尼乌斯在节律上犯错，那么瓦伦在前文中引用的两个例子就不能算作完整的句子或分句。① 不过，从现有的情况来看，我们也不应期待能找到彻底完整的句子或分句。

即使在反复阅读了瓦伦的讨论后，我仍不太确定他是否认为他列举的格里乌斯的文段是完整的。与此同时，我也想补充一些我发现的文本：

Avícula est parva, nómen est cassita/filium adulescéntem/operámque mutuám dent. ［这鸟儿很小，名叫卡西塔/年轻的儿子/愿他们互帮互助］

尽管此处的词调与重音并不明确重合：

Háec ubi ille díxit et discéssit/dóminus（inquiunt）misit quí/amicos rogét, /uti luce oriénte / véniant et metánt. ［他说了这些并离去/（他们说）主人派人去/请求朋友/在黎明时前来收获。］

---

① 关于 statim, 见 Palmer on Plaut. *Am.* 239; Müller, 224。在普劳图斯作品中出现这个词的两个例子中（*Am.* 239, 276）和泰伦提乌斯作品中（*Ph.* 790）都不能看出这里的 a 是长元音。不过，林德赛（Lindsay）在《拉丁语言》（*The Latin Language*）页 556 中接受了"O. Latin stātim"。

quí amicos 一定有缺损，但我们仍然能标记出扬抑格的起伏：

> mágnam partem céssatores sunt; quin pótius imus ét cognatos/ádfinesque nóstros oramus/hóc pulli pavefacti matri núntiant/sine metu ac sine cura sint/fruméntum nosmetipsi manibus /nóstris cras metémus /tempus ést cedendi et ábeundi / (fiet nunc dubio procul) /quód futurum dixit.［游手好闲者人数众多/我们最好前去向我们的/亲人和友邻请求帮助/让这吓坏了的小鸟们向母鸟报告/摆脱恐惧与忧虑/明日我们将亲手/收获自己的粮食/是时候放弃和离去/（这无疑会发生）/他如此预言未来。］

我补充的所有例子都没有经过调整。

从阿普列乌斯的作品中，我们得知了《赫迪法哥提卡》(*Hedyphagetica*) 和提及众神之名的两句诗 (*Ann*. 62-63)。他还引用了《梯厄斯忒斯》(*Thyestes*) 中的一个句子以及《依菲琴尼亚》(*Iphigenia*) 的一些内容。阿普列乌斯似乎对《编年纪》和悲剧作品非常熟悉；实际上，瓦伦指出，我们可以相信他"能够区分自己与恩尼乌斯的表达形式"。

在格里乌斯和阿普列乌斯之后，恩尼乌斯一度被人遗忘。然而，从君士坦丁时代到狄奥多西皇帝统治晚期，在这个文法学家和"技法作家"的时代，恩尼乌斯常常被提起，诺尼乌斯 (Nonius Marcellus) 在此方面尤为突出（见页 89 及以下）。他为我们保留了许多古老作者的作品，并且"切实而丰富地保留了许多恩尼乌斯的诗歌"。从诺尼乌斯那里，我们获得了大量新的残篇。他通常引用完整的诗句，有时提供的信息更多是相关知识而非作品本身。在引用时，诺尼乌斯不仅标明诗人的名字，还提供戏剧的名称、《编年纪》的卷号，或者指明引用自哪一篇讽刺诗。有时，诺尼乌斯在不同的论题（lemmata）下使用恩尼乌斯的引文；但在涉及特定词汇时，他往往无法使用那些有其他来源的恩尼乌斯的例句。在页 95，瓦伦就这些问题以及类似的情况进行了长篇的复杂讨论，得出了以下结论。

我们对《讽刺诗集》的了解大多归功于诺尼乌斯，他也是我们了解《阿姆布拉基亚》、谐剧作品《拳手》（*Pancratiastes*）与《库本库拉》（*Cupuncula*）的唯一来源。诺尼乌斯忽略了《犹希迈罗斯》和《赫迪法哥提卡》，可能还遗漏了《索塔》。在恩尼乌斯的悲剧作品中，他没有引用《亚历山大》（*Alexander*）与《依菲琴尼亚》；不过，普遍而言，诺尼乌斯引用悲剧作品的频率高于他引用《编年纪》的频率，这正好与费斯图斯相反。诺尼乌斯的许多引文来自文法学家，尤其是费斯图斯和格里乌斯，可能还包括一些来自瓦罗的内容：

> 没有比相信诺尼乌斯专注于文法学家和其他这类作家更荒唐的事了。如果诺尼乌斯想要这样做，他本可以从费斯图斯那里学习到恩尼乌斯的《亚历山大》和《依菲琴尼亚》，并从格里乌斯那里学到许多《依菲琴尼亚》的内容……如果有人坚持认为，诺尼乌斯从某个不知名的注释家那里摘取了大部分注释的例句，但其他的文法学家，无论时间先后于诺尼乌斯，都没有从同样的来源中吸取内容，这难道不奇怪吗？显然，事实并非如此，诺尼乌斯对恩尼乌斯的诗歌和书籍进行了细致的研究，这符合古人在这一领域的传统做法。

[附释] 我想简短指出，林德赛提出的部分问题有不同的解答（Lindsay, *Nonius Marcellus' Dictionary of Republican Latin*）。在

[林德赛论文]页7的第一个自然段，和页10下的注释中，他建议诺尼乌斯的读者回忆早期作品中的一个引文，并进一步探讨这个引文，指出这位词典编纂者使用相同的论点补充了对某个词的处理。林德赛赞同瓦伦关于诺尼乌斯工作方法的观点，认为"诺尼乌斯自己通读了这些文本，或者至少阅读了这些文本的边注"。尽管如此，我注意到，林德赛暗示了一些未明言的观点，即诺尼乌斯的恩尼乌斯引文大多来自词汇集或其他作者（如格里乌斯），而不是来自对恩尼乌斯作品的直接研究。林德赛认为诺尼乌斯仅有恩尼乌斯的单卷作品，其中可能包含《赫克托耳的里特》(*Hectoris Lytra*) 和《忒勒福斯》(*Telephus*)，以及其他一些戏剧；见页8、页116。在林德赛所编的那版诺尼乌斯中，他列出了诺尼乌斯引用恩尼乌斯的长表格（3.941—943）。

所有这些导致了一个不幸的结果：诺尼乌斯没有像普劳图斯等其他作者那样长篇引用恩尼乌斯，尽管这些引文在出处的数字顺序上有严格依据（见 Lindsay, op. cit., passim, 尤见页35—36，页88及以下；也见前文，页26，n. 1.）。恩尼乌斯残篇的编纂由此失去了一个有力的支撑；另见我关于马尔克斯的卢希里乌斯（Marx's Lucilius）的评论，*A. J. P.* XXVIII, 481—482。

这些讨论和总结为诺尼乌斯作品的来源问题提供了有趣的启示，尽管这一问题令人困扰。然而，诺尼乌斯同时代的继承者们几乎没有为我们保留恩尼乌斯的作品。相比之下，多纳图斯所保留的作品数量更多（页96），但仍然少于诺尼乌斯本人留下的部分。色尔维乌斯也是"拥有最多恩尼乌斯作品的作者之一"（页102—103）。进一步而言："这些人提及恩尼乌斯的地方，往往并非他能够被提及的首要地点，更不用说所有他应该或能够被提及的地方了。"瓦伦指出，在色尔维乌斯最早为《埃涅阿斯纪》所写的评论中，他引用了许多来自《编年纪》的诗句；其中，色尔维乌斯仅提到一次《编年纪》的名字，并标明了引文的卷号。在其他地方，尽管色尔维乌斯采用了多种方式引用恩尼乌斯，但通常只给出诗人的名字。在引用戏剧时，色尔维乌斯的选择也有限；他曾提到过《依菲琴尼亚》的书名，但通常只在引文之后附上诗人的名字。

不过，色尔维乌斯作品中对我们来说最重要的是"那些与恩尼乌斯的作品有关的内容"（页104）。瓦伦用下面这段话来解释这一点：

> 我想说的是：在《埃涅阿斯纪》中，第一卷第20行提到的"audierat"[他曾听过]所指的对象可能是朱庇特或神谕。这里"听过"一词的使用非常巧妙：在恩尼乌斯的作品中，朱庇特曾承诺要让罗马人毁灭迦太基人。这里并没有引入恩尼乌斯的诗文，但暗示了恩尼乌斯所描绘的众神会议的情景，朱庇特在此做出的承诺，维吉尔笔下的朱诺[应该]听过……

在《埃涅阿斯纪》1.281的注释中，瓦伦进一步指出：

> 他[维吉尔]此刻并不打算引用恩尼乌斯的诗文，而是想表达一个可能已经被[恩尼乌斯]用更丰富的语言阐述了的观点。我们注意到，色尔维乌斯会尝试将出自恩尼乌斯的《编年纪》的句子转化为理解维吉尔作品的依据。

"所有这一类观点都仅仅建立在色尔维乌斯提供的论据之上。"在页104—105中，我们可以看到更多的例子。

色尔维乌斯在为《埃涅阿斯纪》撰写的注疏中引用的恩尼

乌斯的六步韵诗句，大部分没有找到其他来源，其中许多引文来自丹涅尔的色尔维乌斯（Daniel's Servius）。① 这些引文虽然句子不完整，但保留了完整的思想，无论这些思想是否局限于某句诗内。在页 105—106 中，瓦伦认为色尔维乌斯在引用恩尼乌斯时通常是正确的，尽管他在引用普劳图斯、泰伦提乌斯等作品时常常出错。在页 106—108 中，瓦伦详细讨论了《埃涅阿斯纪》注疏中显然出自恩尼乌斯的引文的特定方式，指出如果不能正确理解这些引文，可能会对学习者造成较大误导。

在维吉尔的《田园诗》（*Eclogues*）评注中，有两个只包含两个单词的"恩尼乌斯残篇"，但其在恩尼乌斯作品中的具体出处已不可考。《农事诗》（*Georgics*）中则保留了更多恩尼乌斯的文本。与《埃涅阿斯纪》的评注相比，《农事诗》中的《编年纪》引文在形式上有所不同：虽然有些诗句仅给出了恩尼乌斯的名字，但大多数诗句都注明了出处（页 109—110）。在评注中，出自戏剧作品的引文非常少见。

在页 110—113，瓦伦讨论了在维吉尔的一些评注（如 *Bernensia* 和 *Veronensia*）② 中和普罗布斯（Probus）的《田园诗》与《农事诗》评注中发现的恩尼乌斯残篇。

从页 113 起，这些讨论引导我们关注玛克若比乌斯。恩尼乌斯[在这个时代]再次遭到冷遇，根据玛克若比乌斯的记载（Sat. 1. 4. 17），色尔维乌斯在引用恩尼乌斯前说："除非在我们时代的众多精致点缀中，他已遭到拒绝。"（比较 6. 3. 9；6. 9. 9）恩尼乌斯的引文广泛分布在《农神节》（*Saturnalia*）中；"他在

---

① [译按]色尔维乌斯的注释现存有两种版本，较长的这一种被称为丹涅尔的色尔维乌斯、色尔维乌斯·奥乌克图斯、D. 色尔维乌斯或 D.S.，公元 1600 年由皮埃尔·丹涅尔整理出版。

② [译按]Bernensia 与 Veronensia 都是中世纪的注本名称。

《农神节》的第六卷中开始分析恩尼乌斯的全部诗文",因为,"在第六卷中,他致力于解释维吉尔的诗作中有多少部分可以追溯到早期罗马作家。在这些作家中,恩尼乌斯占据首要位置"。在 6.1.7 中,玛克若比乌斯明确了他的意图。接着,在第 8 节至第 24 节中,他列举了维吉尔借鉴恩尼乌斯的地方。我们能够获取来自恩尼乌斯的所有完整句子(或对句),但其意思通常不够完整。如果某节中有多于一句恩尼乌斯的引文,它们将按卷的顺序排列;例如,第 9 节中包含来自第 1 卷、第 3 卷和第 10 卷的引文,第 17 节中则有第 4 卷和第 17 卷的引文。将第 15 节至第 21 节汇总后,我们能看到按顺序排列的引文,分别来自第 1、第 3、第 4(以及第 17 节中的第 16 卷)、第 6、第 7、第 8 和第 17 卷。① 第 22 部分展示了第 6、第 8、第 17 卷的引文。此外,我们将所有这些诗句的保存归功于玛克若比乌斯一人(页 114—115)。

在 6.2.1 中,玛克若比乌斯明确表示,他的意图是"将各处的引文进行比较………以便了解它们在何处形成,就像从镜子中学习一样"。在第 16 节中,玛克若比乌斯专门讨论了恩尼乌斯,他引用了一些来自《编年纪》的文段,以及一些悲剧作品和《斯基皮奥》的引文。我们因此获得了两行以上的诗文,这些都归功于玛克若比乌斯本人。最后,在第 30 节至第 32 节中,玛克若比乌斯没有引用具体的诗文,而是探讨了维吉尔在很大程度上借鉴了奈维乌斯和恩尼乌斯的诸多文段。

在这一点上,玛克若比乌斯再次成为我们的唯一权威。在第 6.3 节中,他列出了一些很可能源自荷马的维吉尔诗句。尽管在维吉尔之前,许多罗马诗人也曾使用过这些荷马的句子,但维吉尔更可能是从恩尼乌斯那里学习的。更多讨论见于页 116—117。

---

① 见前文关于弗拉库斯和诺尼乌斯的引用方式的讨论,页 26。

瓦伦总结道，玛克若比乌斯是"保存了恩尼乌斯的记忆的最杰出的文法学家之一"。

在页 118—122 中，瓦伦讨论了在卡劳迪阿努斯（Claudianus）处寻找恩尼乌斯的尝试；在页 122—124 提到了哲罗姆和奥古斯丁，以及普利斯基阿努斯和伊西多路斯（页 124—129）。普利斯基阿努斯常常引用《编年纪》，有时也引用悲剧作品，他通常引用完整的句子，确保意思清晰。他不仅给出诗人的名字，还提供作品的名称和卷号，常常是我们所拥有的引用中唯一的来源。瓦伦相信（页 126），普利斯基阿努斯本人阅读并节选了恩尼乌斯的作品。相比之下，伊西多路斯的引用只提到诗人的名字，而不提作品名和卷号。

瓦伦并不满足于追踪恩尼乌斯的足迹，从页 126 开始，他汇集了伊西多路斯的时代之后的一些关于恩尼乌斯的相关文献，尽管他宣称不认为自己有义务去"追溯属于被称为中世纪的那个时代的恩尼乌斯的记忆"，他接着讨论了有关恩尼乌斯的各种版本，无论是古老的还是新的。最后，在页 137—144，他提供了这一最新版本的文献支撑，即那些不同［古代］作者的权威版本，这些作者的名字常常出现在我们所使用的版本的证据当中（见前文，页 3）。

现在我必须停下来。或许有一天，我会写一篇关于这些残篇的评论，并讨论瓦伦序言中名为"论恩尼乌斯的作品"的第二部分，从而重现这一主题。我原本计划将后一个讨论也纳入这篇文章，但经过研究后，我发现序言的其余部分最好仅与残篇的实际评论相联系进行处理。

最后，请允许我像开篇一样，通过表达我对这本书所展现的巨大努力、耐心和卓越学术研究的深切钦佩来结束这篇文章。我意识到，在许多地方，我曾基于瓦伦所引证事实，大胆质疑结论的合理性。这是不可避免的；毕竟，由于我们缺乏完整的残篇，基于这些残篇进行推断在某些特定情况下确实具有风险。因此，任何对这本书的细致而深入的检视，都会不可避免地看似过分强调作者与评论者之间的分歧之处。